刘晓鸥作品集

刘晓鸥
LIUXIAOOU
著

慢慢相爱
Gradually Falling in Love

北方文艺出版社

图书在版编目（CIP）数据

慢慢相爱：刘晓鸥作品集 / 刘晓鸥著 . —— 哈尔滨：北方文艺出版社, 2014.6

ISBN 978-7-5317-3307-2

Ⅰ.①慢… Ⅱ.①刘… Ⅲ.①散文集 – 中国 – 当代 Ⅳ.①I267

中国版本图书馆CIP数据核字(2014)第125046号

慢慢相爱：刘晓鸥作品集

作 者 / 刘晓鸥

责任编辑 / 王金秋 牟国煜	装帧设计 / 韩冰
出版发行 / 北方文艺出版社	网 址 / www.bfwy.com
邮 编 / 150080	经 销 / 新华书店
地 址 / 黑龙江现代文化艺术产业园D栋526室	
印 刷 / 北京楠萍印刷有限公司	开 本 / 880×1230　1/32
字 数 / 197 千	印 张 / 10
版 次 / 2014 年 9 月第 1 版	印 次 / 2014 年 9 月第 1 次印刷
书 号 / ISBN 978-7-5317-3307-2	定 价 / 26.80 元

目录

代序

  以我们热爱的方式   1

第一辑 情与爱

  和一个人慢慢相爱 003
  时间里的姐妹 012
  与母亲同行 023
  走啊走 026
  爱玩的儿子 034
  儿子的世界 037
  儿子的美国毕业典礼 040
  废墟上的玫瑰 047

第二辑 有一说一

  所谓好日子 055
  幸福指数 057
  幸福是什么 060
  人到中年的吃力 063
  没人注意，也是幸福 065
  书上说的爱情 067
  上一辈人的爱情 069
  素婚 071
  最奢侈的东西 074
  最旺的婚姻 076
  最重要的是相爱 078
  有很多话还没说 079
  照片上的萧红 080
  行笔如疆——李碧华 082
  时尚变奏曲 086
  《廊桥遗梦》的另一种读法 089

罗丹带来的打击	091
莫尼克公主的情结	093
雨伞和影子	096
像鲸鱼一样写作	098
被三毛"催眠"	100
美丽的大手	105
小艾的罗曼史	109
洗澡往事	112
集体婚礼	116
城市夜晚	120
酒吧一瞥	122
咖啡馆里的知识分子	124
灿灿的故事	126
女人的好归宿	129
所谓剩女	132
女人的衣橱	134
女人的疼痛	137
女汉子	142
梦想的女人	144
小姐，你好！	148
输情不输人	153
美丽是一种天赋	156

老婆要富养	158
老夫的底线	160
婚姻是爱情的坟墓吗？	164
恍如隔世	166
女儿是用来宠的	169
我看"二代"	173
当女人老了	176
阅读的女人	179
不是单音符	181
成名何须趁早	184
舌尖上的年	186
因为品位	189
一捆矛盾？	191

第三辑　行走天下

启程去美国	197
相逢在西雅图	202
阳光照耀西雅图	207
温哥华的秋天	214
失踪在BC校园	218
哭泣的留学女孩	222
拐了弯的亲戚	225

不想生活在别处	229
曼谷的奇葩	231
华盛顿的诡异之城	235
赌城的诱惑	239
尼亚加拉瀑布的启示	242
落基山脉之旅	246
韩国日记	252
俄罗斯情结	266
给列宁鞠躬	270
没有恐惧的名人墓地	273
美女的背后	277
以旧为美的圣彼得堡	280
化妆间	284
加拿大的"破烂王"	286
迷人的米诺克斯小岛	288
爱琴海的悬崖边看日落	291
前生与来世	293
三文鱼洄游（非虚构小说）	294

跋

慢慢亲近
——别样晓鸥   307

以我们热爱的方式

代序

一段时间来，我和姐不约而同地痴迷一件事，就是以保护文物、抢救文化遗产般的虔诚与热情疯狂搜集挖掘爸妈家里的老照片，获取的方式与鬼子进村没什么两样。

先是姐先下手为强，近水楼台地率先截获了大批的第一手原版资料，按年代、人物属性分类扫描编辑，在出版她的自传体小说《小时候》的同时，稍带自编了一本纪实性家族画传，以"手抄本"的方式在家庭内部传阅，老爸看了甚至老泪纵横。

受此激励，远在北京的我也热泪盈眶地搬出自己尘封多年的存货，将那些我早有预见地在离家前后分批带走的真品、孤品，逐张扫描、批注、剪辑编辑、分类打包，而后资源共享地发送给姐，同时更以青葱般的壮志热情谋划着下一步如何给这些老照片图文并茂的交代，让它们从此有个好的归宿。这是我们这个家庭逝去的过往和记忆，没有任何功利的怀旧情怀，照片鲜活、忠实地记录着那些已打上时代烙印且回不去的时光，岁月定格，驻足凝望，虽然一路坎坷，跌跌撞撞，有眼泪也有欢颜，起伏总在破浪时。让我们姐妹欣慰的是，在那些艰涩、熬过来的岁月里始终能够以我们热爱的方式,坚守自己的梦想,滋润我们的生活,让自己的天空有了七彩的云朵,予心灵以真实的表达,这就是文字。

文字之于我们是寄托与排遣,隐忍和抒发。太过自我的东西,让"小我"躲在文字里喘息、休整、修炼,渐行渐远,忠实于内心的另一个自己,一个玩伴,也是人生大戏的脚本,不为登台,只做记录。而老照片则像幽幽的旁白,不动声迹地述说着曾经……那个年代、季节、地点、场合、主人公与左右……

前些天我姐打电话告诉我,要开始整理这些年的手稿准备出书了。我觉得实在有这个必要,只是工作量之大让我替她着实头痛,因为只有我知道这将是一个浩繁的工程,谁也替不了她。这里还特别应该感谢我妈,虽然现在老人家已一病不起,时而清醒,时而迷茫,可当年她可是称职的"一秘",专司档案类。虽然对文字一知半解,但爱女心切,以拿着鸡毛当令箭的忠诚与执着,硬是把我姐当年发表的每一篇文字都搜集到并悉心分类保存,从而使其大量的文稿得以保全。那时正是姐写作的"高产期",但生活的重压与繁杂使她分身无术,无暇顾及,散失在所难免,要知道那个时候电脑都是386的,更别提网络、微信、QQ客户端等现代技术手段了,光是能搜集到各个媒体的纸质出版物就已实属不易了,向妈妈致敬!

姐的文学生涯起步早,对我潜移默化的影响更是深远。

我曾经写过一篇随笔叫《我姐》,里面就有这样的描述,"姐在学校可是响当当的团干部,著名的校园诗人,那诗写得可真格的长,可以和《欧阳海之歌》媲美,其实炮制的时间也不算长,顶多一个晚上。我常抄袭她的大作、小作,去学校应付我那大队宣传委员的差事,顶多重拟个题目,略加篡改,就换了版权,唬得学校的老师同学们对我肃然起敬,好像校园里真的升起了一颗文学小星。"当时铁凝的《没有纽扣的红衬衫》的姐妹关系就是我们最贴切的生活写照,妹妹就是我,姐姐当然就是姐了。作品从生活状态到精神层面的交流都让我们看到了自己的影子,为此我无数次看了原作和改编后的电影,破了我看单片的纪录。

以后的日子,文字始终伴随着她,长篇、中篇、随笔、纪实文学、散文、访谈、博客、微博都似漫不经心地推出,不断地见诸各大报端、权威的杂志等。而她即使是顶着中国作家协会会员的头衔,也仍然是不紧不慢、不急不躁地买书、看书、写字,从容悠然地过着她闲云野鹤般的生活。

我喜欢她的文字是由于文如其人,永远清纯,真诚而美好。只有纵然过尽千帆但内心依然纯净的人才会有那样的情愫和笔触,底蕴源于沧桑而坚韧,细腻而隽永,洗练而精致,幽默而睿智。我本人并不醉心于码字,从事的职业也与文学相去甚远,但我是一个苛刻的读者,我不喜欢博览群书,涉猎上下五千年,博闻强记地探求多学科多领域,那活得也太累了,所以我自认浅薄,没有做"大家"的志向,我书架上的书籍永远和我的意趣相合,那些超有灵气而婉约清新的随笔美文更能感动我,激活我。从这个角度来说我更偏爱女作家,也因此喜欢我姐的写作风格。

我坚决摒弃那些说教式的、矫揉造作、无病呻吟、缺乏生活积累的标以"纯文学"的大部头,在多元的当下,阅读已成为奢侈,纸质阅读更是珍稀,除非你有足够的功底和渴望。每个人都是生活的主人公,不需要追随别人的故事缠绵悱恻,肝肠寸断的,谁也不是谁的救世主,这也是我近二十年不再买小说、看小说的原因,尽管我在上大学时以"吃书"著称,曾用四个小时读过《简·爱》。但那个时代一去不复返。怀念阅读时代。但文学、文字对我们依然重要，买书、看书、写字是我们生活的一部分，不可或缺。

　　做自己想做的事，爱自己想爱的人，安贫乐道，随性安逸的生活是我们想要的，无论外面的世界多么异彩纷呈，充满诱惑，但那同时也是通往名利场的拥挤跑道，充满荆棘与挑战，所幸的是姐能够选择与这个世界若即若离，进退自如、健康舒朗地以她热爱的方式醉心着她理想的生活，就如她向我推荐的《塔沙奶奶的美好生活》一样，体味着"幸福就是满足的心灵"。偶尔也会以她特有的方式和载体，亲切自然地和大家打个招呼，当你看到那个著名杂志刊登她的《没人注意，也是幸福》为卷首语，拍案觉得深刻至极，正考虑是否把自己搁进去的时候，人家早到越南柬埔寨深入生活去了。

　　当你为她的长篇小说《小时候》唏嘘感叹，触动到××后集体回忆时，她正驱车大篮小筐往老爸老妈那赶呢，当然顺便把我过年回家的衣食住行安排妥帖也算是正事，回家路上把瑜伽课上了，从游泳馆出来与闺蜜共进晚餐后才回到她的私家花园，在书房为自己沏上一杯香茶，伴着窗外花园树叶摇曳的微风和弥漫在屋内的香薰，沉心把早晨那篇《时间里的姐妹》续上八百字的结尾，鼠标"保存"，关机。OK！

　　拥有一间属于自己的有落地窗的大书房，是童年的梦想，如今她端坐在这里继续着她的梦想，读书、写作，读书可以和古往今来各色人等神聊意会，写作是因为我们有话要说，写作不是为了变成铅字，是我们已经习惯并且热爱的生活方式，相信这种方式会伴随一生，感谢生活。

刘晓宁

2014年2月7日0:18于北京洋房

第一辑　情与爱

和一个人慢慢相爱

时间里的姐妹

与母亲同行

走啊走

爱玩的儿子

儿子的世界

儿子的美国毕业典礼

废墟上的玫瑰

和一个人慢慢相爱

一

1954年秋，父亲母亲结婚了。没有婚礼彩礼，父亲抱着一个蓝底花布的棉被卷——这是他唯一的"财产"——走进了母亲家的清寒小屋。这个家只有姥姥和母亲。

新婚后，父亲带母亲回唐山老家拜见婆婆和家人。坐在火车上，母亲凝神望着车窗外的连绵秋雨，眉宇间淡淡的忧郁，使父亲隐约察觉到，他并不是母亲的意中人。母亲是恒源纱厂的女工，容貌清丽，还是全厂"青年标兵"。与她的条件相当的小姐妹不是嫁给军官，就是嫁给医生干部。能娶一个恒源纱厂的姑娘做老婆，在上世纪五十年代是很有面子的。认识父亲之前，母亲谈过一次铭心刻骨的恋爱。男方是外厂的一位进步青年，和母亲在一次青年联谊会上"一见钟情"。那青年高大伟岸。谈婚论嫁时，姥姥希望男方做上门女婿，男青年拒绝，还要母亲在他和姥姥之间做出选择，母亲忍痛割爱，结束了恋情。

母亲是以"相亲"的方式认识父亲的。这年她二十四岁,这在当年,算得上"老姑娘"了。初恋的阴影尚在,"上门女婿"难寻,母亲暂时被爱情遗忘了。父亲从部队南下文工团转业到机关工作,没家没房,单身一人,因此对"上门女婿"这条要求,并不介意。同时对母亲当童工养活姥姥的苦难身世充满同情,对母亲自强自立的精神由衷敬佩。而父亲的诚恳朴实,有文化,爱读书的特点,也让母亲欣赏和起敬。她从小没机会读书,所以崇拜有文化知识的人。

母亲第一次到奶奶家,奶奶和大伯竟然一顿迎接新人的家宴都没准备。母亲从奶奶和大伯的冷淡中看出,他们对她这个新媳妇不太满意。大伯认为父亲不该找一个纺织女工做老婆,应该找一个工作和家庭背景好的姑娘。那天姑姑把母亲请到家里,亲手做了喜面,让母亲又感动,又温暖。转天父亲和母亲冒着凄风苦雨,两手空空地回到天津。

姥姥闻听火冒三丈,母亲劝姥姥不要太计较,以后她和父亲好好过日子,给奶奶和大伯证明,父亲的选择没有错。母亲对父亲的体贴温柔,可是细心。母亲上"三班倒",做饭买菜都是姥姥的事。母亲叮嘱姥姥做饭别凑合,给父亲一定要做好吃的。姥姥过惯了粗茶淡饭的苦日子,冷不丁家里来了新姑爷,真是不太适应。姥姥每天清早挎着篮子到菜市场买鲜鱼活虾新鲜猪肉,中午父亲回家吃饭,准能吃到姥姥做的烙饼、红烧肉和熬鱼,结婚后的头几年,父亲过得很舒服。他享受供给制没有工资贴补家用,母亲没有一句怨言。很快供给制就改成薪金制了,尽管没有母亲的工资高,但有趣的是,母亲每生一个孩子,他的工资就涨一级。

爱情是两个人的事,婚姻则是两个家庭的事。父母那一代人的婚姻也是如此。很多年来,老家人将父亲视作"成功人士"。他们觉得父亲在天津这样的大城市工作,日子一定比他们好。所以每年各路亲戚都来我家小住,托父亲给他们办各种闲事。母亲非但没有冷脸,反而是热情招待,倾其所有,让亲戚们感动而归。每月父亲发工资,母亲主动给老家的奶奶寄去十元钱。而父亲的工资仅有六七十元,母亲坚持寄钱十几年,直到奶奶去世。夫妻关爱是互相的。父亲对姥姥十几年如一日地恭敬孝顺。他对姥姥的态度,要比母亲对姥姥的态度好很多。姥姥有时粗枝大叶把梳头油和食用油堆放在一块,瓶子的外形都一样。有一次父亲兴致极好地做了一大锅飘香四溢的面卤,起锅时在全家期待的目光中,点睛之笔竟是把梳头油当香油放进去了,立刻腥味刺鼻,结果全倒了,打卤面变成了窝头咸菜。就这样父亲愣是打哈哈,让姥姥别在意,母亲倒是一蹦老高的。

母亲常和姥姥争吵,但极少和父亲争吵,父亲常对我们仨发脾气,对母亲却是体贴温柔。母亲下中班,冬天夜晚路上寂寥,父亲就骑车老远去接她,或亲手做一碗鸡蛋面汤让母亲进门吃。也许这就是他们表达爱情的方式吧!父亲和母亲也有磕磕绊绊的时候,可他们从来没有翻脸过。常常是母亲发脾气数落父亲的不是时,父亲嘿嘿笑着,哄劝道歉,戏称她是"战斗活佛",一会儿母亲气就消了。反过来,父亲暴跳如雷时,母亲大气都不敢喘,何谈争吵?!

平淡而琐细的时光里,父母的婚姻悄然滑过了十几年,假如没有

"文革"十年，父亲母亲的婚姻，会一如既往地波澜不惊。但婚姻就是一场人生大戏，有高潮，有低谷，有落幕。

二

导火线是姥姥的所谓富农成分。母亲两岁时亲生父亲就因码头上做苦力积劳成疾死了。姥姥带着三个年幼女儿，苦苦挣扎，差点露宿街头。为活下去，姥姥带着年仅几岁的母亲和二姨，嫁给了郊区的一个有良田百亩，家有大宅院的瞎子琴师，论年龄，瞎子琴师七十岁，比姥姥大三十岁。姥姥说是续弦，真实身份就是用人。那时瞎子琴师已经病入膏肓，姥姥不分昼夜地服侍他，端屎端尿。两年后老头一命呜呼。老头的本家人把姥姥母女三人赶了出来。回到城里，姥姥靠给人家缝缝补补，洗洗涮涮，勉强维持糊口的生活。直到母亲十几岁进厂上班。

"文革"中，街道造反派给姥姥扣上"逃亡富农婆"的大帽子，贴大字报，强令扫街。父亲本来是革命委员会的成员，他历史清白，"文革"不会把他怎么样。可姥姥的问题殃及无辜，母亲在厂里也成了怀疑对象，接受审查，面对险恶的现实，父亲预料很快就会被牵连进去，于是主动要求到"干校"去。只有被革命队伍清理出来的人才会去干校。艰苦和屈辱的环境，父亲去那里，实属无辜。

母亲非常愧疚，父亲临离开家时，她对父亲说："对不起！是姥姥连累你了！你去干校后，不要惦记家里，好好表现！"母亲从来不会甜言蜜语，这或许是她和父亲漫长婚姻里破天荒的一次"情话绵绵"。

当家里高朋满座，父亲举着酒杯，高谈阔论，是在十几年后了。那时我们哥仨都结婚离开了他们，时间飞逝，我们的孩子也渐渐长大，离开了我们。姥姥早已作古，"文革"的蹉跎，悲剧与荒诞，人性的扭曲与温暖，都已随风而逝。一如尘封书柜里的藏书，轻易不去翻它。两鬓染霜的父亲母亲的平静婚姻，却出现了让儿女啼笑皆非的矛盾和摩擦。

矛盾起因是在母亲退休之后，长达十年，母亲帮我们仨带孩子，忙家务，上了一辈子班的母亲，对永无休止，又与世隔绝一般的家庭妇女生活，烦恼不堪。父亲却在中年之后，迎来了他的事业春天。那十来年，他一直担任领导职务，每天早出晚归，开会，应酬，出差，写材料，批文件，家里经常是高朋满座，都是登门求他办事的，母亲常常被晾在一边，插不上话。她和父亲的交流越少，她越觉得自卑，觉得父亲地位变了，看不起她了，用她的话说，就是父亲骄傲了，忘本了！这个"本"就是她与他的带苦味的婚姻，艰苦坎坷的漫长岁月。

随着家里的经济条件不断改善，父母家搬到了宽敞的新房子，但只有老夫妻住的大房子，凸显了空虚和冷清。特别是孙辈们一个个长大，不再需要她的护佑之后，她备感孤独和寂寞。母亲再不像年轻时对父亲那样地迁就和仰视。父亲晚年事业的风光，母亲是很纠结的，既觉得"局长夫人"身份有面子，又担心父亲晚节不保，经不起"糖衣炮弹"的诱惑。父亲每次喜形于事业成功时，母亲就在一旁泼冷水："别忘了当年你就是一个供给制的小干部！"见到年轻女人来家拜访父亲，等人家走了，就和父亲发脾气，无理取闹。

父亲离休后，母亲的神经兮兮，疑神疑鬼，无理取闹，让父亲苦恼不堪。但他从不正面和母亲发生口角，共同生活了几十年，父亲对母亲的性格了如指掌，她虽然文化不高，但情感世界却很丰富要强，不愿意给任何人当绿叶，哪怕这个人是她的丈夫。父亲长夜难眠，思考母亲的人生最大遗憾是什么，能不能帮她余生圆梦？这样就能帮助她走出郁闷的精神状态。两位老人在灯下，推心置腹，促膝谈心。

母亲坦言，她的晚年有三个梦：一是上学读书；二是出门旅游；三是文学梦。父亲允诺，一定要帮助她圆了这三个梦！母亲上了老年大学那天起，父亲就成了她的厨师和家庭教师。从此圆了母亲的读书梦。十几年时间，父亲带母亲到过香港和澳门、杭州、苏州、上海、西安、青岛、烟台等十几个城市，每次回来，母亲都变得容光焕发，兴奋好长时间。从此圆了出门旅游梦。母亲六十多岁开始动笔写散文随笔，十几年来，她在许多报刊发表的文章有几十篇。每一篇都是父亲动笔修改，但父亲从不署自己的名字，默默地为母亲做嫁衣。母亲的文章还在全国散文比赛中获奖，这都是父亲的功劳。从此圆了文学梦。母亲的三个梦，父亲帮她逐一圆了。父亲并不要求母亲如何感谢他，只求能破解矛盾，温馨相伴。他和我说心里话："我们都这么大的岁数了，谁也改变不了谁，只是想老伴跟我这辈子吃了不少苦，没有跟她计较的理由！晚年就一个心愿，让她开心！"

三

四年前母亲因手术后遗症，突发脑梗导致半身瘫痪，从此神志混沌。突如其来的灾难，让全家人陷入悲痛之中，每天到重症监护室探视母亲，父亲都老泪纵横。

我为父亲和母亲今后的生活深感担忧。不少亲友家的老人瘫痪多年叫儿女不胜其烦。我不愿意听此"案例"。不是我不孝顺，是发自内心的恐惧。假如父母卧床不起，需要我近身服侍，端屎端尿，我能胜任吗？每次自问，答案均自惭形秽。亲爱的爸爸妈妈，不是女儿不爱你们，而是女儿无法克服洁癖的顽疾。母亲刚转到普通病房，我立马提出请护工！父亲一时蒙着，说都听大闺女的！

母亲灵活的肢体，丰富的情感，一夜之间被病魔卷走了。剩下的只是能呼吸的躯壳。很长时间，我都想不通这之间究竟发生了什么。母亲一生善良，她没得罪过谁呀，上帝为何这么折磨她，在她圆了三个梦之后，却关闭了她幸福人生的通道。

我还想不明白，母亲对自己的疾病怎就没有一点预知？没有任何过渡，就病到"全失能"地步，谁来为她的今后负责？！

母亲的瘫痪，是我的噩梦，更是父亲的噩梦。父亲再没睡过一个懒觉，每天五点多钟就起床了，骑车去买热豆浆馄饨油条，然后送到医院，看着护工把油条掰成小块，放进豆浆里浸软，再一口口地喂进母亲嘴里。脑梗后母亲不能戴假牙了，食物稍硬一点，她就吐出来。长时间卧床，母亲食欲很差，父亲便挖空心思地调剂，变换花样，还学会使用榨汁机，每天给母亲榨新鲜果汁，订新鲜牛奶，买时令水果，定时定点喂给母亲吃。来看望的亲友们，都为母亲的舒展面容感到惊喜。

父亲不管怎样疲惫，心情如何沉重，面对母亲时永远是微笑着。他握

着母亲日渐枯瘦的手,唠家常,说笑话,甚至"谈情说爱"。

父亲问:"老伴,你嫁给我后悔吗?"

母亲答:"不后悔!"

父亲又问:"你喜欢我吗?"

母亲又答:"喜欢。"

耄耋之年的父母的深情款款,我看着心酸。

四

将母亲住院出院的过程回放一遍,一个令人心酸的画面就出现了。母亲是走着离开家,住进的医院,离开医院却是被担架抬回家的。上帝这一刻闭上了慈祥的眼睛。

四年来请了五六个护工,最后都给累惨了辞工离开。每位护工辞工,父亲就吃不下饭,睡不好觉。母亲不能离人,护工难找,有责任心的护工更难找。看着父亲焦虑的样子,我又心疼,又无奈。护工可以离开,我们回家看看,就扬长而去,父亲却是最坚守阵地的人,且不知道何年何月"退休"。

每天父亲早早起来,骑车到很远一个菜市场买菜,他说那里的菜价便宜。父亲和母亲的退休金较高,可要付给护工高昂的工资和食宿,母亲需要营养和自费药品,七七八八,算起来开销惊人,父亲说他必须精打细算。每天三顿饭,都是父亲亲自下厨安排。还给护工搭手帮忙,为母亲洗涮,把母亲从轮椅上抬上抬下。年近八十的父亲,把自己当成了壮劳力。

天暖时候，父亲每天推着轮椅，带母亲到小区院子里散步。天冷出不去，就在屋里推着母亲转悠，要不就坐在母亲的床边聊天，母亲拉着父亲的手不放，眼里充满对父亲的感激和企望。这个画面在我的眼里，就像是歌里唱的《最浪漫的事》，老得哪儿也去不了，坐在摇椅上慢慢聊……

我没有一天不担心父亲的身体，他快八十岁了，应该颐养天年，受人呵护。可严峻的现实，叫父亲离享清福的日子，仍旧可望不可即。繁重的家务，精神的压力，几次使父亲支撑不下去了。我劝他考虑送母亲去养老院，父亲总是讲："等等再说！"就再没了下文。

父亲实在是不舍得把母亲送到没有亲人守候的养老院，宁肯冒着自己随时倒下的危险，也无怨无悔，父亲把他一生的爱，毫不保留地奉献给了母亲。

2014年的春节，在午后和煦的阳光下，父亲推着母亲的轮椅，慢慢地走着。只要父亲在她的身边，她就神情安详，知道父亲在她的身边，她就有幸福保障。

回忆像一杯甜苦的烈酒。我这篇文章使父亲满蓄的感情，犹如雪山融化的大河涌动，久久不能从回忆的缠绵迷宫里抽身而出。父亲说："和一个人相爱，要经过漫长岁月的磨合、考验，就像我和你们的妈妈。"

2014年2月21日

时间里的姐妹

妹妹出生之前，不记得父母是否问过我，喜欢弟弟还是喜欢妹妹。我刚五岁——童年没有储藏，连年龄都是区区个位数，所以不少记忆就成了岁月的残羹。

冬天，我在花被窝里睡懒觉，花被窝是我抵御严寒的城堡。又硬又薄，和姥姥一样年迈，好在我太小，还没学会计较。……耳边飘来婴儿的啼哭，细细柔柔，像草丛里抖动翅膀的小蟋蟀发出天籁。似睡非睡时，听到姥姥和妈妈的对话："小欣要当姐姐了……"姐姐，简单的两个字，我惊醒，几乎震惊地侧头打量裹在襁褓里的小人儿。妈妈说她比我小时好看得多，我用目光反复审判，渐生反感和鄙视，窃贼般，她哪里好看？！小脸上一层薨薨皮及细茸毛，像一只小耗子。"女大十八变，妹妹长大准漂亮！"天哪，她还会长大？！简直越出我理解和想象的边界。从天而降一个妹妹，我难以适应，穿起棉裤袄，赌气跑出去。没有谁会在意一个孩子的离场。无人理解，她感到自己遭受莫名其妙的欺骗，以及她对"姐姐"这一新的人生角色由衷的不屑。

奇怪的是，我对大院里那些当了姐姐的女孩并不轻蔑，还有几分崇拜。她们穿着背带裙，脖子上戴着红领巾，辫子梢上系着花手绢，小鸟一般在大院里飞进飞出，羡慕死我了。小兰却是一只离群的小鸟，她那年大概十来岁，在我眼里已经是大姑娘了。她有三个弟妹，她爸妈都有工作，就让她在家看弟妹，做家务。小兰不上学，小辫凌乱，衣服脏破，她背着弟弟到院子里洗菜，大院里女孩们在跳皮筋，都对她嗤之以鼻，侮辱她是："小妈妈！"她的身体里的器官还差一大截的发育，手掌稚嫩，胳膊像细麻秆，连汗腺都带着孩子独有的甜酸味，但我不觉得她"年轻"，谁让她当了姐姐呢。她"老"得已经进入我视线的盲区。其实，我看不见她。她背上的弟弟夸张地号哭，她那"哦哦"哄小孩入睡的声调，其实，她站在边线之外，这个女孩世界的热闹已无须她参与。

在童年的我看来，姐姐因为失去审美价值而无须与之计较；生，然后寂灭。人们不会像心疼落花那样去珍惜落叶。可十岁的小兰，青春没有开始就已结束，她正在蜕变，像蛹一样充满尴尬、丑陋和耻辱。作为孩子，我拥有冷酷无知的道德，为了捍卫绝对化的美，应该让落满尘埃的翅膀禁止飞翔，让所有的少女都木秀于林，只做父母手心里唯一的珍珠，不食人间烟火。

我对"姐姐"角色的强烈反应，起自于那个冬天。炉子周围挂满婴儿的尿布，房间里弥漫着一股淡淡的臊味儿。姥姥要我帮她拿奶瓶，或倒尿盆，我稍有反抗，就被姥姥训斥："你是姐姐，就该多干活！"又是姐姐，谁爱当姐姐，这是我能选择的吗？！但我由此产生了嫉妒心。妈妈抱着婴儿，眼神格外温柔，我嫉妒得要哭了。

那年代食物紧缺，奶粉、橘子汁、蛋糕饼干是孩子们觊觎的美味。父母就先让家里最小的孩子享用。我天生是个吃货，味蕾健康，每见妹妹喝橘子汁,妒羡就像插了翅膀的幽灵,夹持着我的五岁灵魂在1962年的天空盘旋。

  时间的刻度,不分白昼地攀爬。眨眼我就六岁……八岁……十岁……时间的魔法师作祟,我举手投足,都带着"姐姐"的腔调和做派。这得感谢我的父母。从妹妹出生,他们就不间断地对我进行洗脑:"你是姐姐,要让着妹妹……"我牵着妹妹从幼儿园出来,偶尔会悲伤地想,自己还不到十岁,一生要有多少个十年?漫无边际啊,要有多么大的耐心,才能永远让着妹妹,保护妹妹呢?于是,每天上学,我就伤感地自我鼓励,自己又活了那么一点点啊,活,就意味着承担无数明天里所象征的整个未来——它对爱做噩梦的我来说,有点重。

二

  我不知道自己怎么就抵达了时间的对岸。瞬间,就从十岁到五十几岁。中间的沟壑足够容纳小兰姐姐的羞耻。我难以理解,童年怎么会因此羞愤?现在看,姐姐,多美。

  十几岁时的我,绝对是妹妹的主心骨,肩膀上散发着类似母爱的珠光,易感,唠叨,操心,几乎当成一种消遣。我体会不出自己内在的做作,反而乐在其中。"文革"年月,寻常人家的女孩没什么乐子可言,也不是培养淑女的大环境。父母时值中年,年轻时的理想和热情渐次被时代的列车碾压粉碎。孩子于他们来说,可不是今天的父母眼里的"心肝宝贝""小太阳",而是父母人生的大麻烦,大累赘。可他们不从源头上解决问题,稀里糊涂,在一个个纵欲的夜晚,把一个个不幸福的孩子生下来。生得越多,母亲就越憔悴,越对人生沮丧。孩子无处可逃,承受着来自母亲的莫须有的咒怨。

政治上烦心，过日子钱拮据，和丈夫吵架，生病难受，穷亲戚骚扰等，是我母亲那一代女性感觉生活不幸福的大致原因。不同年代，女性对幸福的追求，明显存在差异。我母亲那代女性，极少担心丈夫被"小三"抢走，小孩吃到毒奶粉的悲剧，更闻所未闻。所处的大环境还是比较单纯的。母亲很脆弱，一遇到她认为过不去的"坎"，就歇斯底里地拿孩子撒气："我活不了了！你们就是我的前世冤家！"

母亲仿佛站在舞台上，追光的光柱照着她的激愤略显狰狞的脸，四周都暗下去了，什么也看不见。五岁的妹妹也看不见。妹妹把头扎在我的怀里，如一只受惊了的小猫。记不得哪年哪月开始，我的少女柔嫩肩膀，成了妹妹依靠的港湾。妹妹对我的依赖，甚至大于母亲。她刚上一年级时，喜欢到一个姓杜的女生家，一玩就忘了回家，我就一路喊着她的名字，找到杜家把她揪回家。周围人都被我的凄惶之态吓到了，只有亲姐妹才会如此失魂落魄，唯恐年幼小妹遭遇不测。

在妹妹的成长日志上，假如没有姐姐的引领和保护，该是怎样的苍白和无助，很多年后妹妹说了四个字：不可想象。五岁之差，让我有充分时间做功课。一个小女孩应该学会的技能，自然是我先学会然后教她。七十年代初，中小学生要写大批判稿，妹妹经常都抄我的，略加改动，便可交差。我有一个干部子弟的同学，住在部队大院，有时我故意带上妹妹去她家串门，是想让妹妹开开眼界。我的狭小世界从来不拒绝妹妹的参与，有她这个旁观者，我的心灵花园就盛开出五颜六色的花朵，能干、得意、骄傲、失落、沮丧云云。她就像一面镜子，让我的小谎言、小聪明、小懒惰、小把戏无处可藏。

妹妹和我性格迥异。我开朗胆大，她内向胆小；我热情洋溢，她含蓄淡漠；家里来了亲戚好友，我忙里忙外，八面玲珑，她却视而不见，理都不理。她也试着学我，我也试着学她，结果均告失败，相视一笑，做回自己。连父母都解不开这个谜，一母所生的姐妹俩，性格如此迥异！值得一提的是，妹妹从小就淡定严谨，是我们家的"奇葩"。

和妹妹一起成长的青葱岁月，是如诗如歌的生命嘉年华。时间之河，到她十五岁这年停止涨潮。她十五，我二十，身高比肩，胖瘦均等。在我们的花季年华，所谓漂亮衣服，实在是遥不可及。"文革"大背景，大街上不流行红裙子、牛仔裤，最流行的是绿军装，和中性十足的灰蓝制服。稍微穿得时髦一点，就要遭到评判和孤立。任何时代，也扼杀不掉人们对美的追求。我用一个暑假学工劳动赚的钱，给我和妹妹各做一条涤卡面料的裤子，妹妹欣喜若狂，一直穿到上大学。为了她，我笨手笨脚地学织毛衣，学踩缝纫机，我这个姐姐，比母亲还勤快。那时的我，已经和姐姐的身份，完全和解了。

我一生最大的遗憾，是没有参加高考。其实，我的高中学习成绩在班上数一数二。因赶上最后一批下乡，父母就积极响应，迫不及待把我送到乡下当女知青。恢复高考时，父母担心我考不上，会影响选调，父亲就做我的思想工作，要我安心接受贫下中农再教育，不要做非分之想。就这样，我与高考擦肩而过。所以我特别希望妹妹考上大学，帮我实现大学梦。

我对妹妹学业的支持，几乎到了执着的地步。她上高中后，我不让她做一点家务，也是全家人里唯一笃信她一定能考上大学的人。

妹妹是好样的！她顺利考上了大学，那年的高考录取率是百分之四，这证明了妹妹的刻苦和聪慧，更让我引以为豪！我恨不得举着大喇叭，向天下人呐喊："我妹妹考上大学啦！"

我把妹妹一直送到大学宿舍，分手时，我们泪如泉涌。恍然大悟，时间的发条，日复一日地滴滴答答地卷裹我们，只是不留意罢了。我们在一起时，快乐而混沌，聪明又犯傻，以为厮守的日子会天长地久，从不预想分离该是一种怎样的痛！

比起我结婚时的分离，妹妹上大学的分离，简直就是"小巫见大巫"。妹妹上大二时，我结婚了。在我婚礼的空隙，我和妹妹相对流泪。因是在婆家喜宴上，我们压抑着，不敢放声，但姐姐从此属于另外一个家庭的变故，让不谙世事的妹妹，难过得心都要碎了。成长是残酷的。

三

三十一岁的我，忧郁，贫血，懈怠，被某种持续的忧伤所瓦解。生活里的酸性蛀蚀，我变得斑驳。和那年有关的往事，都变模糊了，只有一件小事，令我一生不安。冬天，妹妹结婚。她婆婆家的人来迎接新娘时，我仍陷入难以自拔的恍惚中，竟忘了帮新娘妹妹化妆。妹妹的不悦眼神刺疼了我的麻木神经。姐姐不可以这样，姐姐应该是妹妹的婚礼上最忙碌的人。

我发现生活中的阴郁调子更重了，没有妹妹的父母家，渐渐乏味无趣，像干枯了的向日葵。关键是，妹妹结婚对我意味着一种失落，过气，她再不像从前那样依赖我，一个更值得她依赖的男人，从此进入她的生活，点亮她的生命。这种历史意义的交接，让我阵阵心痛。和妹妹一起羡慕"街上流行红裙子"，单相思一般迷恋"高仓健"的花样日子，统统成了风中的回忆。偶尔打开，早已是旧意阑珊的书签了。

女人漫长的一生,少女时光就像是人生的序曲,短暂而明快。大幕拉开,是结婚生子,柴米油盐。你就是皇宫里的王妃,也摆脱不掉这样的羁绊。姐姐的一角,让我总是第一个品尝梨子滋味的那个人,可以

以"过来人"的口吻,在妹妹面前说说道道。我又找回了昔日的感觉,被崇拜,被信赖,被感激。感激,其实是若即若离的疏远。血缘,对已婚姐妹来讲,变得不再紧密。婚姻连接的爱人和孩子,自然胜出手足亲情。所以,我对妹妹的"回归",喜不自禁。

妹妹也生了一个男孩,和我一样。血缘基因又在捣鬼,两个孩子的爱好惊人雷同。我儿子小时候喜欢电动小汽车,她儿子也喜欢小汽车,妹妹每次来我家,我都要给她装上一大包东西,有我儿子的小汽车残骸、穿小的衣服、儿童漫画书等,妹妹如获至宝。当了小妇人的妹妹,表现出的精明强干,常常叫我目瞪口呆!和婚前的慵懒散漫,判若两人。婚姻就是一所学校,每个人都会在婚姻中脱胎换骨。

漫长岁月,我和妹妹始终是心心相印。如同两驾马车,在各自的轨道奔跑,节假日才是我们的喘息驿站。我们从不惊讶对方的外形变化,胖瘦美丑,在我们眼里都是浮云。共同的话题,心灵的默契,爱好的相

近，让姐妹之间的感情蕴含新意。常常是在不同时间和地点，买了同一本书，同一个电影光碟，同一件衣服……我们都觉得太不可思议。

妹妹和我一样爱好文学。小时候，我们把当时所能找到的残缺的文学小说，瞒着家长和老师读得如醉如痴。后来，我走上了文学道路，妹妹成了大学里的老师，双双成为了少年时憧憬的"知识女性"。妹妹不写小说，但她对小说的点评，却很精准犀利。书籍和艺术，始终是我们的灵魂圣经，让彼此永远有话可说，在感叹"终将逝去的青春"的年纪，依然觉得对方的美丽，独一无二。

四

新千年，妹妹全家移民北京。她和先生双双调入北京某知名大学工作。天津这座她生活了三十八年的城市，从此成了她的故乡。我在始料不及的虚空中挣扎，像儿时没有人理会一个孩子的离去的痛苦一样。

妹妹每次回来，都是我的真正节日。企盼和离愁，是我在情感天空下的低吟浅唱。妹妹在北京的生活，日益精彩，传来的都是好消息，买房子，儿子考上重点中学，她的职位升迁。羡慕之际，惆怅悠悠，油然想起电视剧《红楼梦》中的一句歌词："从今分两地，各自保平安"。我开始热衷旅游，置身在异国他乡，我喜欢看陌生女性，年轻的，年老的，她们在不同的色调里体现着动人的鲜艳。尤其是和我同龄的女人，眼睛里光芒四射，散发出来的是时间打磨的优雅。我在俄罗斯的街头，看见貌似九十的老妪，脚踝粗得像大象的，在雨中艰难地挪步。想象不出，她年轻时是怎样的长裙翩跹，步态婀娜？往日的美丽，能否成为她暮年的支撑？我不寒而栗。

庸碌的生活，是时间的底色。刻骨铭心的色彩多半是灾难的闯入者。妹妹四十二岁生了场大病，子宫肌瘤，回天津动的手术。目睹着她的痛苦浮肿的脸，我心如刀割。手术后的伤痛，形如酷刑，使妹妹泪流不止，但她却一声不吭，女烈士一般坚强。那一瞬，我忽然明白，女人一生都难逃一个"疼"字。从少女开始，初次来经血的肚子疼；初夜时破壁的疼；生育儿女时命悬一线的疼；病魔折磨的疼；一系列的疼痛洗礼后，女人凤凰涅槃一般，从此坚不可摧。

世上还有一种疼，是隐形的翅膀，是灵与肉交织的疼。爱情伤害，友情背叛，天灾人祸，亲人离散，备受打击的就是女人。悲情一刻，亲姐妹之间的抚慰、陪伴，可以说是一剂疗伤的神药。同胞姐妹，神祇的血缘暗号，就像动物种群里的特有气味，嗅到了就神清气爽，受惊了魂灵也有所依傍。

妹妹大病初愈之后，眼神清澈平静，那是与死亡博弈后的从容、淡定。重新回到正常生活轨迹中的妹妹，事业又加速了，家庭生活也全线提升。她比从前更忙了，连给我通电话都简练成电报文。我只有默默祝福她。

不是我不明白，而是这个世界变化得快。

五

我曾采访过一位女演员，四十二岁的盛年，就走到了生命的终点，圈内外的人为她唏嘘。九十年代，她因主演过一部反映缉毒的电视剧，红极一时。她的前夫是她电影学院的同学，俊男美女，中国式的三浦友和与山口百惠。可惜，他们没有三浦友和与山口百惠的成熟和平淡，将爱情婚姻进行到底。演艺圈是难有胜算的名利场，充斥着诋毁婚姻的三聚氰胺。越是浪漫的婚姻，越经不起毒素的侵袭。

女演员的婚姻止于七年之痒。离婚原因是前夫出轨，对家庭孩子不负责任。离婚后，前夫很快再婚，找了一个女富婆，演艺事业高歌猛进。谁说人做了亏心事就遭报复？那只是韩剧里的无聊桥段。女演员不如前夫走运，在章子怡、李冰冰、范冰冰都担心自己过气的演艺圈，残酷是一条铁律。女演员再也找不回当年的辉煌，只能在收视率平平的影视剧里当配角。感情上高不成低不就。跟了几个有钱男人，又不甘心嫁给人家，住着人家的别墅，开着人家的豪车，打着自己的小算盘，人家对她渐渐地失去兴趣。就在那时，她罹患乳腺癌，医院停止呼吸的那一刻，身边竟没有一个亲人陪伴。

我泪眼婆娑地读着网上关于她的八卦新闻，突然就想到孤独死在美国公寓里的张爱玲。想不通的是，名女人的落幕，为什么都是这般的凄凉？假如女演员有亲姐妹，即使天涯海角都会奔过来，拉着她的手，让她纵有千般不甘，也不至于孤零零地去天国。据我所知，女演员没有姐妹，只有一个弟弟，远在国外。众所周知，张爱玲也只有一个胞弟，她离开中国，辗转香港后到美国，四十五年间姐弟俩再没见过面，她弟弟几次写信要她回国，都被她拒绝。1995年9月8日，她在美国的寓所病逝，身边一个亲人都没有。在今天的我看来，不值得同情，她是咎由自取。因为张爱玲的骨头缝里都藏着自私和冷漠，这样的生命谢幕，就不足为奇了。

时间是魔鬼。女人年少时，它让你花容月貌，美若天仙，但它太严苛，让你的美丽限时。就像童话里穿上水晶鞋的灰姑娘，过了夜里十二点就让你现出原形。妹妹年轻时的美丽，在时间的围剿下，渐渐消退。

她少女时的玉照,被在英国留学的儿子看到惊呼:"心都碎了!"

只有我对妹妹的容貌变化,反应平静。我依然会从她标准的中年人脸上,觅到她的少女时的执拗。反过来,也是。进入中年后,我发福的身材,沧桑的面容,她欣然接受,并以善良谎言的方式,给予夸赞。我比从前更加信赖她,论起阅历和智慧,我和妹妹不相上下,姐姐,渐渐变成时间的符号。

我们的父亲母亲,在岁月的重压下多病羸弱,一个耳背,一个脑梗后遗症瘫痪,生命之光黯淡挣扎。他们不太听得懂我们的心事了。我不知道,我们的晚年是否也是这般无奈和不堪,就像一盘渐渐凉掉的晚餐。但我相信,有妹妹相伴,日子就坏不到哪儿去。

我知道,领着小可人似的妹妹荡秋千,打滑梯,仰望满天繁星,倾听天籁的童年,只能在梦里重现。应对病床上余生给予我温柔善待的亲人未必是妹妹,毕竟分居两地,隔着一百多公里的距离,耄耋之年的姐妹俩再也承受不起旅途劳顿,一定会有那一天的。就像暮年的宋美龄和张学良,他们都住在美国,宋美龄住在纽约长岛,张学良住在夏威夷。开始他们还见面,老了些,就打电话,又老些了,电话都打不动了……再显贵的人生,也是这样收梢。

我们一定会坚持到打出最后一通电话的那一天。当我在时间与河流的对岸,奄奄一息,即使喉咙发不出声音,我的脑际屏幕仍会打出最后几个字:下辈子我们还做姐妹!

2013年8月8日

与母亲同行

要论文化程度,母亲属全家最低。我们兄妹三人,都有大专以上学历,父亲是政府部门出了名的"秀才",只有母亲是初中文化程度。

母亲出身贫苦,自幼丧父,勉强念完高小,就在一家纺纱厂当了童工,三年的"包身工"岁月,是母亲的一部苦难的经典"小说"。从我童年时起,这部"小说"的主要情节就深深地印在我脑海中了。

母亲年轻时长得美,十九岁时拍的一张黑白照片,照片上的母亲,浓密卷曲的黑发,白净秀丽的容貌,忧郁的眼神,酷似山口百惠。她是一位能干的纺织女工,年年都往家里带回她被评为局级、公司级、厂级先进工作者的奖状,这些奖状一直到她退休才得以终止。

母亲从来没有时间给我们念书或辅导功课,她和父亲似乎有着默契的分工,我们的精神成长归父亲,物质生活要归母亲。母亲长年累月"倒三班",八个小时出满勤上满点,再蹬车半小时回到家。可我从来看不到母亲疲惫不堪的样子,她总是推着顺路捎回来瓜果蔬菜的自行车,笑意盈盈喊着我们的名字,叫我们帮她卸东西,然后坐下来,喝杯水,就再起身,挽起袖子问我们:"想吃什么?"

这句口头语一直保留到母亲的外孙都念了中学，我只要一进家，母亲仍然满脸慈笑："想吃什么？"

母亲一生都在劳作，上班、下班、做家务，服侍老人、丈夫，照料子女几乎占据了她整个生命。我们兄妹结婚前，母亲从来不看报，她头一沾枕头，很快就睡着了，她的每一天都被家务缠身，等她当了祖母和外婆，她又为我们义务"打工"好多年。不承想，在她渐近六十四岁高龄时，竟迈进了天津师范大学的老年大学中文系，起因是我。从我从事写作以来，父母就成了我最忠实的读者。从我发表第一篇文章开始，向来不在乎文字的母亲，就对报纸杂志"一见钟情"了。她搜集保存我写的每一篇作品，无论小说、散文、纪实文学，她都"情有独钟"。

母亲笑说："是偏心，明知别人写得比自己女儿要好看多了，还是觉得女儿写得好，谁让这个作家是自己的女儿啊。"就在她读有我作品发表的那些刊物或报纸时，客观上也读了那些比我写得好的文章，久而久之，母亲喜欢上了阅读，发现了家庭之外的那个世界的精彩缤纷。

以至于有一天，母亲幽幽地对我说："妈妈从小就爱读书，在学校老师都夸奖我聪明，什么功课一学就会。解放后，妈妈上业余中学，数理化成绩全班总是考第一。"

我顿时对母亲肃然起敬，她的数学头脑，我们都没继承，都和父亲一样偏文弱理，一沾数学就犯迷糊。母亲的读书心愿，被生计被婚姻被子女耽误了半个世纪。

母亲对写作一窍不通，但母亲知道写作是一件非常了不起的事情，女儿当作家是她这个母亲的事情，她会将滚烫的母爱封在最感人的细节里送给我。

有一天，我回家看母亲，父亲午睡后去上班，母亲坐在写字台前，正在剪报。温暖的阳光照在母亲苍白且有皱纹的脸上，她戴着花镜，剪得那样认真仔细。母亲抬头看着我说："你写作我帮不了你，我就帮你积累材料吧，兴许有用上的时候，你看我已经剪了几大本了。"我的心陡然一热，眼圈发潮，我真切地感受到那份沉甸甸的母爱。

母亲在老年大学风雨无阻，一上就是四个春夏秋冬，她说："女儿既然三十岁时才写作，妈妈就能六十多岁上大学，人生永远是需要榜样的，我的榜样就是你！"

母亲就是以这样爱的方式，给我动力，也给我压力。物质上她对我一无所求，精神上她却要和我共享成果。经过四年多系统深造，母亲的文化底蕴已今非昔比，古今中外文学名著几乎读了个遍，古典诗词能背上几十首，让我望尘莫及。最让我敬佩不已的是，母亲四年多来，写的学习笔记、心得、日记就有厚厚的十几本。她写的文章在天津几家报纸上发表。

母亲，我爱你，永远永远！

1998 年 12 月

走啊走

我如今最常梦见的是母亲走路的样子,轻盈,矫健。梦醒时分,一缕缕苦涩涌上心头,失眠到天明。现实中的母亲,被时间的黑客摧残得叫人心碎:左半身偏瘫,目光呆滞,嘴角不时地流着口水;大小便失禁;神思混乱,言语诡异,她把一个女人全部的衰老和病态,展现得淋漓尽致。

谁能相信母亲曾是怎样一个容貌美丽,疾步如风的女子?谁能相信一个鲜活生命会如此凋败?!母亲的人生是行走的一生,从妙龄少女到暮霭老妪,她的行走无不带有鲜明的时代特色,她是大时代里的一个小人物,极平凡,但不乏令人唏嘘的故事。

母亲十五岁时走出了家门。她疾步走在1945年的天津街头,身着素色布旗袍,梳乌黑短发,一派文静清秀。好多人以为她是教会女中的学生,但母亲没有那样的好命。幼年丧父,家境贫寒的缘故,母亲不满十五岁就考进了当时天津最大的私营纺织厂——恒源纺织厂当了一名童工。

母亲曾撰写文章,回忆童工生活:"旧社会的童工,在资本家眼里就是奴隶。每天要干十二个小时的活,非人的劳动强度;一日三餐皆是发了霉的玉米面窝头、咸菜、清水汤，一年到头不变花样，饿得饥肠辘辘；宿舍是十几米的屋子，安排住二十四个女工，头顶头脚对脚；平日不许回家，每两周才能出厂一次，但必须'三道关卡'地搜身检查……童工姐妹都是穷人家的孩子，没上过学，进厂前，她们对未来都怀有美好的希望，企盼早日出师，挣钱养家。残酷的现实，让希望破灭了，宿舍里再也听不到她们的欢声笑语，不少人低头哭泣，想家想娘，打算辞工……"两个礼拜回家一次，母亲像一只出了笼子的小鸟。二十多里的回家路，走着回去竟不觉着累。

在《义勇军进行曲》的歌声中，母亲和她的童工姐妹们迎来了新中国的解放，个个喜极而泣。1949年10月1日，新中国第一个国庆节，厂里组织年轻女工们夜里几十里地急行军，天亮时才走到东郊区张贵庄机场，天津庆祝新中国成立的庆典会场所在地。母亲的双脚都打泡了，可她不觉得疼，不觉得累。亲眼目睹了时任天津市市长黄敬讲话，第一次见到大人物，使母亲异常兴奋和喜悦。这件光荣往事，母亲一生念念不忘。解放后，纺织工人的地位和生活发生巨变。工作时间八小时，提高工资，改善伙食，业余时间上夜校，扫盲学文化。恰是十九岁"青春万岁！"的母亲充满干劲，成了全厂闻名的"五朵金花"之一，不仅指漂亮，而且是生产能手的意思。

那时起，母亲结束了徒步上班的历史。她买了第一辆自行车，每天骑车上下班，羡杀胡同里的家庭妇女们。五十年代初的天津街头，骑车上班的女人并不多，并且当时的恒源纱厂女工的工资高，生活着装时髦，是大街上的一道靓丽风景。

自行车让母亲如生双翼。她对工作的挚爱，在成年之后的我看来，可谓匪夷所思。我们兄妹都是生在厂保健站。母亲怀孕到分娩，除公休日，一天都没离开岗位，差一点就把"我们仨"生在机器旁。我们仨婴儿时就被母亲断了奶。"三班倒"的母亲不能回家喂奶，所以我们哥仨从没尝过母乳是啥滋味儿。

在孩子的童年光影里，父母俨如老电影里的主角，画面虽斑驳，却不可磨灭。我从记事起，就觉得母亲和周围阿姨不一样。她很少在家，从没见过她看报纸喝茶的悠闲样子。总是风风火火，赶着去上班。下班也要开会学习，回家很晚。

我几岁时，家里住在河北区靠近海河边的一个大院里。母亲上下班要过摆渡，我和哥哥常去摆渡口等她回家。想妈妈倒是其次，她装饭盒的书包里的小零食最让我觊觎。宽宽的河面上，摆渡颤颤悠悠地过来了，母亲扶着自行车站在上面，清瘦苍白，乌黑额发凭风吹拂，看上去楚楚动人。

那年月的小孩，根本见不着麦当劳可乐薯条之类的洋食品，能吃上母亲买的山楂片、柿饼子、动物小饼干、江米条这类小零食，我们乐不可支。由于母亲在国营工厂上班，我们的物质生活与同龄人相比，算得上比上不足，比下有余。没挨过饿，没穿过补丁衣服，没拖欠过学杂费，在当年算得上好日子了。这都是母亲的功劳。假如单靠父亲一人工资，也许我们就在贫困线上挣扎了。

当年"吃补助"家庭，现称"低保户"。我记得，那种家庭其实很尴尬。偶尔吃一顿红烧肉都会有人打小报告给街道，吃补助家庭的孩子穿得破烂，遭人白眼耻笑；穿得齐整一样遭人谩骂和攻击，总之是难以做人。

但只从物质生活层面，考量母亲的"行走价值"，就显得狭隘了。母亲对工厂的感情不仅仅是"铁饭碗"，而且是赋予她精神和思想的"空间站"。"集体荣耀""国家需要"等正大字眼，是母亲一生敬畏和追寻的目标。我后来和母亲调侃："战争年代，您应该去当女兵，冲锋陷阵！"母亲叹息道："你以为我不愿意？我年轻的理想，一是当女兵；二是上大学，当女科学家，不结婚！"

毋庸置疑，母亲的骨子里是向往"大年代""大风云""大活动"的。六十年代，每到"五一""国庆"，单位都要组织庆祝游行，母亲每次都像年轻人一样，跟着队伍走很远的路，劳累饥渴，全不在话下。

我少年时，厂里发给家属洗澡票，我第一次进车间找母亲，车间巨大的轰隆声，以及闷热潮湿，让我既震撼，又惊惧。没想到母亲在这种环境里，一分钟也不能坐下，同时照看着好几台机器，手脚不停地忙碌。身穿白围裙戴白帽子的母亲，在我眼里像白衣天使一般美丽动人。上夜班是纺织工人的最大黑暗。不少职工因此转行或调走。母亲有过多次调动的念头，但领导不放她。她是厂里"劳模"，就该给年轻人树立榜样。所谓的荣誉，让母亲付出巨大代价。二十多年，狂风暴雨，风雪交加，只要该上班了，母亲就如听到集合号的士兵，奔向厂里。夜班时到后半夜，母亲困得睁不开眼，走着就能睡着，她就唱歌来驱逐睡魔。

常常是我们一觉醒来，母亲下班回来了，一宿未合眼，她的眼圈发青，脸色蜡黄。桌子上摆着她从食堂里买回来的热豆浆，油条，红豆馅蒸饼。当时我们就知道饿，就知道母爱本该如此，很少真正去体贴母亲的辛劳和疲惫。

"文革"中造反派煽动"停产闹革命"，不少人跟着瞎起哄，母亲坚持在车间织布。她对我们说："工人不织布，就跟农民不种粮一样，你们也一样，要好好念书！"七十年代，厂里组织野营拉练，母亲主动请缨，时年四十三岁的母亲，穿上洗得发白的绿军装、绿胶鞋，一派英姿飒爽。在父亲、哥哥、我和妹妹的一片惊诧目光中，绝尘而去。

1975年,母亲结束了三十年的挡车工生涯。有人给母亲算了一笔账,母亲当了三十年的挡车工,相当于围绕着地球走了十几圈。余后几年,厂领导调她到厂后勤负责仓库保管。那是母亲工作最愉悦的几年,上正常班,再不上"三班倒"了,母亲如释重负。仓库工作巨细琐碎,她拿出挡车工的好传统、硬功夫,不久就把杂乱无章的仓库整理得井井有条。领导和同事好评如潮,母亲感到莫大欣慰。

八十年代,母亲终于退休了。她来不及体味空虚失落,"我们仨"便相继生了"他们仨",母亲荣升"姥姥"和"奶奶"了。母亲年轻时没怎么带过"我们仨",可对"他们仨",倾尽舐犊之情。她累并快乐着!时间如梭,"他们仨"渐渐长大了。母亲发现他们的腿从她的车后座上拖到了地面,时时百感交集。又过些年,"他们仨"都离开了她。大的出国留学,小的随父母进京定居;孙女也进了大学校园,与奶奶"常相思,不相守"。

我们仨也好不到哪儿去。为"一地鸡毛"的小家庭,前途未卜的小事业,镇日奔忙,顾不上"常回家看看"。对父母的照料,敷衍了事。父母进入晚年后,身体和精气慢慢呈现出暮秋之气。我也担忧,但又自私地想,二老现在可别倒下!我眼下可没时间天天守着你们,侍候你们。我可不甘心"人到中年"事业停滞。

命运之神没有让我的自私得逞。母亲年过花甲之后,数病缠身。但她从来不"嘘乎"自己,很少打电话叫我们陪她上医院。我以为是寂寞导致母亲的身体欠佳,于是帮母亲联系了老年大学,希望她老有所学。我这招真灵,老年大学让母亲如沐春风。自此,老年大学成了母亲的精神圣地。她的学习热情之高,令我们瞠目结舌。她逢课必上,逢作业必写,逢老师必崇拜,逢活动必参加。每到新学期,原来的老同桌,一次比一次少。有见上帝的,有卧床不起的。母亲没被死亡情绪感染,依旧生命不息,学习不止。最后成了老年大学的"传奇"。母亲从六十四岁上到八十岁,春花秋月十六载,不是传奇是什么?!

后来,母亲还加入了老年文学社。并一度对《红楼梦》痴迷不悔。高小文化的母亲,不但没看过《红楼梦》,也没读过一本小说,竟以红学研究者姿态,整天戴着老花镜考证"甄士隐梦幻识通灵,贾雨村风尘怀闺秀",我的亲娘啊!

母亲家里堆满了文学书籍杂志,她每天扎在书堆里乐不知返。一辈子勤快的她,突然变懒了,家务活儿懒得干,一日三餐都推给老父亲。后来一见我,就跟我探讨小说怎么写。我和父亲哭笑不得,说她野心真大!写这篇文章时,我特意到父亲家找出几篇母亲那时写的文章,竟读得泪眼婆娑,后悔当时对母亲的写作总是贬损嘲笑,很少静心拜读。真后悔呀!

我这时才发现,母亲的文章其实写得很是大气流畅,文学感觉非同一般,假如母亲赶上好年代,出生在好人家,母亲会是一个出色的女作家。当纺织女工真是委屈她了!

母亲的性格使然,让她对自身变化有些迟钝,甚至无知。高血压二百,还乐呵呵地去老年大学。她喜欢阅读名人故事和格言,《艺术人生》采访电影老艺术家的节目,她最喜欢看。老演员谢芳说:"我哭着来,笑着走!"母亲常把这句话挂嘴边。我们都觉得那时的母亲言语很做作,不是励志,就是格言。以前的淳朴,越来越少了。

当悲剧无法逆转的时候,我们回忆母亲病倒之前的种种反常,不觉恍然大悟,母亲的脑梗早就露出端倪了,可我们都没有察觉,没引起重视。而且还烦她,抱怨她行为吊诡,有强迫症。她的作品一旦新鲜出炉,就拿到外面复印,然后邮寄到外地亲戚家,强迫别人"阅读"。我们仨一回家，必要拜读她的大作，不看不行！

母亲和父亲一辈子相濡以沫，风雨同舟。可到晚年，却出现了不和谐的音符。父亲是老干部，有文化，有涵养。对母亲的反常折腾，父亲始终是宽厚、包容的。但他的确不理解是什么原因让母亲变得有些不可理喻，甚至陌生的。我曾咨询一位外科医生："假如母亲不做肿瘤手术，是否不会诱发脑梗？"

医生答："其实你母亲的颅内小血栓子早已集群，手术像扣动了手枪扳机，一枪击落。即使不做手术，结果也会是这样，时间早晚而已。"

2010年春天，母亲的病情严重到叫我们惊愕的地步。她呼吸困难，每喘一次气，就长长地呻吟，那种声息让人倍感紧张压抑。父亲每天就在母亲这种呼吸声中煎熬。我最后一次带母亲出去吃饭，母亲三口两口把饭吃完，完全不顾及外人的目光，把盘子筷子杯子碰撞得山响，搞得我好不狼狈。

6月26日，母亲最后一次打扮端庄，走进一家酒店，参加我儿子的婚礼。宾客如云，我顾不上照顾母亲，现在真后悔。优雅富态的母亲形象，已在记忆中定格。

7月至8月，哥哥带着母亲到几家大医院进行各种检查，确诊为"食道管间质瘤"，已有鸭蛋一般大，严重影响母亲进食和呼吸，要命的是，再不做手术，肿瘤生长速度很快，发生癌变的可能性极大。手术前，医生冷漠地跟我们交代手术有可能造成的可怕后果，我泪如泉涌，使劲睁眼，也看不清到底有多少项。第一次面临生死抉择，我的意识完全被恐惧所笼罩，只好签字。我第一次锥心刺骨尝到"迫不得已"的滋味。回想起来，那一条条的霸王条款里，没有一条写着手术有可能会导致"脑梗偏瘫"，而是玩文字游戏，概念模糊："有可能引起心脑血管病"。对于一个至今没有一例"瘫痪"的健康家族来说，哪里知晓"心脑血管病"的狰狞嘴脸！

　　做手术之前，母亲在医院住了半个月，要做各种检查和手术准备。我每天都要去看她，她很乐观，对手术充满期待，觉得手术后把肿瘤取出来就再不难受了。母亲每天和病友们说说笑笑，我离开病房时，母亲每次都送我到电梯门前，笑容满面。我万万想不到，母亲那般慈祥的笑容，已经进入倒计时，我再也见不到了。母亲正一步步走进病魔的深渊，万劫不复。

　　手术后，母亲被推进重症监护室。晚上我刚进家门就接到医院电话，说和母亲同一时间手术的病人都醒过来了，可母亲却怎么叫也没反应，左手完全没知觉，怀疑是脑梗死。我的脑子轰的一声，差点晕倒。

　　火速赶到医院。医生解释说，母亲是因手术打击，意外引发脑梗，一星期内即使抢救过来，也会出现偏瘫，大小便失禁，生活不能自理，你们家属是抢救，还是放弃？早晨还对我微笑的母亲，此刻命悬一线，我肝胆欲裂一般哭喊："救救妈妈！只要她活着……"

　　抢救母亲的过程复杂而漫长。终于活下来的母亲，却让我们感到陌生，再不是从前慈祥爱笑的母亲了。现在的母亲，不会哭，不会笑，大半身瘫痪，连坐都不会，大小便失禁。她的魂魄像是离开了她的躯体，说出的话常常是匪夷所思，诡异离谱。她每天说得最多的一句话："快给我穿鞋！""我骑车出去！""走，快走！"

　　夜里，我又做梦了。梦见年轻时的母亲骑车上班的样子，轻盈美丽，一阵风似的不见了。

2012 年 11 月 6 日

爱玩的儿子

每天揽镜自视，并不觉自己有啥变化，但一扭身瞅见身高已有一米八一的儿子，顿时感觉光阴似箭。那个白白胖胖、淘气可爱的小男孩，怎么说长大就长大了呢？

儿子十六岁，目前在北京的一所私立学校读高中。儿子从小爱玩，是我这个母亲在儿子成长过程中，对儿子的"玩"开了过多的绿灯。很小的时候，儿子就表现出了"玩有所成"的特点。譬如，八十年代中期，一部叫《霹雳舞》的美国电影，使中国大陆霹雳舞一时风起云涌。儿子四五岁时，单位发了电影票，我领他一起去看了，那很动画、很机械的舞蹈语义，一下子迷住了儿子，回到家就一边回忆，一边模仿起"擦玻璃""扫地"的舞蹈动作，一招一式很像那么回事。以后家里只要来客人，我说一句："儿子，来给叔叔阿姨跳一段霹雳舞！"儿子那时的表现欲非常强烈，从不怯场，胖乎乎的小身体在地板上旋转如风，朋友无不为之惊赞。

后来卡通画小书满大街流行，儿子又迷上绘画，专画漫画卡通，家里墙壁上贴满他的作品。接着，就是丈夫特地从深圳出差买回来一部游戏机，儿子如获至宝，打得昏天黑地。

儿子在这些看似费脑子，又能体现一个儿童艺术天分的爱好中，表现得确实"优秀"，但他拒绝接受科班训练。幼儿园老师看他"聪明过人"，就推荐他进少年宫这样或那样的班"深造"，儿子毫无兴趣，去不了几次，说啥也不肯再去。

我终于明白，儿子的兴趣就是玩，而不是"艺术萌芽"。就这样算了吧！就这样玩到小学。整个小学期间，儿子仍"玩心"不死。最拿手的成绩就是，曾获天津市第一届儿童手工四驱车比赛的第二名。但做模型小车的热情，不到两年就随风飘逝了。

接着，儿子的目光投向了大洋彼岸，他几乎同时迷上两个"迈克尔"，一个是美国著名摇滚歌手迈克尔·杰克逊，另一个是美国NBA篮球明星迈克尔·乔丹。家里开始热闹了，他只要写完作业，就开大音响和电视，让"迈克尔"的歌舞震耳欲聋，舞蹈眼花缭乱。到了周末，大洋彼岸每逢此时，用卫星转播"公牛队"与"爵士队"的比赛盛况到中国大陆的千家万户时，他就目不转睛地观看比赛，影响得我和丈夫都成了NBA的热心观众。

小学升初中之前，儿子的玩，就显示出了令人揪心的不良后果——学习成绩每况愈下。于是全家高度"备学"。强迫儿子停止一切娱乐活动，学习，学习，再学习；补课，补课，再补课。功夫不负有心人，他如愿以偿地考上一所市重点中学。

一上中学，儿子似乎一下子长大许多，玩心收敛了许多。而且，他玩的兴趣似乎变得更广泛而多样化：篮球、电脑、游戏机、CD英文歌曲、蹦迪、保龄球、滑冰等，都成了他的学习之余的爱好。他的学习成绩依然受此影响，忽高忽低，忽好忽坏，但也有让我们做父母的那颗紧绷的心偶尔放松一下子的时候，那就是他的作文成绩骄人。凭着他爱好的丰富感受，写出的作文，清新、质朴、前卫，完全没有一般孩子作文的学生腔。再就是，他因喜欢英文歌曲，英文成绩很不错，能较流利地哼唱流行的美国摇滚、迪曲、慢曲。以至于貌似不务正业的他，在考北京那所颇有知名度的国际学校时，英语成绩在当年来自全国各地的考生中名列前茅。

儿子是在"玩"中长大，长高，变懂事的。作为母亲，我对于儿子的"玩"一直很纠结。我的童年和少年几乎没玩过，所以，我很希望儿子的童年玩得开心，玩得丰富，玩得幸福，是一段真正的阳光灿烂的日子。另一方面，始终是忧心忡忡，担心他玩野了心，变成纨绔子弟，耽误了前程。如今社会发展迅猛，未来更是一个人才激烈竞争的时代，那有一天独立于世的准备，应该是从上小学或幼儿园就开始，"不能输在起跑线上！"

但我并不后悔，让儿子玩着长大了。因为在他整个玩着成长的过程中，我给予了他最真挚的母爱。在这一片玩着成长的天地里，儿子享受了温暖、快乐、文明和知识。尽管这其中有些失误，但渐渐长大懂事的儿子，已领悟到人生最重要的真谛，是学习知识的重要。

1998年冬

儿子的世界

儿子上小学的第一天，中午我去接他，疾步穿过几条街，到了西北角小学。九月初，秋风飒爽，邻家院子里的苹果树和梨树都缀满了拳头大的果实，微风把果实的香味刮进我的嗅觉中。

很多很多的新入学的孩子，在操场上等候家长来接。小小的身影，不安地扭动着，怯怯的眼神，望着学校大门。放学的铃声一响，顿时人影错杂，朝门口涌来，但是在那么穿梭纷乱的人群里，我无比清楚地看到儿子小小的身影，他背着葱绿色的书包从队伍后面冲到前面，他看到我，边跑边喊：妈……妈……儿子奔跑着，乌黑的头发被风吹起，稚嫩的身影，天使般的笑容，深深打动了我，幸福的泪水夺眶而出。

九岁，他转学到离家很远的重点小学。每天很早起床，他背着沉重的书包先倒地铁，然后走半站地，乘公交车到学校，放学后又原路回家。有次我到地铁站接他，看着每天乘地铁上学的孩子都出来了，就是没有儿子。时间分分秒秒地过去，我的恐惧一点点加剧：别再是被坏人绑架了吧？站在地铁出口处，我紧张得团团转。儿子终于从地铁门里走来了，问他回来晚的原因，他答：下了公交车到地铁站买票时，才发现口袋里一分钱都没有，最后还是好心的检票员放他进了地铁入口。

十六岁，他到北京某国际学校念高中。我送他到学校。告别时，照例拥抱，我的头只能抵到他的胸口，好像抱住了长颈鹿的脚。他也明显地在勉强忍受母亲的热情。他在陌生空旷的操场上，独自上篮投球。明知他已经开始想家了，我还是硬着心肠，头也不回地朝校门外走。

十九岁，他到加拿大留学，全家老小齐出动，去北京机场送行。在进海关的一刻，他叫了一声"妈妈！"几乎同时，我和他的眼泪汹涌而出。何谓母子连心，就是这一刻！

我站在海关口，用泪眼跟着他的背影一寸一寸地往前挪，他推着行李车，越走越远，闪入一扇门，倏忽不见。我一直在等候，等他消失前的最后一瞥。但是他没有，一次也没有。从十九岁到二十五岁，温哥华成了他的第二个家。他在那里读大学，念研究生，打篮球，谈恋爱，每年飞回来一两趟，又急匆匆地飞回去。他不在时，我撕心裂肺地想他，从机场接到他，就发现我的"思念"实属一厢情愿，他不停地打电话给同学朋友，约晚上见面，他的世界里，母亲就该识趣地走开。

二十八岁，他结婚了。婚礼上，他是全场瞩目的帅气新郎，高大英俊，挽着如花似玉的新娘，穿过铺满鲜花的红地毯，朝台上走去的时候，我多希望他朝我这边瞧上一眼，但是没有。他的笑容灿烂，我却是泪水如注，千回百转的滋味积聚心头。台上的儿子，就像电影颁奖晚会的男主角，星光熠熠，眼睛望向虚无的远处。我只能想象，他的内在世界和我的一样波涛深邃，但是我进不去。

三十岁的他，是一家俱乐部的董事长。他的世界变得更加纷繁多彩，和我的交流与交集，与他的世界疆域的拓展不成正比。他的世界就像一艘远航的船，与我渐行渐远。他出差去香港，只把电话打给儿媳妇。开始还郁闷，转念一想，自己对父母不也这个德行？揪心扒肝，想的念的，还不是陪伴自己终身的那个人。这么一想，就豁然了。

我几乎忘记，我的落寞，仿佛和另一个背影有关。很多年前，我高中毕业下乡，父亲跟着送知青队伍的敞篷卡车，一直把我送到公社。不能再送了，卡车当天要开回市里。

父亲对我说完"好好照顾自己"，就攀上卡车。卡车"噗噗"地驶出村道，留下一团黑烟。直到卡车转弯看不见了，我还站在那里，一口木箱子旁。

每个礼拜回父母家一两趟，是几十年后的时光了。父母都老了，母亲脑梗瘫痪坐了轮椅，脑子滞留在混沌地带。父亲耳背，我要大声反复问他："听明白了吗？"以前我总打电话给他们，现在就不必了。母亲病倒之前最爱煲电话粥，而今，这一功能因脑梗的侵入，永远地删除了。电话打到家里，一般都是服侍母亲的护工来接。

我总是在车流汹涌的黄昏时分，开车奔向父母家，因为越来越留恋家里的灯光，贪恋父亲在厨房烧饭煮粥的身影，蹒跚的步态，也是温暖的。母亲坐在轮椅上，胸前像小孩似的围着围嘴，看着中年女护工把打成粥状的菜饭，一口一口地喂到她嘴里，我的胸口像被棉花团堵住似的难受。慢慢地，我醒悟到，这样的时光也是值得珍惜的，也是不可逆转的倒计时。

什么是家？父母在的地方就是家。父母不在了，家也就随风飘逝了。

台湾作家龙应台说："所谓父女母子一场，只不过意味着你和他的缘分就是今生今世不断地在目送他的背影渐行渐远。你站立在小路的这一端，看着他逐渐消失在小路转弯的地方，而且，他用背影默默地告诉你：不必追。"

2014 年 2 月 19 日

儿子的美国毕业典礼

清晨7点，我们就从下榻的酒店出发，乘出租车到纽约郊外，纽约理工学院2008年毕业典礼就在这里举行。一进校园，浓郁的节日气氛扑面而来。5月的纽约气温舒适凉爽，天空碧蓝，花团锦簇，彩旗飘扬，操场上临时画了白线的停车场足有上千辆车，洋家长们更是一道亮丽风景：男人西服革履，女人漂亮衣裙，妆容艳丽，手捧鲜花，一脸喜气朝大礼堂走来。

第一个和儿子热情打招呼的是位非洲赞比亚的男孩，年纪和儿子相仿。穿西装打领带，皮鞋，一本正经。儿子说非洲男孩是他的温哥华分校同学，家住纽约，却跑到温哥华念书。儿子在学习上给了他不少帮助，平日经常一起打篮球，关系甚密。纽约是黑人最集居的地方，曼哈顿街头和商店见到的黑人，穿着打扮像跳街舞似的休闲随意。可在毕业典礼上，摇身一变，比绅士还绅士。

触景生情，想起我曾为写一部大学生毕业题材的电视剧本，到天津几所大学体验生活，先是参加了毕业典礼，又亲历新生入校第一天。毕业典礼，上千名毕业生坐在礼堂的台下，心浮气躁，交头接耳，有些学生连毕业服都不穿，还有的甚至不来在外面找工作呢。家长们更是没有踪影。校领导毫无激情地念着毕业生的名字，念到谁就上去领取毕业证，然后赶紧跑回宿舍收拾行李准备走人。给我感觉是熬到大学毕业了，大学校园一分钟都不愿意再待下去，就这样平淡地给自己的大学生活画上句号。

新生进校却是格外热闹，亲情味十足。一个新生身边最少有父母二人陪伴，最多好几位亲属在狭窄的学生宿舍忙碌。临别时也是千叮咛，万嘱咐。可孩子一旦适应了大学生活，家长们就再也不露面了。孩子毕业了，家长们最牵挂的是早早给孩子找个好工作，至于典不典礼，想都不想。

儿子去礼堂后面的操场参加硕士毕业生的入场彩排和照相，我和先生站在礼堂外面，一边等他，一边感受校园里的热烈节日气氛，切身感受到毕业典礼是美国大学的最大庆典，对毕业生和家长来说，毕业典礼是自己人生最闪亮的回忆。据我所知，生活中的美国人提倡自由，但是对待事情却是相当的认真和肃穆。博士服等毕业典礼服饰是美国人对学术文化传统的尊重，和精神传承的见证。典礼开始前，操场上有不少穿博士服的毕业生在和家人朋友合影，毕业生被簇拥在中间，不管是男生女生，眼睛里都闪耀出自豪的光芒，也感染着亲属们。与其说是跟毕业生合影，不如说是跟他们身上的毕业服合影。

这种心情美国人和中国人都一样。儿子穿着天蓝色硕士服，红色绶带飘扬着，兴冲冲地朝我们走来。儿子的崭新形象，让我和先生特别激动，儿子高大帅气，穿上硕士服更显得青春潇洒。我的眼眶潮湿了。天道酬勤，儿子这些年只身海外，寒窗苦读，终于苦尽甘来。这对我们来说，是金钱买不到的回报和殊荣。

儿子去取入场券，没拿到票的我们只得站在礼堂门外干等。门口有工作人员认真验票，里面有家长出来上厕所，工作人员还要在其手背上按上不掉色的油彩，以便再进去时方便辨认。看来没票是休想混进去。我们焦急地等儿子拿票来，羡慕地看着洋家长们一丝不苟地跟工作人员出示入场券，没有人因没带券跟工作人员纠缠想混进去的。

我担心儿子若是找不到温哥华分校女老师，就拿不到入场券，不远万里来到纽约，也许就将被拒之门外。儿子就在他爹急得脸发白的时候，举着票跑来了。我和先生进入了礼堂。里面之大，让我叹为观止。容纳五六千人的大礼堂完全是用白色帐篷临时搭建出来的，两千多名毕业生的席位安排在会场前面，后面是家长和亲属，比毕业生人数要浩荡多了。美国家长出席人数是毕业生的两倍，而且比毕业生要激动几倍，可见毕业典礼在美国人心目中的地位何等重要。

亲友团百分之九十是美国当地人，我无法判断他们是从哪个城市或地区来纽约的，我只能从他们的长相认定是洋人、亚洲人、中东地区的人。但有一点肯定，中国留学生家长凤毛麟角，后来知道，只有我和先生是从大陆来的，其他的家长是从温哥华飞来的。

会场布置得庄严神圣。主席台上有三个巨大的电视屏幕，电视台的摄影车，一直在紧张拍摄，屏幕上一直赫然映着"YNIT"几个大字。为了写好这篇文章，我特意回放了当时在现场拍的录影，一个画面一个画面地看，时间毕竟过去了一个多月了。大约九点多，一位校长上台宣布："女士们，先生们，纽约理工学院的毕业典礼现在开始！"场内比较安静，人们都朝后门看，只见两名高大的旗手，举着美国国旗迈着正步朝主席台走来，人们对国旗的景仰由此看出。没有人鼓掌、说笑，都站着用相机里的镜头在记录。

接着音乐响起来了，场内气氛恢复了热烈，最高潮出现了——毕业生浩荡长队入场了。

他们从礼堂后面两个门同时进来，伴着优美深情的校歌，洋溢着激动和喜悦，朝主席台前走去。儿子后来给我们翻译歌词的大意是："我们所有的苦难都已经过去，等待我们的是无比灿烂的明天！"

走在最前面的是身穿博士服的博士毕业生，后面依次是硕士学士队伍。每个队伍前都有旗手举着上写 YNIT 大字样，下面是一小行英文大意是某专业系学院的旗帜。队伍里的毕业生每个人都满脸微笑，在人群中寻找自己亲人的身影，当看到时，便狂喜惊呼，亲友们也一样，在浩荡队伍里看到自己的孩子，便不要命地欢呼尖叫，吹口哨，摇动鲜花，西方人和东方人表达情绪和感情的方式明显不同。我的前后左右坐满美国家长，有的比我们的年纪还要大，男的非常绅士，女的端庄含蓄，可在毕业典礼过程中，无数次高兴得手舞足蹈，大声尖叫，像一个个天真顽皮的孩子。

真羡慕他们，我和先生自始至终保持矜持，激动地流泪，激动地微笑，都无法像洋人那样自如奔放。在这样一个盛大欢乐的场合里，每个人都是激情四射，又不失秩序，这在国内几乎是罕见的。（由于儿子目前在加拿大等工作签证，我无法让他给我翻译。）YNIT 的毕业典礼很有特点，跟在毕业生队伍后面的是一支器乐队，穿着民族服装，举着小国旗，演奏着一支旋律欢快的曲子，平添了典礼仪式的喜庆气氛。

最后是学院的"文武百官"队伍，足有上百人，这才是典礼的华彩乐章。家长们全都起立，热烈鼓掌，以表达对这些辛勤园丁们的感激和崇敬的心情。走在最前面的是学院委员会主席，随后是校长、副校长、教务主任、教师等，他们都身穿"官服"，每个人的表情都无比庄重。

这让我体会到美国大学毕业典礼的神圣、庄严的精神内涵。

入场式结束，校长宣布全体起立，唱美国国歌。主席台上的"文武百官"每个人都唱得投入、深情。一位女教师，和一个亚洲面孔的女孩，担任领唱，表情虔诚，声音清醇，仿如天籁之音，场面极其感人。学院委员会主席，长得酷似好莱坞明星李察·基尔的中年人，讲话极精彩、幽默，可惜不懂英文的我，无法当时就领会其内容。

典礼结束后，儿子给我翻译了主席的演讲大意是，从这所学校毕业出去的成功人士，有的已成为名人，著名政治家，企业家，这些毕业于YNIT的人士，都为今天的毕业生树立了典范。鼓励毕业生在今后的事业上取得更大成功，戴上了博士硕士帽子只是人生一个起点，远没到光宗耀祖的地步。我从家长们的认真聆听的表情，时不时会意的笑声中，确定他的演讲太精彩，太成功了。

最后，主席说："现在，请你们起立，向你们的父母朋友致敬，感谢他们对你学业的支持！"整个礼堂顿时沸腾了，两千多名毕业生起立，面向他们的父母挥舞手臂。家长们都站起身，挥舞着鲜花，高声叫喊着自己孩子的名字，眼里泪光闪闪。接着电视屏幕上放纪录片，都是对YNIT的介绍。这所经过美国纽约州教育部批准成立并经过全美六大区域性认证机构之一认证的一所综合性大学，位于美国纽约市，下辖三个校区，设有八所学院，在校学生超过一万人。在美国北部地区院校中享有很高的学术声望。YNIT的"校长勋章"是授予美国社会杰出人士的一项殊荣，世界首富 Bill Gates 和美国前教育部长 Richard Riley 都曾亲临该校接受颁奖。这些生动画面，此刻一一清晰地呈现给在场的每个人。接着又是女校长讲话，她还为几个表现杰出的毕业生颁发了奖状，但没有一个中国人。

典礼结束了,我们激动未消地走出礼堂,儿子跑过来,一脸汗水,但神采奕奕。他告诉我们,硕士毕业生还要留下参加活动,家长也留下。我们抓紧时间和儿子合影留念,不远万里来美国,不就是为了拍下儿子身穿硕士服这一重要的时刻吗?十分钟不到,儿子就又跑进了他的队伍。我们也随后进了礼堂,家长们已经走了三分之二,我们找前面位子坐下。硕士毕业生都坐在主席台上的方阵,等着女校长一个个地叫自己的名字,然后上去和校长合影,领毕业证书。

令我印象深刻的是,女校长念了几百个学生名字,声调始终充满激

情,温和悦耳,犹如美国电影的画外音。当她叫到儿子的名字时,我几乎不相信她是在叫我的儿子,还读出了儿子的中文名字。儿子快步走到校长身边,和一位年长校长握手,并接过他给他的毕业证书。我和先生同时举起录像机和数码相机,记录下最幸福的一瞬间。

典礼结束了,毕业生们振奋的情绪仍在燃烧,都在礼堂外面的草坪上互相合影留念,欢呼着把硕士帽一次又一次地抛向空中。学校特意

为温哥华分校学生和家长准备了自助餐，设在一个会议室，食物全是冷的，有牛肉、鸡肉蔬菜做的三明治，蔬菜春卷，薄饼加肉，和镇着冰块的可乐，矿泉水等。既是为毕业生送行，也是对家属的祝贺。饭前，教务主任还亲切地慰问大家，和大家合影。所有学生和家长都感动不已。

　　直到下午，校园里的家长都走了，天空下起了雨，我们在蒙蒙细雨中，站在操场的绿草坡上等来接我们的出租车，一边欣赏校园的幽静和美丽，校园里有密林，教学红楼不高，掩映在茂密的树林里，由于是周日，学生们也无踪影，整个校园俨如一个大庄园，这里没有国内2大学的高大建筑，一切都很自然，天然。此时，大礼堂的工作人员忙碌着拆卸设备，电视摄影车轰隆隆开走了，但这一切都深深地印在我的记忆里。

　　儿子的毕业典礼，也是我们的。

2008 年 7 月 8 日

废墟上的玫瑰

小时候,每逢寒暑假,父亲就买火车票打发我们兄妹回唐山老家。"文革"岁月,父母忙着"抓革命,促生产",孩子的悠长假期,对他们是大负担和大麻烦,把孩子送回老家,也是父母的无奈之举。

那时我奶奶还活着,她是大家庭里的首领,环绕着她的有大伯一家、三叔一家、三姑一家,在上世纪七十年代,老家人丁兴旺,小日子过得有滋有味。各家住的平房小院,冬天堆满取暖的煤块和木柴;夏天栽种着向日葵、茉莉花,挂着竹门帘,门口摆一张小方桌,和小马扎、小板凳。黄昏时,下班的人推着自行车"叮里当啷"进来了,往小桌前一坐,女主人就端上清凉的绿豆汤和饭菜,孩子们也围坐过来,一派温馨画面。

晚饭后,孩子们跑出去和小伙伴们疯玩,他们下河游泳,那时的大河小河里的水都比较清澈,比较安全。我哥跟着亲戚家的哥哥去游泳,或去小河沟里逮蚂蚱,到工厂俱乐部看"宣传队"的演出,没有人要票,那真是孩子们的嬉戏乐园。

当小院被夜色笼罩时，女主人已经洗好了锅碗，沏上一壶茶，摆在小桌上。大人们边闲聊，边乘凉。为了驱蚊子，女主人会点燃一把蒿草，屋里屋外都不点灯，就摸黑坐着的，唯一的光亮就是天上的星星。我在奶奶家，或是大妈家住着时候，一到晚上，就是这样的情景，我就特别想家，并非想念父母，而是天津家里的热闹。那时我家住的是大杂院，一到晚上家家的灯光亮亮堂堂，炉子上烧水做饭，不到夜深不熄火。女人们坐院子织毛衣，唠家常，男人们打着大蒲扇，聊着"国家大事"，一样也是乘凉，大城市到底和小城市的风景有些不同吧！

四十多年前的唐山，在我的小时候记忆里，就是一个土里土气，空气里裹夹着细细的煤屑的小城市，人们的穿衣打扮，日常用品，都比天津要落后，所以在老家人眼里，天津是个大码头。我的衣服只能用"朴素"形容，可老家人一见到我，就忍不住地夸我的皮肤白，衣服洋气，开始我还不好意思，可接下来几天，看到我的同辈哥哥姐姐，个个皮肤粗黄，衣着发型土气，我就飘飘然起来。

我对老家既新鲜，又厌恶的纠结，一到了三姑家即刻烟消云散。我有三个姑妈，二姑远嫁乡下，我从没去过。大姑和三姑住在唐山市里，大姑家都是男孩，她脾气暴躁，家里邋里邋遢，我很怕去她家。我喜欢去三姑家，那时三姑家的日子过得红火，住房敞亮，干净整洁，小院里的葡萄架果实累累，我整天坐在葡萄架下的藤椅上看书，恍惚觉得自己也成了书里的"小姐"。

三姑家的表哥表姐，个个风华正茂。大表哥在部队当连长，一见我，满口马恩列斯毛，打倒美帝苏修！似乎祖国的未来都压在他的小肩膀上。二表哥最像三姑，帅气英俊，是宣传队的台柱子，总有女同学羞答答地找上门来,二表哥冷傲得像"张国荣",对追求他的女同学不理不睬。大我五岁的表姐,和我最要好,她的身材和伶俐很像三姑,美中不足的是,她的五官和三姑夫似一个模子拓下来的。地震之前的两年,是表姐的幸福时光倒计时。

她在乡下插队选调回城,先在商校学会计,毕业后分到钢厂工作。大表哥还把自己的部队战友介绍给她,结果一见钟情,两人爱得死去活来,战友复员到了开滦煤矿当了工会干部,令人唏嘘的是,就在婚礼将近的日子里,大地震的死神捷足先登,结束了表姐二十四岁的如花生命。

我从小就喜欢"人生如戏",何况是"血色浪漫"的爱情故事。表哥和表姐的爱情,不知不觉地演绎成了我的成长启示录。

但表哥表姐们的故事,和他们的母亲——我三姑比起来就显得苍白、稚拙多了。我没有见过三姑年轻的样子,只在她的照片上见过,美得不可方物。我见她的时候,她已人到中年,还是苗条轻盈,五官清秀。那是讲究朴素的年代,她的穿着一般,冬天蓝布棉罩衫,夏天细布格子小褂,可穿在她身上,似乎就成了时装,那么合体,那么富有诗意。

三姑从小就是个美人。在学校里同学们都叫她"小周璇",模样像大明星周璇,嗓音也跟周璇一样甜美,她爱唱歌,可惜家境衰微,大人哪有心思留意女儿的艺术天分?!

三姑十六岁就被一个其貌不扬的小男人追得昏天黑地,他一天一封情书,用几粒糖块贿赂年幼的我三叔,让他转给三姑。奶奶也看不上他,可日渐败落的家境,病入膏肓的爷爷,让奶奶难以招架,稀里糊涂地答应了婚事。那是解放前夕,十七岁的美丽少女,坐着一顶破花桥出嫁了。婆婆家一贫如洗,饭都吃不饱。

万幸的是,唐山解放了。华新纺织厂招工人,三姑拉着姑父去报名,双双被录取。这时她已经是两个孩子的母亲了,外表却像是妙龄少女,梳着两根大辫子。很快她就成了工友们公认的全厂"五朵金花"里最漂亮的一朵。她在车间当挡车工,车间主任,甚至厂长都爱到她的机器前转悠,就为了多看她几眼。姑父是维修工人,见老婆这么招眼,醋劲十足,就逼着三姑辞职,说宁肯饿肚子,也不能愿意她给自己戴绿帽子。三姑坚决不肯,三姑夫就打她,她就哭着跑回娘家,可刚回到娘家,姑夫就带着两个年幼的儿子追来了,又是求饶,又叫俩儿子下跪,三姑心疼孩子就回去了。没多久,三姑夫又吃起干醋,再次逼她辞工,她不肯,于是又动拳头打她,她哭着跑回娘家,这幕闹剧,后来成为我三叔对自己少年时的深刻记忆。

三姑始终不肯让步,姑父把她打得青一块紫一块,她照样上班,在大家面前永远是笑靥如花,她年年被厂里评为"劳模""生产标兵"。五十年代,厂里就因三姑的突出贡献,分给她一间职工宿舍,他们一家终于有了自己的房子。我的父母结婚后,父亲带着母亲第一次回老家见婆婆和其他亲戚,就是在三姑的新家吃的喜面。母亲只比三姑小一岁,也是纺织女工,两人特别有共同语言,每次见面,两人睡在一条炕上,聊到半夜。

三姑妈是五十年代为数不多的职业女性,在她的一餐一饭、一针一线的母爱之下,五个儿女健康成长起来。她的家永远是干净整洁的,粗茶淡饭,永远是定点开饭;亲戚来了,不管饥馑年代,还是票证年代,三姑永远面带微笑，倾其所有，热情招待。她谈吐幽默，处事伶俐，我的憨直的母亲，下辈子也学不了她。女孩的成长是需要榜样的，三姑对我的潜移默化，要比我的亲生母亲大得多。我的洁癖，我的处事灵活，我的以柔克刚，我的女性温柔，大都是来自三姑的熏陶和影响。

1976年的唐山大地震，三姑失去了她心爱的长女，还失去了和她打了大半辈子架的姑父。那一年，她四十七岁，已经当奶奶了。所有人都以为，三姑从此形单影只，或跟着儿女，委曲求全。可三姑却做出惊人举措，地震后第二年，她就再婚了。新姑父和她是同事，老婆孩子都在地震中丧生，得知三姑幸免于难，就向她求婚，态度决绝。儿女们一致反对，理由是你都当奶奶了，一双儿女还没结婚，你就改嫁一走了之，是不是太自私了？！

一向和睦的母子关系陷入冷战，三姑病重发高烧，儿子媳妇连面都没露。这更坚定了三姑再嫁的决心。1977年的阴霾冬天，三姑和新姑父来天津住了几天，就算旅行结婚了。她依然娴静，爱美，爱清洁。我观察她，时不时对着我家墙上的小圆镜子，梳梳头，涂涂口红。难以想象，这是一个经历过命运重创的女人，丈夫、女儿、小孙子一夜之间都被死神掳走了，她被倒塌的房子砸成重伤，被解放军的飞机送到沈阳医院，才捡回性命。

"活着，就要往好处活，自己幸福了，别人才幸福，他们以后就会理解我的选择！"三姑这么诠释她的再婚，以及劫后余生。

今年三姑妈已经八十多岁了，和后老伴相依为命了三十多年，老两口一直单过，比她小好几岁的姑父，从始至终把三姑奉为"女神"，他服侍她，崇拜她，从来不吵架拌嘴，谁说半路夫妻就没有爱情？！老两口有自己的房子，有养老金，衣食无忧，他们的家仍旧是亲戚们的聚会中心，白发苍苍、步履蹒跚的三姑，还是那么好客、开朗。我去看她时，她还和从前一样，对我的穿衣打扮，饶有兴趣，摸摸这，摸摸那，跟老小孩一样。

三姑像是一朵绽放在废墟上的玫瑰，她柔美却不失坚韧，生命的智慧也正如此。

2014年5月14日

第二辑　有一说一

所谓好日子

幸福指数

幸福是什么

人到中年的吃力

没人注意，也是幸福

书上说的爱情

上一辈人的爱情

素婚

所谓好日子

四川雅安地震后,我的一位做生意的女友和她老公有这样的对话:女友说:"假如我们这个城市大地震了,你就先离开逃生,因为你是个医生,到哪儿都能救死扶伤,我的公司刚有起色,只能坚守!"医生老公说:"万一你出了事怎么办?"女友说:"咱家的好日子才开头,逃掉一个是一个。"

所谓好日子,在平凡宁静的日子里很难感受得到。只有在大难临头的时候,才发现过往的庸常日子原来是那么美好。夫妻之间的争吵,对方的缺点,完全不算一回事。都有过为生存奔波的时候,那时候发工资发奖金的一天,就是好日子。我们攒钱买彩电冰箱,把它们搬回家的那天就是好日子。年轻的时候,恋人在寒冷的冬天,站在路边等你,这便是难忘的好日子了。

每次怀旧,我都是有控制的,任何时候也不会觉得衣食有忧是真正的好日子,因为那时的快乐太短暂了。尽管在人生的另一个阶段,我会空虚,内心极度寂寞,精神痛苦,我仍然不认为应该像从前那样生活。毕竟烦恼也是有层次的。只是我明白了,好日子永远是相对的。

一个等待给孩子换眼角膜的母亲，不会忘记听到有人愿意为她的孩子捐献眼角膜那天的惊喜；一个称职的演员接到一部好戏；身披婚纱的女孩挽着父亲的手，走向心仪的新郎；一个浪子的回乡；饱经战火煎熬的人们终于走出了防空洞；埋在地震废墟下面奄奄一息的人得到了营救……那就是终生难忘的好日子。

对于大多数人来说，在和平年代，在家境平安的情况下，只要内心充满阳光，一心一意享受世界的精彩，就已经是好日子了。如果自寻烦恼，那生活就大不一样。为什么我都四十岁了，又是白领，怎么就找不到高富帅的郎君？为什么我辛苦给老板卖力，可升职出国的美事却落在别人头上？为什么攒了数年买房子的钱，等到该买房时，国家又出新政，买不起了？去体检别人都无大碍，只有你查出了不好的病，你由此抱怨命运对你太刻薄了！

你需要什么就没有什么，这是生活的本质。如果你不能认清这个事实，那你就永远没有好日子过。也许你会说，我讨厌阿Q，我要做生活的强者。然而强者所以成为强者，恰恰是因为他们志在过程，能够享受过程之中的艰辛，同时能够忍受常人所不能忍受的种种不如意，我们中国人喜欢谈论或夸大别人的风光，而对别人每天与困境斗争忽略不计。

你能数十年在深山老林里研究野生动物吗？你能从三岁开始就永无假日地练琴吗？你能穷尽一生与农民研究水稻吗？你能在商海里几起几落之后还奋斗不止吗？

如果你不能，那么你就是常人，要想过好日子，就不能整天幻想着金戈铁马，燕赵悲歌，就只能以一个常人的心态，享受粗茶淡饭里的天长地久，平平安安中的花好月圆。

2013年5月21日

幸福指数

偶然听到这样一个故事,说有对老夫妻都是高级知识分子,老先生退休前是大学教授,老夫人是某医院的外科专家,家住某高层公寓小区。他们的一双儿女,也和父母一样优秀,双双留学考博到国外深造,毕业成绩优异,顺利进入当地高端公司任职。然后儿子定居美国,女儿定居英国,待遇丰厚,但极少有时间回国看望父母。

这对老夫妻,在周围人眼里是幸福指数最高的家庭。不但自己的一生婚姻和事业成功,还把儿女教育得如此出类拔萃,这是普通的中国人最看重的。他们刚退休的时候,家里总有慕名而来的人,来跟他们请教教育儿女的经验和秘诀。也有人羡慕他们的物质条件,住那么大的房子,家具和家电都很高级,墙上挂满夫妻俩在国外旅游的照片和儿女戴博士帽的毕业照。

但这一切,却无法阻止他们的衰老。随着时光流逝,很少再有人登门。那些崇拜者,又把目光投向了新的目标,人们喜欢往前看。老两口终于品尝到晚年的凄凉和寂寞,俩人的身体开始每况愈下,老先生患高血压和心脏病,老夫人七十多岁就出现老年痴呆,失忆严重。

从此，他们再没有体力出国探亲了。

他们远在异国的儿女都已进入中年，成家立业，生活和事业都在爬坡，根本不可能回国尽孝。他们只在母亲住院病危时，匆匆飞回国几天，托亲戚请了护工，将厚厚一沓美金或欧元，塞到父亲布满老年斑的手里。父亲把印着洋人头像的钞票，愤愤地掷在地上，潸然泪下，对马上要赶往机场的儿子和女儿说："我不需要你们的钱，我只要你们留下多陪陪你们的母亲！"儿子和女儿还是毅然飞回异国，只靠越洋电话尽孝。只有老先生每天凄然地照料着老夫人。

与老夫人住同一病房的，也是一个老太太，也七十多岁，白胖胖的，大嗓门，一嘴俗言俚语，一看就没啥文化。可老太太的病床前跟走马灯似的，整天不断人。

老太太有三个闺女，一个儿子。都四五十岁了。三个闺女老大退休，老二下岗，老三在超市工作，儿子最小，是个"的哥"。老三一下班就抱着新鲜水果来替大姐和二姐。大姐和二姐，在医院待一天，把老太太侍候得就像"老太后"。

而且，老太太的老伴、女婿、孙子孙女一干子人，说来就来，老太太想清静会儿都难。

晚上一大家子还没散去，儿子就来了，病房里更是热闹，说笑声不绝。连护士们都啧啧赞叹："老太太这是哪辈子修来的福气，生了这么孝顺的闺女儿！"

有天难得清静，老太太和老先生闲聊，她说自己和老伴退休前同在一家国营厂上班，俩人文化都不高，所以没把孩子们教育好，四个孩子一个也没考上大学，所以他们的工作都很一般，和您的儿女比，真是一个天上，一个地下。电视上不是说幸福指数吗，您的幸福指数最高！老太太的话，一下子触碰到老先生的痛处。"老大姐，您快别这样说了，如果人生可以重来，我情愿不要这样的幸福指数！真正有幸福指数的，是您呀！"

老太太先一怔，继而幸福地笑了，特别灿烂。

2012 年 7 月 5 日

幸福是什么

幸福就是：生活中不必时时恐惧。开店铺的人不必担心绑匪，或是走投无路的饥饿难民来抢劫。幸福就是一辈子没有赶上地震、洪水、海啸、台风，和所有的灾难绝缘。

幸福就是：睡在屋里的人可以酣睡，不担心自己一醒来发现屋子已经被强制拆除，家具像破烂一样丢在街上。到超市买婴儿奶粉的年轻母亲不必担心奶粉有没有"三聚氰胺"，婴儿吃了会不会死。到酒吧不会喝到假酒，不会让做东的人既丢脸面，又担心肠胃受苦。江上打鱼的人张开大网用力抛进水里，不必想江水里有没有重金属、鱼虾会不会在几年内死绝。

幸福就是：小孩子一个人走路上学，不必瞻前顾后提防自己被绑票。年轻女子下夜班回家不必担心遇上色狼或图财害命的歹徒。爱买高档化妆品的女人，不必担心买到假货，到美容院也不必担心有可能发生毁容的悲剧。老头老太上街无须提防骗子忽悠，身上的钱财被悉数掠走。回家过年的民工不必担心买不到返乡火车票，更不必担心车上有贼。

幸福就是：从政的人不必担心被无辜举报，富人不必害怕绑票，穷人不必担心孩子上不起学。白领一族不必担心发生"蜗居"的尴尬，做房奴车奴，每月按时还贷款，不会拖欠。

幸福就是：寻常的日子依旧。水果摊上有最普通的柿子香蕉。菜场里每天有活鸡活鱼。花店里天天摆出百合和水仙，百合仍旧新鲜，水仙仍然香得浓郁。电影院里隔三岔五有新大片上映，和爱人想去看随时都可以买到电影票，影院里安静还不断片。

幸福就是：银行和邮局天天开着，让你寄红包和情书到远方。药房就在街角，咖啡屋、面包房的香气天天飘着。电车从不罢工，从早到晚叮当响着。火车永远按时到站。出租车永远在站口排队。打开水龙头，永远有清水流出来，天黑了，路灯永远自动亮起。

幸福就是：去机场登机，飞机不会因故延误。到了陌生的城市，朋友和亲人早早就来机场等候。

幸福就是：母亲去幼儿园接自己的孩子，他张着小手朝你奔来，带着奶香味喊你"妈妈"。

幸福就是：平常人家在晚餐的灯光下，围坐在一起，讲不一样的话题。年少的叽叽喳喳谈自己的学校，年老的仍旧唠唠叨叨说自己的睡眠和假牙。厨房里传来煎鱼的香味，客厅里响着聒噪的电视新闻。

幸福就是：头发白了，背也驼了，用放大镜费劲读报的人，还能自己走到胡同口买回油条豆浆叫你起床。

幸福就是：平常没空见面的人，一接到你午夜仓皇的电话，什么都不问，人已经出现在你门口。

幸福就是：在一个寻寻常常的下午，阳光照进你的阁楼，牙牙学语的婴儿在干净的地板上耍玩具，你在一边的电脑上写东西。

幸福就是：冬天的阳光下，你的初恋情人千里迢迢地来看你，阔别二十年，你们坐在街角咖啡厅里，仍旧有当年的怦然心动。

幸福就是：无论你在异国他乡多久，给年迈的父母打越洋电话，永远会听到父母苍老的声音，叮嘱你多穿衣服，别忘了给家里打电话！

2010年2月24日

人到中年的吃力

写作朋友小聚,把酒问盏,聊着聊着,都谈到中年的不甘。怀才不遇或壮志未酬的样子,归根结底,是丧失了幸福感。阅读感受下降,体验的强度下降,是否还剩下足够的敏感和力量去表达,去继续始自少年的作家梦?也是因人而异。

我们写的作品,缺乏激情,只剩下表达的惯性,在衡量中的委屈,缺乏一种干净的愤怒。我们很少自省,总是苛责外在环境的冷落和不公。到底怎样我们才能心满意足,在网页的饼铛上,获得一分钟的翻身热度?是不是我们老了,那么迫切地要领取保障晚年的荣誉抚恤金?我们为什么那样着急地想替历史表态,想为自己的创作一锤定音?如果是这样,我们的身体和心智已散发着秘而不宣的腐气。

中年的生活,像在公园的池水里泛舟。因为没有流动的水,即使松开双桨,它们也像鱼鳍一样轻摆在船帮两侧;小船随水漾动,不会偏离到哪里去。

人到中年的吃力,是不是因为我们这种形同负重小虫的习惯?一天天、一年年地活着,悲欢交织在发酵的回忆里,安慰的余温,悔恨的遗毒,背着越来越重的时光。疲惫也是一种资本吧,至少,它囊括了你为既往生活所支付的体能。或者沉重,或者虚无。背负的时候,我心怀隐忧,担心自己被过程消耗,无法体验储藏到最后才能享用的晚年自由。

我看着镜子,里面的陌生女性神情混沌——认识几十年,她对我来说依旧陌生。一个人的脸,如同时间手中的橡皮泥,被随意捏制,但愿我们的皱纹是神留下的指纹。可能越老,我们越热衷在残羹岁月里,享受怀旧中的余温。

2013年8月2日

没人注意，也是幸福

朋友的女儿毕业于北京某名牌大学，后到英国读研究生。朋友是个虚荣心强的人，恨不得让全世界的人都知道她的女儿是多么的优秀！遗憾的是，就是对门邻居都不知道。有时她和对门邻居一起乘电梯，无话找话，互问儿女情况，她这才找到炫耀机会。可下一回再见面，又谈起同样的儿女话题，人家根本就没印象，让她很是郁闷。

美国埃默里大学教授马克·鲍尔莱因在《最愚蠢的一代》中，有这样一句话："一个人的成熟的标志之一就是，明白每天发生在自己身上百分之九十九的事情，对于别人而言没有任何意义。"我引此话劝慰她，她才醒悟并释然。

我们这些普通人实在没有必要在意别人的评判议论，因为根本没人注意你。所谓"人言可畏"，那也主要是对阮玲玉那些名人而言，而平头百姓，根本没有值得外界品头论足的新闻价值。

即便是红极一时的明星，想引人注意也不是件容易事。所以，常见那些明星出演的影视剧即将上映时，往往故意闹点真真假假的绯闻出来，或发生情变，或夜店买醉，或与导演闹翻，或另结新欢，或朋友生隙，花样百出，目的只有一个，就是想引人注意，以换取收视率。明白这个道理，我们就轻松很多。既然没人注意，我们堂堂正正做人，就不会再留意那么多的风言风语，不会给自己增添那么多精神负担，就会坦然自若干自己想干的事，直抒胸臆说自己想说的话。

李嘉诚曾对记者说："我的最大幸福，就是在没人注意的情况下逛逛公园。"而我们每天都在享受这种幸福。自由自在地、没人注意地逛大街、逛公园，因此说，没人注意，也是一种幸福。

2013年7月12日

书上说的爱情

二十年前，在大陆拥有读者最多的台湾女作家，一是琼瑶，二是三毛。她们两人都是写爱情的高手。琼瑶的爱情是"情深深，雨蒙蒙"千回百转的催泪弹，而三毛的爱情却是"不要问我从哪里来，我的故乡在远方"的神秘浪漫。

喜欢三毛是从那本薄薄的小书——红色封面上有着骆驼和残阳的图案，书名叫《撒哈拉的故事》——开始的，友谊出版社出版。以后，我就成了三毛的忠实读者，她的书无一漏读。

当我对三毛的浪漫行径神往之际，却被马中欣的"揭秘"弄得一头雾水。马中欣对三毛的爱情疑为是自编自导自演。于是跑到沙漠做了一番考据工作，然后宣布三毛是一个伪浪漫者，结果激起了三毛迷们无边的愤怒和指责。

考据三毛与荷西的爱情的真实性确实是一件很焚琴煮鹤的事，至少在阅读意义上他们的爱情是成立的，并且是优美而经典的。三毛的爱情涉及到等待、重逢、厮守、殒命、自缢之类的戏剧性爱情关键词，每一项都让普通人怦然心动。爱情到底是两个人的事，外人无权干涉，即使是三毛一个人造出来的故事，又与他人何干？谁能说哪个女人的内心中不珍藏着某个尚未来得及展开的爱情之梦？

　　三毛热衷于将自己的爱情放在聚光灯下，因为她是个写作人，并博爱众生，在众目睽睽下离经叛道，得到幸福。有一天荷西死了，爱情的录影带放完了，三毛是那样的苍白。一个人的爱情录影带总会放完的。

　　爱情大于一切障碍，是三毛爱情中最大的闪光点。但跨国婚姻、生活在沙漠深处、不用上班、到处旅游、异域风情、为爱而死不能不说是很巧合的噱头。这个噱头由三毛的写作开始，以读者的想象结束。书上说的爱情总是那么美丽。

2009 年 4 月 14 日

上一辈人的爱情

　　这种感觉已经许久了。我们所住的城市硝烟弥漫,我们生存的空间只剩下一点。我们在人流中被推着前进,我们的心灵染上尘埃——活得很疲惫,忙得很无奈。希望与失望交错上演,很累,想逃避。

　　我们这代人工作五天,休息两天。一个月挣好几千好几万,可却觉得睡眠不足,钱不够用。我们于是好奇,上一辈人,在那个只拿二十几块钱工资的年代,在那个一周只休息一天的岁月,他们是怎么苦熬下来的?

　　她与他自由恋爱,相守多年,她厌倦了他那张看过千遍的脸,她总谋划着逃出围城有个新未来。幸好她不是异类,据说在大城市戴绿帽子的男人占相当比例,并且离婚大战每天上演。爱上一个人只需要一秒,而摆脱一个人也不过几天。她可以很轻易地说爱你,她也可以很飘然地与你再见。

　　我于是更好奇,上一辈人,他们如何相守而甘之如饴?他们不说"我爱你",他们说"我和她有感情";他们不说"老公老婆亲爱的",他们说"小王小张同志"。

他们不是自由恋爱,他们是介绍人牵线。他们不叫"步入婚姻殿堂",而是叫组织家庭。我仔细研究过那一辈人,他们在夹缝中生存,活在小心翼翼的年代。

"五四"时期的青年尚有徐志摩一般的情种,郁达夫那样的浪漫,他们不吝对爱情的歌颂与赞美,并将爱情演绎成生死之恋。现代人的你侬我侬、海枯石烂更是愈演愈似的商战片,即便是情感,也待价而沽,期待在牛市卖出个最高点。而恰恰就是你我的父母,他们身处一个内敛的时代,羞于表白。他们用最平实的语言,书写着真正的爱。

都是凡人琐事,细碎到几分钱。都是寻常百姓,说的是耳熟能详的语言,曾经有那么一大群原本不可能交错的轨迹,在人生的旅途上相遇并结伴。也许磕磕碰碰,也许摩擦不断,也许泪眼婆娑,也许笑逐颜开,一路走来,竟过了人生大半。

我现在已经相信,所有的婚姻都会遭遇一段飞来的情感,正如所有的电影都会出现撞车的镜头。所有的生活都高低起伏,正如所有的海水潮去潮来。轻易说再见,还是对曾经的日子有所留恋珍惜?你哭了,你笑了。你抛开了,你留下了。情愿不自由,就是自由了。这就是我对婚姻的理解。也许亘古不变。

2008年11月22日

素婚

话题是从一个电话引出来的。朋友是南方某知名杂志的总编,他说刚开完会,讨论的新选题是"新简约主义"。金融风暴如强劲台风席卷全球,台风眼是纽约华尔街,以为万里之遥的中国不受影响就太天真了,几家世界五百强企业的员工下月起削减一半工资。央视《早间新闻》说,金融危机使境外游客比往年下降了百分之三十八,美国和欧洲游客都捂紧了钱袋,节省开支,甘愿错过深秋中国的旅游佳季。

朋友还说,在金融风暴的影响下,上海、深圳、武汉、广州等城市的白领们悄然兴起了"新简约主义的生活方式",还提出了"瘦婚"和"素婚"的节约理念。婚礼实在是需要"减减肥了"。我今年有幸参加了几个婚礼,一个比一个热闹,排场,混乱。婚庆公司承办婚礼全程,十几辆临时租借的"红马六",婚礼上,主持人因为赶场,让百十来口参加婚礼的客人足足干等了快两个小时,一个所谓的魔术师强撑场子。天又热,礼堂又小,所有来宾都无精打采,烦躁不堪。婚礼终于开始,主持人低俗又程式化的主持套路,劣质的婚礼蛋糕,可疑的香槟酒,都让我觉得所谓的"豪华婚礼",一点也不圣洁高贵,甚至缺乏美感。

几十上百桌的喜宴开始了，极热闹，极喧哗，新婚夫妻挨桌敬酒，真有点替新娘穿了一天高跟鞋的脚担心。婚礼到这个时候，早已不是新人两个人的事情，而是他们的父母乃至家族的集体亮相，说到底是为了证明父母成功的人生，旺盛的人气。

简约婚礼，朴素婚礼，个性婚礼，都是在节省开支、打破陋习的前提下，把婚礼还给要结婚的主人公。让一对新人的爱情和浪漫得到最大限度的张扬和释放。举例说明，情人节这天，一对韩国年轻恋人的地铁婚礼视频在网络上盛传，成为人们的热门话题。首尔的地铁五号线列车车厢里，面对素不相识的乘客，一对二十多岁的恋人举行了简短、朴素的婚礼。他们没有刻意打扮，新郎没有穿礼服，新娘也没有穿婚纱。

新郎牵着新娘的手说："我是孤儿，没有条件像其他人一样举行婚礼，所以决定在我们初次相遇的五号铁路线地铁列车上举行婚礼。"他宣誓："我们将幸福地共度人生。"不断拭泪的新娘也哽咽着说出了自己的誓言。两人交换戒指，拥抱在一起。乘客们被他们的真爱和勇气感动，都抱以热烈和祝福的掌声。一位老奶奶走上前，对新人慈祥地说："好好生活吧。"国内某城市举办了一个颇有创意的集体婚礼，在惊险刺激的十环过山车上大声宣读"爱情宣言"，十对勇敢的新人举办集体婚礼，吸引众多市民驻足围观，而这十对新人还是在几百对新人中挑选出来的幸运儿。

在德国柏林，前几年有一对新人选择在鱼缸里互许终身，让鱼儿成了最佳的婚礼见证人。由于证婚人说什么都不肯跳进二十五米的鱼缸里，在水中证婚，两人只好先在鱼缸外结婚，再潜进鱼缸里在热带鱼的簇拥见证下，拿出放在贝壳里的戒指为对方戴上。仪式完成后两人开心得不得了。喝下爽口的香槟，在亲人的祝福下，两人热吻。

朴素婚礼，要比另类婚礼显得温馨和生动。有的新人把婚礼作为一生最想实现梦想的良机，比如去欧洲，或是国内的西藏、丽江等地旅行；在完全陌生的旅途上，让婚礼在别处。

还有的新人去远足登山，或到海南潜水，让婚礼演绎成"山盟海誓"。乘热气球结婚的，也绝非像登太空的宇航员那么屈指可数。在上千米的高空俯瞰城市、河流、田野，那种飞翔的感觉，超脱的刺激，仅仅用激情和浪漫来形容就显得苍白和无力了。

豪华婚礼，世纪婚礼，简约婚礼，朴素婚礼，另类婚礼，不胜枚举。一百个人，有一百个婚礼，但婚礼的内涵只有一个：幸福。而幸福本身和婚礼的形式可以说是两码事，没有人会忘记英国王储查尔斯和戴安娜的世纪童话婚礼，但他们的婚姻却是那么短暂、不幸。

朴素，是人的生命里独有的内在感情，是一种自然美，小河浪花平凡朴素，空谷幽兰淡雅朴素，蓝天白云纯洁朴素，鲜花小草无名朴素……朴素的婚礼，也是美丽的。

2008 年 10 月 27 日

最奢侈的东西

陈逸飞过世之后,他以往接受媒体采访的视频被较为集中地播放出来,感觉他的状态就是一息尚存奋斗不止的人。如果他躺在病床上,总相信他会随时起身,处理各种各样的事,这就是他,不走,永不会改变。

在他的追思会上,许多人热泪盈眶,不能自制,有一半眼泪其实是为自己而流,人在江湖,身不由己。清夜静思,成功的意义到底是什么呢?因为见过太多的成功人士每天在繁忙之中,似乎不忙就无言地证明过气和被忘记,而且如《大宅门》的台词所说,我进一步有多么的不容易,为什么要退一步呢?尽管退一步海阔天空。成功真是用艰辛换来的,要把事情做得更好,就不可能不忙,所以繁忙无暇是成功人的常态。

德国《明镜》周刊有一篇文章说:"在消费疯狂增长的影响下,紧俏、昂贵、稀有和受青睐的不再是高级汽车、金表、香水等大街上随处可见的东西,而是宁静的时光、足够的水和空间这样的生活基本条件。"也许有人会说,我们成功的喜悦绝不仅限于物质享受,物质享受也根本不能替代个人价值的体现，成功是受人尊敬，是巅峰体验，是别人不能而我却做得最好，是两袖清风仍能感受到的甜蜜。

　　但我依然觉得，　　　仍然是时间、注意力、空间、闲适、环境和安全。当然奢侈的前提是富裕，而富裕又必须依赖于事业的成功，这样子转来转去，我们便迷失了自己，最终匆匆忙忙地走到人生终点。

　　或许那也不是什么迷失，而是一种必然。我们每一个人都按照自己的生命轨迹活着，犹如满天的星星各自发着微光，偶尔有一颗流星激情划过，用陨落换来辉煌、惊叹、惋惜，而一切的一切已经与这块石头没有关系了。名人走后，忙的人依然忙，闲的人依然闲，皆因性格决定命运。

2013年7月16日

最旺的婚姻

身边总是不乏"白富美"的大龄剩女,车房高薪品位皆有之,婚姻子女皆无之。聚会时,已为人妻人母的女人潜意识里均有几分优越感,喜欢给"白富美"指点迷津,可说着说着,已婚女子就没了底气;白富美也叹息:"这年头,好男人都死哪儿去了?"

婚姻生活从来充满各式命理玄机。命运好的女人,不需要天圆地方,神清气秀,她只要在适当的时机遇到一个适当的男人,一个旺她的男人。

理想是遇见 A 型男人,你跟着他,久而久之,你越来越红润,他也越来越红润,那么毫无疑问,他旺你而你也旺他。次之是 B 型男人,你跟着他,久而久之,你越来越红润,他越来越干瘪,那么毫无疑问,他旺你而你不旺他;他虽然不好,但胜在你还比较好。C 型男人就不划算了,你跟着他,久而久之,他越来越干瘪,你也越来越干瘪,那么毫无疑问,他不旺你而你也不旺他,这样的夫妻不如做陌生人。至于 D 型男人,最好敬而远之。因为你跟着他,久而久之,他越来越红润,你越来越干瘪,那么毫无疑问,你旺他而他不旺你。所以算了吧!凭什么就要你化作春泥更护花呀,他没护好你,还好意思要你去护他,滋养得他花似的,招蜂惹蝶,一动小心眼一扭小屁股就绝尘而去了。

《玉女经》谈到最好的境界,是阴阳双修采阴补阳,然后达到"白日飞升"的境界。中国几千年来最经典的婚姻里,有才华有能力的男人的背后总要站着一个或者几个贤淑温柔聪明能干的女子,他汲取她们的青春养分,靠着她们的无私奉献与精神供养,成为庙堂君子。到了电光四射的世纪,无论男女老少都要在外面打拼得头破血流,女人要上位,找个旺妻的男人,未尝不可。

所谓的旺夫老婆也好,旺妻老公也罢,不仅是指财富地位,赚钱多少,而且是指能在这场婚姻中付出爱心努力包容与让步的那个人,他(她)尽心尽力让你在周遭这一亩三分地温暖富足,让长在这个家里的每棵小树苗都能在这个小肥地里得到滋养,自由生长,这就是最旺的婚姻。

2013 年 6 月 16 日

最重要的是相爱

有一种男人，是女人眼里的极品。形象伟岸，有情有义，宅心仁厚，才华盖世，文武双全，敬老护幼，事业有成，有车有房，业余爱好是摄影、高尔夫、登山探险、出境旅游……但他不爱你，有什么用呢？

另一种堂堂硬汉，为了挽回深爱女人的心，下跪哭求，一心一意等女人回来数星星，他太爱她了，对她身边的所有男人深恶痛绝，恨不得打之杀之……他那么深情，但你不爱他，有什么用呢？

任何男人，若不是爱自己的男人，再怎么样，似乎无关痛痒，他不过是"外人"，"外人"怎等同"外侄子"？要知道，他不爱你，优点便如水月镜花，一触即散一场空。他再好也是别人的。他没有看过来，看过来也看不到你，这个人便是一个"空气"。

你不爱他，任凭他花尽心思拼尽全力，都无法感动你，你决不回头，一切都变成徒劳。你没有看过去，多看一眼都不愿。他的激情便是负数，或你的负担。

男女之间最复杂，一个巴掌拍不响；也最简单，一旦变心就没戏了。人们明白不可强求，明白没有爱就无路可走。只是软弱得一时之间智商是零。

2013年9月

有很多话还没说

往往在从此不再见面之际，人们才发觉，原来有很多话还没说，但已经没有机会了。人生无常，措手不及的意外，夺取宝贵生命。噩耗传来，飞扑至现场或医院的家人、情人、好友……情绪激动，哭尽千声："我还有好多话要和你讲，你回来呀……"

却已经来不及了。不但在世的人有很多话要和他讲，那猝逝的人何尝不渴望留下一两句话？至少一两句吧。也许不必到生离死别的地步，一双男女，情淡了，缘尽了，至少一场误会各不低头终于无言分手后，过了好些日子，某个凉风秋月夜，天雨微寒，想起来，会不会遗憾？我有话想说，还没说。如果说了，会不会不遗憾？

算了，这是追不回来的——过去了，便没有"如果"。假设性的问题不要答，失去的比得到的好一些，如此而已。

不过其实有更多人，还是难以自控地，在万籁俱寂时，对着空气喃喃自语，以为埋藏心底或未及说出的话，可借此奇迹地传达。空气，它复杂而无情，冷视你的悔和恨，怎肯代劳？

2013年3月21日

照片上的萧红

在哈尔滨，朋友陪我到呼兰参观萧红纪念馆。呼兰一点不像萧红小说写的那样荒僻，遥远。搭公交车不到一小时就到了。馆内近百张萧红与萧军及友人的合影照片，翔实展现了萧红的生平和文学生涯，我似乎听到岁月的低吟和呐喊。

照片上年轻的萧红嘴里顽皮地叼着一只烟斗，身边有着同样年轻的萧军。她有民国女人独有的美丽，但也并不特别美。脸有些硬度，表情有悲苦和柔顺之色，但又深藏叛逆气息，还有一些宝贵的孩子气。从二十岁到三十岁，写作十年使萧红的面容和表情有了非常大的变化，羞怯和青涩慢慢褪去，她越来越成熟，眼神变得坚定，尤其是她在西安的那张照片，尽管人们为她没有去延安而深深遗憾，但也正是在那张照片上，我们看到她脸上闪现出了明媚的笑容，短发衬着大眼睛，那是越来越有主见的面孔，是一种大释放后的轻松，是对个人执拗的彻底坚持。在她去世之后，女友们都回忆说她讲一口好听的东北话，喜欢抽烟，既温柔又爽朗，许广平还说她是天真无邪的姑娘，笑声里有些神经质。

当然，她们都提到萧红脸上弥漫的忧愁，提到她那曾被拳头打得青紫的脸，欲言又止的眼神以及妇科病症。"二萧"是文学夫妻，但未必性格相宜。萧军在萧红去世多年后，说她身上"妻性"的缺失，说到他对她作品的评价，这让人意识到他们之间有太多的不合适，性情的、文学理念的，恐怕还有身体上的。萧军是习武之人，他是健壮的，而萧红年纪轻轻就有生产后孩子夭亡的惨痛经历，一生要为头痛、失眠以及妇科病所苦。有这样身体条件的萧红，注定在情感上优柔寡断，反反复复。这个从小缺失家庭之爱的姑娘，一辈子都在寻找像大地一样的包容；而那些与她亲近的人，鲁迅、许广平、茅盾、柳亚子，也都是她的前辈。

　　这样人生际遇的萧红，即使在现实中可以获得片刻安稳，内心也总是会惊涛拍岸。不过，虽说在生活中有那么多的不如意，写作中却换了一个人。她的小说里，几乎从不提自己身上的不幸，她绝不通过舔吮自己的伤口来感动他人。很多小说家常常用"真实材料"写自己，起初，也许这些材料看起来是坚固的，但很快它们就会挥发和风化，变成泡沫和垃圾。不值一提，萧红绝不是这种作家。她绝不将自己的不快和疼痛放大并咀嚼。相反，她对他人的快乐和不幸念念不忘并抱有深深的同情和理解。所以，一拿起笔，她身上的一切负累都神奇地消失了。

　　比如，《呼兰河传》写得澄明、辽远、清澈。"花开了，就像花睡醒了似的。鸟飞了，就像鸟儿上天似的。虫子叫了，就像虫子在说话似的。都是自由的。"

　　萧红与世界抗辩的模样令人着迷，可惜，她再也没有机会了。1942年1月，三十一岁的她被死亡裹挟而去。命运剥夺了萧红的生命权，她用别一种方式重返人间。

2013年12月3日

行笔如疆——李碧华

原以为李碧华好写,岂知上网一看,她早已是"大众情人"。中国现代女作家里,我藏有她们的大陆版权图书最全的,一个是三毛,一个是张爱玲,一个是李碧华。

对于拥有全套三毛这回事,原谅我曾年轻过。关于后两者,百年以来的女性白话文学,在直面惨淡人生上,与张爱玲有得一拼的,唯有李碧华。我很遗憾1998年才发现她。在一家不起眼的小书店,看见《青蛇》的封面上印着轻薄艳丽的王祖贤与张曼玉,白蛇的故事是演滥了的,青蛇?

> 我的喜怒哀乐生老病,都在西湖发生,除了死。我的终生职业是"修炼",谁知道修炼是什么样的勾当,修炼下去,又有什么好处?谁知道?我最大的痛苦是不可以死。已经一千三百多年了,还得一直修炼下去,伊于胡底?

简捷、缠绵而骨子里富有筋道的文字,像道乍吃的新菜,唇间留下的不是香，比香重。

然后就如骏骥，奔波在李碧华奇谲鬼魅的笔下，驻足回首，已是千里异乡；《胭脂扣》《生死桥》《潘金莲前世今生》《秦俑》……一边看一边急，天下的好文章都给这个女人写尽了，还让别人怎样苟活？

更为"愤怒"的是，她的随笔也动人。《橘子不要哭》《樱桃青衣》《绿腰》《蝴蝶十大罪状》《泼墨》《逢魔时间》等。究竟也不过是泛泛"食色"二字，可是"经她一说，嗳——石破天惊，魂飞魄散"。

我不相信天才这回事。常常想起李碧华从寂寂无名写到天下谁人不识的浪漫长路。人见蝴蝶美，有谁关心它在茧中的郁闷挣扎？成名后，淡淡一句"为免饔飧不继，且具自虐倾向，同期做着多份职业，以榨取有限之脑汁维生"就带过了。

人以为她真淡定、真幽默，殊不知那条杀出血路必经的人仰马翻、胼手胝足……她样样不曾缺过。

世间哪有美女作家这回事，几个漫漫长夜熬将下来，神仙妃子也无奈黑眼圈、皱纹、浮斑若何。很多女作家都惨遭离异，因为她们沉溺于文字中很难看，面色灰败，衣衫不整而神情恍惚，夜半骤见之下，非心理素质极佳者无以承担。写作而不出点成就的女人，比窦娥还冤。

李碧华在这方面，特立独行，冰雪聪明。即使大红大紫，仍坚持不公开照片，身世、年龄、容貌不详。她曾道："别那么好奇我的面貌，我是那种摆在人群里，不容易特别被认出来的样子，没什么好描述的。和外界的人和世保持适当的距离，对我来说是好的，不老记挂着自己的影响力，不去想有多少人正在看你写的文字，不至于动不动就把自己当成苦明灯，方可潇潇洒洒地写。"

她自拟的一份"档案"展示了她的潇洒、幽默和神秘。

艺名：李碧华

原名：李白

年龄：数字太大

胸围：数字太小

职业：门面——记者、编剧、专栏小说作者

底牌：夸张、虚构、捏造、渲染、无中生有、唯恐天下不乱

健康状况：迈向死亡，当然

最爱的动物：男人

最厌的动物：男人

愿望：不劳而获，财色兼收，醉生梦死；快乐美满人生：七成饱，三分醉，十足收成；过上等生活，付中等劳力，享下等情欲

遗憾：上述愿望终成泡影

  似乎有一个颠扑不破的真理，越是成功越是优秀的人士，越是不自圆其说。实在躲不过，也是以诙谐自嘲方式，反而欲盖弥彰，其人气指数，更上一层楼。李碧华曾在《女工的自白》一文中说："不管怎样，社会中有人劳力有人劳心，就只是女工中一员。"

  李碧华的"自醒"，让浅薄的美女作家们小巫见大巫了吧！李碧华认为，写小说是"先娱己，然后再娱人的享受"。因此她追求雅俗共赏，不仅写小说，而且将小说改编成电影，娱乐更多的人。如不是电影，李碧华不能如此名扬天下。她的小说，除了长篇小说《生死桥》，部部都是电影的宠儿。人、鬼、妖，生、死、血，前生、今世、来尘……那样铿锵激越、眦睚尽裂的爱恨情仇，不知怎的，只令人想起白茫茫大地真干净。

李碧华在电影方面的成就，唯独琼瑶和她可以抗衡，但在我看来，琼瑶的影视作品是以数量取胜，但其艺术及文学内涵，无法和李碧华的作品相媲美。

　　我对李碧华的作品，并非"一见钟情"。她的书被冷落在书橱里好长时间，其缘由，竟是"看不下去"。她的作品文字上受旧话本影响太深。我猜她除《聊斋》之外，《阅微草堂笔记》之类必是烂熟。不然，当代志怪文字，舍她其谁。那个冬天的午后，借着懒懒的阳光，看了《纠缠》。这个故事总是散发着忧伤的气息，从一开始总让人哽咽着特别的难受，是一种难以向人倾诉的伤痛，似一根针就这么刺在左胸上，却流不出血。

2003 年 8 月

时尚变奏曲

大约是二十年前，国内最流行的一首歌："不是我不明白，而是这世界变化得太快"。

那时手机尚未普及，满大街都是"BB"机，人民群众人手一机，见着熟人潇洒地说一句："有事儿呼我！"如今最流行的是"微信"，即便是刚认识，只要看着顺眼就马上加微信，立马你就成了他或她的朋友圈。呼机早已沦为"屁屁机"。手机"大哥大"只能在电视剧里偶尔露露面。

比如安全套，过去需凭结婚证到计划生育部门领，现在可以到街上的二十四小时自动柜机买。过去叫"避孕套"，现在叫"安全套"，因为现在除了避孕作用外，还有预防性病、艾滋病的功效。

比如生孩子，过去需要父精母血去培养，现在则有"名人精子库"和"美女卵子库"。

比如算命，过去抽签占卜，属于手工操作，现在则已实现了电子计算。只要输入你的生辰八字，马上就可以用"586"的速度计算出你的前途命运。我去南方一个旅游景点，看见一个算卦小摊，只见广告上写着:"电脑算命——高新技术,保证准确"。

比如讨饭,过去是唱凤阳花鼓:"说凤阳,道凤阳,十年九旱去逃荒……"而今常见街上乞丐抱着吉他,深情地唱着任贤齐的"你总是心太软,心太软……"假如你真的"心太软",给他一个面包,他还会拒绝:"对不起,我不是要饭的。"现在的乞丐是要钱的。

比如开会,过去流行"交流会""研讨会""展览会"诸如此类,而如今许多会议都改叫"论坛"了,有的还要加上"高峰"二字。

比如公司,过去流行叫"皮包公司",现在流行叫"手机公司",凭一部二手手机就把你蒙得晕头转向。

比如经理,七十年代叫"厂长",八十年代叫"总裁",现在流行叫"CEO"或是"首席执行官"。即使是一位炒瓜子的,他的名片也印着:"王氏机构首席执行官"。

比如广告,过去流行"做女人挺好",而现在流行男人也"挺好"!电视上看到"××肾宝"广告里的那位太太,还进一步强调指出:"他好,我也好"。

比如女人,过去在小说里一描写女人就是"水汪汪的大眼睛""红扑扑的脸蛋"。现在小说里的女人则是"高挺的胸脯""丰满的臀部"。比如男人,过去喜欢叫"靓仔""帅哥",现在改叫"伟哥"了。

比如爱情,过去讲究"一见钟情",现在则流行"一键钟情",就是"爱情速配",连爱情也要实现数字化。

比如谈恋爱,过去流行走着谈,现在则流行躺着谈。也就是说,这"爱"由"谈"变成了"做"。

比如结婚,过去讲究"百年好合",现在常见"一年签一次婚约",或是"七年之痒"。

比如婚外恋，七十年代叫"通奸"，八十年代叫"第三者插足"，仍具有贬义色彩，而现在的"婚外恋"，为数不少的人说："听上去很美"。

比如离婚，过去流行的离婚理由是"感情破裂"，现在流行的离婚理由是"性生活不和谐"。

在这个日新月异的时代，一切都在变化，至于你是否喜欢，是否接受，就是另外一回事了。就像老歌里唱的，"不是我不明白，而是这个世界变得太快"。

初稿写于2004年

2014年修改

《廊桥遗梦》的另一种读法

尽管导演为《廊桥遗梦》精心设计了一个子女因母亲遗留下来的日记,而知悉她的爱情故事最终受到感染回归真情的框架,但中国人还是更多地从这个故事中看到了"婚外情"三个字。

善始善终的爱情无人关心。经典爱情总是具有某种残缺美,从而获得正常婚姻所不可能有的戏剧性元素。一个成熟而富有修养的男人的初来乍到,正中了一个心怀小资情调的农庄中年女人的下怀。她志不得抒,无人交流,丈夫敦厚朴实,儿女尚幼,她不甘心一生就这样平庸无闻。然后有这样一个见过世面的人,可以与她一起听美国乡村音乐,拥她慢舞,给她拍照,还会称赞她美艳动人,最重要的是,丈夫和一双儿女都将几天不回家,于是,机会来了,而他呢,刚刚离了婚,浪迹天涯,身无羁绊,又有一技之长可恃。

许多人为这个爱情故事感动得来不及买纸巾时,似乎无意把自己比作老实丈夫,而更愿意视自己为金凯,婚姻中的外星人、第三者。这样,他们可以一边期待艳遇,一边不必为妻子的红杏出墙火冒三丈。其实,弗朗西斯卡"坚守婚姻",而不选择与他人私奔,恰恰说明了婚外情是玩不起的，代价总是要付出的，要么是家人，要么是自己。

　　导演和书作者把男主人公的命运安排成日夜思念终生不再娶，纯粹是出于煽情的需要，一方面表明这份爱情的坚贞，另一方面说明女主人公的眼光不错，找到的是真心相爱的人。而现实中，像廊桥遗梦似的数天一艳遇的故事几乎都是另一结尾：男人以此增加了自己的阅历，并于事后某天，像唐璜一样，得意扬扬地跟狐朋狗友们吹嘘自己的猎艳史。

2009 年 3 月 23 日

罗丹带来的打击

晚上早早关了电脑，洗了澡，换上干净柔软的睡衣，又冲了一杯美味咖啡，然后舒服卧在大沙发上，很郑重地迎接《罗丹和他的情人》。没想到，在那个秋风沉醉的夜晚，罗丹给我的是一次痛苦的打击。我几次想关掉 DVD 机，选择看别的电视节目，却又不能。一个神一样的伟大男人就这么悄然粉碎。如同亚瑟用铁锤敲碎泥偶一样，咚的一下，只一下。我一直认为这情节有经典意义。我年长了许多。

罗丹对于许多浪漫女人来说，是一个幻梦或神话，因为遥不可及的距离。那时我还在电视大学念书，一位老师送我一本葛赛尔的《罗丹艺术论》。我想象罗丹在法国幽静的山冈上的尖顶楼房里，目光如炬，一脸魅力十足的美髯，裸体模特在他周围自由舒展肢体，而他永远在寻找阳光与人体接触时滋滋蒸发的一种无形之美。他用兴奋的眼光，一个看透了命运的人所具有的那种兴奋的眼光，去注释自己的痛苦和创伤。一切都是美的，因为他不断在内在真实的光明中行走。葛赛尔说的这些话，深深感动了我。

电影仍在继续。看到罗丹对前来敲门的卡蜜儿说"我需要安静"

并紧闭上门时,我心里发痛。我不能容忍一个伟大的艺术家在所谓事业（或曰名誉地位）和爱情冲突面前如此自私怯懦。他不敢面对自己真实之所求。他的表情和话语冰冷如铁,在那一刻《永恒的春天》及《吻》的热情荡然无存。这冰冷扼杀了一个美丽女人对世界的信任和希望,才华也被冻成死血。

我甚至怀疑他创作的灵感仅来自一种表面的激情和冲动。或者是他回避他自己,那"内在真实的光明"其实是他臆造和幻想的,是他永远到达不了却一直向往的境界。我承认罗丹的复杂,它符合普通的真实的人性。但我不能不为之痛心。

也许我有较强烈的女权主义,这样会妨碍我对罗丹做出公正的认识和判断。公正?我对这个词向来怀疑。它就和真实一样,身上迷雾重重。

我想我不会再对什么人顶礼膜拜,也不必说抱歉。

2003年12月4日

莫尼克公主的情结

2012年夏天,柬埔寨前国王西哈努克逝世,引起众多五十岁以上的中国人浮想联翩,往事如昨。1970年3月,西哈努克遭下属朗诺的军事政变和驱逐,从此流亡中国。中国政府对西哈努克给予国家元首的高规格待遇。西哈努克的到来,给当时"文革"的单调生活,平添了一丝平民乐趣。长期居住中国,西哈努克亲王和夫人经常到各地访问,所到之处万人空巷,载歌载舞,还要拍成纪录片《西哈努克亲王访问某某城市》。

百姓对当时电影院的内容自编了民谣:"样板戏,老三战,西哈努克到处转。""老三战"指国产故事片《地道战》《地雷战》《南征北战》。然而最吸引观众眼球的还不是西哈努克,而是他的夫人莫尼克公主。

这位意大利和法国混血的极品美人,举止高贵、端庄典雅、仪态万方,中国百姓对她惊为天人。她不断更换的艳丽服饰,在一片灰蓝绿的衣着海洋里,如万绿丛中一点红。十三四岁的我,完全被她给震住了。在我的少年时期,不爱红装爱武装,艰苦朴素,是那时人们的价值观。漂亮与时髦,却被贬为"资产阶级生活方式",遭众人鄙夷。因此,莫尼克公主空降到红色中国,无数中国人产生"莫尼克情结",就不足为奇了。

多年后，莫尼克的情结，在一些文学作品中也有描写。女作家林白的长篇小说《一个人的战争》这样写道："在多米的中学时代，最兴奋的日子就是包场电影的日子。此刻我凝望 B 镇，看到多米的眼睛里掠过的第一道霞光就是美丽的莫尼克公主。西哈努克亲王访问了沈阳又访问桂林，美丽的莫尼克公主穿着一套又一套的漂亮衣服徜徉在飘荡着鲜花和歌声的地方，失去了祖国的公主浅浅地微笑着，她的微笑从那远不可及的天边穿越层层空气，掠过花朵和歌声，颤动着形成一道又一道波纹，一直来到多米的面前。"

作家王童的中篇小说《黑姆佛洛狄特通道》，莫尼克情结更是浓重："他翻起一张《参考消息》，看到一则西哈努克同红色高棉的消息，这让他忆起了许多年前的柬埔寨，忆起了被推翻了政权的西哈努克亲王。然而，在他记忆的镜面里最明亮、最清晰的却是清丽柔媚的莫尼克公主：她有着一张令东方人倾慕的玉貌，特别是这玉貌上盛开着令东方人赞叹不已的腼腆的微笑，这微笑在那个荒漠般的年代里，如同一汪矿泉从沙丘里冒了出来，在洁净白皙的彼岸上，人们好像发现了个美的新大陆，产生了一种欣赏、羡慕和性混合在一起的冲动。在黄蓝灰绿的工农兵装束的禁锢中，莫尼克公主就像是希腊神话中的美丽女神，溶进了人们的意念中。他的一个同学在精神病发作的时候喊道：'我要娶莫尼克公主！'"

莫尼克公主肯定不会想到，自己无意中给一个严酷乏味的异国，悄然地开了一扇小窗，让情窦初开的少年男女管窥到一个神秘陌生的美的世界，启发了他们对美的渴望与追求。

其实，莫尼克不仅美貌出众，并有近乎完美的品格，稳重矜持的举止，优雅高贵的气质，温柔善良的脾性，有经历大场面所需的贵夫人风采，凡是莫尼克所到之处，必满堂生辉，而这些是西哈努克以前的妻子和情人所欠缺的。菲律宾前总统马卡帕加尔曾对西哈努克说："你妻子毫无疑问是世界上最漂亮和最难以抵抗的女人，她给柬埔寨带来了荣誉。"

莫尼克确实在一定程度上为西哈努克、为柬埔寨赢得了世界。有的国家的领袖仅仅是为了欣赏莫尼克的美貌，而邀请西哈努克夫妇去友好访问；有的国家首脑也只是为了一睹莫尼克的风采而频繁造访柬埔寨。她的确是一个令人无法抗拒的外交秘密武器。

二十世纪六十年代初，莫尼克的美貌已经享誉世界。一次，在联合国总部，赫鲁晓夫遇到了西哈努克，他很想欣赏莫尼克的风华绝代。于是，他向西哈努克发出邀请，希望他能访问莫斯科，并当着记者们说，如果他不带他的夫人莫尼克的话，莫斯科将不予接待。很快，这次访问便成行了。访问目的是谈判苏联援建柬埔寨的一个水电站，可在谈判过程中，苏方领导人对莫尼克的兴趣，大有喧宾夺主的架势，谈判本身反倒不重要了。

我是从电视新闻得知西哈努克逝世的，从电视上看到久违了的莫尼克公主，虽年逾古稀，依旧风韵犹存，令人艳羡。莫尼克和西哈努克四十年婚姻风雨沧桑，同甘苦共患难，不难看出这位女性的伟大品质。不管西哈努克是万人之上的国君，或是流亡异邦的弃主，莫尼克始终是他精神上的知音，和事业上的忠实伙伴。这大概是她不同于西哈努克以前热恋过的所有女人的最可贵之处。莫尼克情结，不再是一个传说。

2012 年 12 月 1 日

雨伞和影子

有一种朋友是雨伞，他总是在你需要的时候出现，雨过天晴，他便不来烦你。另一种朋友是影子，有时关心你胜于关心自己，几乎到了难以摆脱的程度。

当下生活每一个人都看重自己的空间和隐私，即便是朋友，还是有一点距离好，雨伞一样的朋友或许交得久。

影子一样的朋友对友谊有很大的依赖性，特别有一种述说的欲望，她们会把所有的事情都告诉朋友，但后来发现朋友对她并不见得理解周全，就感到感情上受到极大伤害。这样的朋友多数人不喜欢。一个人不想说的事情，就绝不要和任何人说，让它烂在肚子里；说了就怪自己嘴不严，千万不要埋怨我什么都告诉了她，干吗她万事不说与我知？！

这种强求是友谊的大敌，其实很多人并不关心别人的隐私，干吗要把它当作一种待遇。你看我多信任你，为什么你不能同样信任我？这样的朋友会让对方很累。我觉得真正的好朋友是不带给对方压力的，可以自由自在相处的朋友才是好朋友。

交友的另一条准则是不要随便介入朋友的生活，比如随便给朋友的亲人打电话，对朋友的朋友提出各种要求，看上去好像是"资源共享"，其实是冒犯了朋友。朋友之间是最需要彼此尊重的，不能因为大家很熟，便代替朋友做主，或者"你我不分"。这都是最终葬送友谊的原因和隐患。

我认为，越好的朋友，关系越脆弱，稍有闪失就像陶瓷落地。因为朋友在无形中承担着许多的责任和义务，随便一个人对我不好我会不在乎，但是朋友出了问题，就觉得受了欺骗，就是否定了自己当初的判断力，甚至是导致人生观的改变。

我不光要求朋友像雨伞，我自己也愿意做朋友的雨伞，在别人需要的时候尽绵薄之力。我永远不会成为朋友的影子，因为过分的关爱会成为一种负担。

2013 年 3 月 21 日

像鲸鱼一样写作

在莫言摘得"诺贝尔文学奖"的2012年,谈论与莫言相关的任何事,似乎都有点"不合时宜",有锦上添花的谄媚之嫌。说实话,莫言获奖之前,我对他的作品看得不多,仅仅停留在张艺谋的电影《红高粱》《幸福时光》、小说《丰乳肥臀》的层面上。这也无妨,优秀作家扬名天下,一两部作品家喻户晓就OK了!特别是物欲横流的当今社会,小说本身就是"小众"之爱,影视网络手机微博微信大展宏图的当下,慢说读小说的人群日趋边缘化,就连写小说的作家,包括吾等女作家,也时感灰头土脸。

有一种人令我无语和尴尬。就是自恃生活优越,自恃活得比你明白,需要给你"指点迷津"的人。这种人自诩是你"朋友",说话不必弯弯绕:"你写小说能赚多少稿费?""你写的书,是不是给上岁数的人看的?""你不知道现在年轻人不看小说吗?""你有微信吗?你为什么不加微信?我们都微信了!"言外之意,你连微信都没有,还作家呢!若辩解"我写作怕打扰",对方愈发觉得你酸文假醋。于是"悲催"似江河滔滔,不把你拿下服软绝不罢休!我敢打赌,这种比我活得明白的人绝非"屈指可数",否则不会如此理直气壮。

　　说到这,就不得不说莫言了。就在我为此苦闷之时,读到了莫言在他的长篇小说《生死疲劳》为自己作序的一段金光闪闪的话:"在当今这个时代,读者多追流俗,不愿动脑子。这当然没有什么不好。真正的长篇小说,知音难觅,但知音难觅是正常的,伟大的长篇小说,没有必要像宠物一样遍地打滚,也没有必要像鬣狗一样结群吠叫。它应该是鲸鱼,在深海里,孤独地遨游着,响亮而沉重地呼吸着,波浪翻滚地交配着,血水浩荡地生产着,与成群结队的鲨鱼保持着足够的距离。长篇小说不能为了迎合这个煽情的时代而牺牲自己应有的尊严。长篇小说不能为了迎合某些读者而缩短自己的长度,缩小自己的密度,降低自己的难度。我就是要这么长,就是要这么密,就是要这么难,愿意看就看,不愿意看就不看,哪怕只剩下一个读者,我也要这么写。"

　　读完这段话,我差点落泪,感动的。一瞬间,我似乎读懂了莫言,他不就是一头壮硕巨猛的鲸鱼吗,凭借坚强意志、卓越的文学智慧,在世界文学的深海里,孤独地遨游着,响亮而沉重地呼吸着,波浪翻滚地交配着……

　　我第一次心悦诚服地向莫言致敬!

2012 年 12 月 29 日星期六

被三毛「催眠」

三毛去世已经二十年了,但她一直活在我的心里。三毛是女人的真正的"小资领袖",她影响和改变了我的生活,我对她的欣赏近乎崇拜。

迷上三毛时,我还年轻。满脑子想把新婚小家过得有滋有味,把简单朴素的小房间布置出点与众不同。上个世纪八十年代初,全民提倡朴素,每个家庭几乎都是一个样板,房子大小一样,家具摆设一样,都是家具店的大路货,新婚夫妻家里几乎都摆着两只红色玻璃花瓶,里面插着塑料假花,艳俗地"盛开"着,我的小家就这副德行:寒酸而俗气。唯一可以见到"豪华"有品位的生活的地方,是电影院。

那时的国产片多数是《小花》或《甜蜜事业》之类的土里土气的片子,即使是《瞧我们一家子》这样的都市片,里面的女主角穿得也没洋气到令人眼直的地步。引进的外国电影多是阿尔巴尼亚、罗马尼亚、印度、墨西哥等第三世界的,但他们在电影上呈现的"华丽生活"还是让我心旷神怡。

为改变"一穷二白"面貌,我爱在周末逛布头批发市场,买上几米处理的花布头做成窗帘、沙发罩子,还做挂饰挂在墙上,给黯淡破旧的小屋增加一点鲜亮。某年夏天，我陪着几岁的儿子，在楼下的小花园玩耍，看着他和小朋友们玩得热火朝天，我便走到旁边的小书摊，心不在焉地翻看。这时，我发现了一本薄薄的小书：红色封面上有着骆驼和残阳的图案，书名叫《撒哈拉的故事》，友谊出版社出版。作者的名字单纯好记，三毛。

我至今记得翻开扉页看见三毛照片时的激动，三毛身穿大红毛衣，垂披着乌黑长发遮住两颊，这个发式让我觉得她好洋气，好美丽。

那是我生平第一次由衷地羡慕一个人，并且想知道有关这个人的一切。那时正是夕阳西沉，市声喧嚣，默读着她的文字，我被一种心仪的、异域的气息环绕着。我开始执着寻找三毛的书，特别喜欢她"晒"在她书里的首饰，每当我出门应酬时，站在镜前，穿衣服佩戴首饰时，脑子里就想，要是和三毛是亲密女友就好了，可以听听她的意见。

三毛的家我看过照片，家具是深红色的古旧色。三毛喜欢用布块做桌布，用布块装饰房间，家里挂些黑白照片，我的家也一样！我和三毛有一个最大的不同，她在早上起来一杯茶，而我早上起来一杯咖啡，俩人都爱喝，只是喝不同味道罢了。

三毛好像一直在教我怎样节俭，怎样持家，怎样去从平淡生活中发现美丽的东西。我也常常一个人远行，但心里从来不觉得孤单，感觉三毛一直陪伴着我，给我指导。要我每到一个陌生的城市或国家，都要睁大一双新奇的眼睛，学习欣赏这个地方的文化精华，寻觅这个地方的神秘宝藏。三毛像一个精神偶像，融化在我生活的点点滴滴，引领着我做一个珍惜爱，追求生活品位的女人。

三毛说："只要我喜欢，有什么不可以呢。"被大胡子荷西的爱情感动，心甘情愿地和一个英俊但极普通的男人去了沙漠，去沙漠是需要坚强的。从三毛的《撒哈拉的故事》中,知道她在沙漠里白手起家,她在沙漠里拾垃圾,然后变腐朽为神奇,把人家废弃的旧轮胎当坐垫,"像一个鸟巢,谁来了也抢着坐",她找到旧牛头挂起来做装饰,把街上坏死的树根、完整的骆驼头骨都摆在家里做装饰品。她在沙漠中苦中寻乐,让一身疲惫的荷西,回到家就像到了沙漠中的艺术宫殿一样。

"有许多收藏,它们在价格上不能以金钱来衡量,在数量上也抵不过任何一间普通的古董店,但这些所谓收藏,丰富了家居生活的悦目和舒适,而且,每一样东西来历的背后多多少少躲藏着一个又一个不同的故事。"(《我的宝贝》)于是,三毛请来摄影师,拍下了她的宝贝,然后,她又写出了寻宝的经过。

说是宝贝,其实都是一些不太值钱的银制老别针、项链、手镯、西餐用的刀叉和所有名胜古迹旅游点都能买到的小摆设、小玩偶。东西很一般,但在三毛的笔下,它们身价百倍。

因为三毛,我喜欢上了古旧的中式家具。现在书房里,就摆着老公特意定做的仿古式的书柜、写字台、太师椅。来家的朋友们,一进书房,就情不自禁地发出赞叹。在这个洒满阳光的大房间里,一切古

旧雅致的家具自然协调,这里没有价值连城的古董收藏,都是我多少年来积累起来的片断细碎。

我从来没有崇拜过任何人,但对三毛的欣赏大概已接近崇拜。为了效仿她,我在十几年的时间里,由一个业余文

学爱好者，经过求学深造，运气加勤奋，已然成了自由作家，兼文化杂志记者。职业的改变，使我有各种机会参加国内国外的笔会，采访、旅游观光，大开眼界。收藏的爱好，审美的情趣，也是这样一点一滴培养出来的。

每到一地，我便像三毛那样，总要大街小巷地转悠，搜寻漂亮、地道但又不太贵的工艺品。也许有一天，我会写一本书，书名也叫《我的宝贝》。

我会写我在拉萨的八角街密密麻麻卖手工艺品的小摊上讨价还价买下的两个形似非洲人的铁艺雕像，据说最早的人类起源是非洲。两只尼泊尔的镂空银制盘子，盘底绘制精美图案，还有几十条有着浓郁藏族风情的首饰、挂饰，两枚镶嵌着硕大孔雀石的戒指。那次去西藏雪域高原，我满载而归，抱着"杜十娘"的百宝箱，心满意足地回了家。同行队伍中，我买的"宝贝"最多，大家戏谑我，"回去要改行开藏饰专卖店啊？"

我会写我在俄罗斯的一个远东城市大街买的无名画家的一幅油画，画面上是一个美轮美奂的俄罗斯少女。为了这幅画，我花光了身上所有的钱，还借了朋友的一百美金。价格有点贵，但物有所值。

我会写去美国华盛顿参观白宫，就在白宫前不远的小店里，买的一个水晶制作的白宫模型，袖珍得只有巴掌大。放在我的书柜里，看见它我就想起美国，那么强悍的国家，那么可以让地球为之颤抖的"白宫"，竟可以如此"娇小"地落户我家。

我会写我在新西兰那散发着古老欧洲乡村气息的小镇，它给我一种奇幻的感觉，在一家童话般的小木屋的商店里，我买了一个穿着毛利人蓑裙的娃娃，还有一个毛利人手工制作的木雕。

我会写在澳大利亚的黄金海岸布里斯班巨大无比的超市,在一个极不起眼的工艺品小店,我买的一个屏风式的小相架,银灰色金属材料,边上凸起碎金子般的英文字母,镜框里只能镶嵌两寸尺幅的黑白照片,里面放着我和儿子小时候的照片,仿佛一部黑白电影,提醒我岁月无时无刻不在静静地流淌。

有时连自己都惊异,真被三毛"催眠"了吗?怎么可以如此迷恋和效仿一个人?但马上自言自语:这又有什么关系呢,因为只有三毛才有这样的魔力。只有三毛。

2004 年 2 月

美丽的大手

小时候,我和邻居家的女孩小冬,上学前好得像一个人似的,天天黏糊在一块儿。六岁的小冬,小鼻子小眼像个瓷娃娃,一双小手软绵绵的,可招人喜欢了。我总是捏着她的手把玩,揉捏,好像在玩一块小面团。小冬也不恼,听任我的揉搓,还冲我笑,露出缺了门牙的粉红小牙床。我和小冬四只小手重叠,比谁的手大,七岁之前,我的手和她几乎一般大,只是我的手稍稍比她硬一点,手指也比她长。小冬家有一只放唱机,是她大哥的宝贝。我第一次去小冬家串门,立马就被它吸引了。以后再找小冬玩,似乎就有点目的不纯。

小冬的大哥,比我们大十几岁,是个忧郁的文艺青年。高中毕业后分配去了新疆建设兵团,他嫌艰苦不愿去,在家泡病号,整天不是听唱片,就是看闲书。我和小冬不懂看他的脸色,只要他在家放《洪湖水浪打浪》《江姐》之类的歌剧唱片,我们就跟着唱片里的旋律,手舞足蹈,把小皮带系在外面,扮演游击队长"韩英",或是把小冬母亲的红毛衣套身上,扮演"江姐"。我俩以自己有限的想象力,自编自演,又蹦又跳。

小冬大哥被逗乐了，放下闲书叫着我的小名："小欣，你的手太僵，应该柔和一点，你看小冬的手多软和！"我舞动手臂，瞥了一眼小冬，顿时泄了气。小冬的手像吹了仙气，柔软灵活，每个指尖都在传达一种感觉。那年月，普通老百姓家都没有电视，我也没机会进剧场看真正的舞蹈表演，小冬的绵软小手是我唯一触摸到的舞蹈之手。

再和小冬比量谁的手大时，我已是三年级小学生了。那年，由于姥姥的"历史问题"，街道代表把我们一家赶出了原来的坐北朝南的两间住房，让给一户"三代蹬三轮"的人家住。我们搬到胡同口的一间终日不见阳光的小屋里蜗居。

搬家那天，我和小冬依依惜别，忘记说什么话了，只是把四只小手交叠在一起，四目对视，纯真的眼睛里闪出了泪花，我和小冬都惊讶我的手掌比她的大出了不少，她的手依然小而软，我的手却是像大人的手了，手掌粗糙。

人的手是非常神秘的，是破译命运密码的一把钥匙，我从七八岁开始，姥姥和母亲就开始拿我当小大人使唤，过早地要我做过多的家务活。天长日久，就使我的一双稚嫩小手提早变大了，走形了。现在回想起来，这是一个令人心酸的"拔苗助长"的案例，特别是对一个纤弱的小女孩。孩子是天真无邪的，听到几句家长廉价的表扬，就把不应该做的家务承担起来。而那时的家长鲜有目光远大的，很少替女儿的前途着想，女儿拥有一双纤美的手掌，肯定为她的幸福加分。而太多成人的女性肢体有某种缺陷，大都是童年时期因父母的粗心和自私造成的。

小学四年级，学校毛泽东思想宣传队来我班上物色"演员"。宣传队准备排练革命样板戏《红灯记》。宣传队的刘老师"文革"前是少先大队的辅导员。刘老师那对乌黑的眼睛，挑剔地在全班女生脸上扫视一遍，最后竟看中了我和另外几个同学。二男二女，男生是"李玉和"的人选，女生是"李铁梅"和"李奶奶"的人选。

　　我高兴得找不着北了，放学回家的路上，搀扶了两位老奶奶过马路。回到家，我一边扫地，一边唱："我家的表叔数不清，没有大事不登门……"哥哥讥笑我唱得难听，爸爸说我唱得跑调儿，妈妈说我根本不是唱歌唱戏的材料！气得我的眼泪都喷出来了："你们就会打击我！你们反对我就是反对样板戏，就是革命的绊脚石！"我恼羞成怒。妹妹跑过来，搂住我的腰，说姐姐唱得一点也不难听！她还要我教她唱"我家的表叔数不清"。这个家里，就只有妹妹和我同呼吸共命运。

　　宣传队开始排练了，原来的音乐老师教我们练声，带我们去电影院看样板戏《红灯记》。那时我们上半天文化课，宣传队下午正好排练。我和二十几个同学在冷幽幽的礼堂里，整天不是压腿练功，就是吊嗓子，刘老师一句句地教我们唱戏，讲解剧情。

　　李铁梅的人选始终定不下来，我是三个人选之一，但在"三进二"的 PK 中，我惨遭淘汰。论形象，连挑剔的刘老师有时都叫我"小铁梅"；论唱功，大家都说我唱得有味儿。

　　那天彩排，我化了李铁梅，往台上一站，刘老师跟周围人说："真有点像小刘长瑜！"我信心倍增，亮起小尖嗓子唱道："听奶奶讲革命，我是风里生来，雨里长……"并两手握紧拳头，就在这时，台下的刘老师突然站起："停停……"

　　刘老师走上台来，把我的手抓住，看了看说："你这孩子的手怎么这么大呀？还是别演铁梅了，试试李奶奶吧！"我又换上李奶奶的戏服，头发上撒了粉笔末，脑门上画了褶子，李奶奶的唱段我也会唱。可我刚唱了一句"闹工潮啊，你亲爹娘……"就又让刘老师给毙了。这回不是因为手大，而是因为我的嗓子太细，李奶奶是老旦唱腔，浑厚洪亮，显然我不合适。

我就这样离开了宣传队，我的"艺术生涯"也就此草草结束。

哎，我的这双美丽的大手啊！

2008 年 7 月

小艾的罗曼史

后来我才意识到，1980年是一个变革的年代，仿佛春寒料峭的早春二月，人们虽已丝丝缕缕地嗅到"开放改革"的春风，但破旧迎新的纷争因此尖锐，且带着荒诞之色彩。

那年我在某外贸服装厂，是车间流水线上的小女工。上百人的车间百分之八十是青工，不乏俊男美女，风花雪月的故事天天上演。上班伊始，就见车间人们眉飞色舞，传播着一个重大绯闻："小艾昨天打胎去了，真不要脸，还没结婚就和小叶住一起了！"小艾和我是同岁，却比我早进厂三年，绝对是我的"师姐"，是厂里数一数二的漂亮女孩。

搞大她肚子的小叶，是同厂的男青工，据说其貌不扬，而且是个"病秧子"，长年歇病假。大家都说小艾的脑子进水了，厂里的俊小伙多了去了，怎么偏偏看上了小叶？！可见爱情是多么没有道理！

另一说法小艾喜欢小叶的原因是，小叶是独生子，家里有他独居的房子。小艾家兄弟姐妹众多，房子小得离谱。每次约会小艾都去小叶家，享受一下难得的宽敞和幽静。小叶的长相不给力，但性情温柔，会给小艾放留声机听，冲麦乳精喝。一来二去，小叶就和小艾情深深、雨蒙蒙了。

我刚上流水线，以前又不会轧缝纫，所以手忙脚乱，每天都出次品，检验师傅后来对我都黑脸了。其实我是总开小差，老想着小艾长什么样。

半月后，小艾终于露面了，果然美得叫人窒息，举手投足，完全是舞台上的人物。小艾为"未婚先孕"付出了沉重代价，厂里给她留厂察看一年的警告处分，还在全车间的职工面前念悔过书。可是结果适得其反，小艾就此"破罐破摔"，成了全厂头号"问题女青年"。

她和小叶结婚没半年，小叶就病逝了，年仅二十五岁。小艾很快化悲痛为力量，浓妆艳抹，花枝招展地来上班了，她的堕落样子，让我十分鄙夷。

有一天，小艾穿着一件紧身粉红缎子旗袍来上班了，一进厂大门，便引起一片哗然。小艾扭着细腰，迈着猫步朝车间走，似乎是在走红地毯，那个趾高气扬呀！老厂长鼻子都快气歪了，马上召开干部会议，要各部门联合对小艾展开"严肃帮教"！我刚调到政工科任宣传干事兼团干部，小艾就与我"狭路相逢"。

小艾悔意皆无，伶牙俐齿，把朴素的女干部们驳得话不成句："你们虽然也是女人，可你们特虚伪，明明喜欢漂亮衣服，漂亮打扮，却装成马列主义老太太，表面上是你们批判我，其实内心里你们都在羡慕我，因为我活得真实，活得像女人！"

小艾的女性宣言，没有给她带来好处，又被停职检查，清扫车间厕所卫生。匪夷所思的是，小艾的人气指数反而"攀升"。"二流子"男工递给她烟抽，彼此开着下流的玩笑；时髦好美的女青工，也爱围着小艾请教搞定男人的秘诀；小艾成了"人物"，变得泼辣厚颜，厂领导后来对她都没辙了，随她自生自灭。

八十年代末，我离开了工厂，去寻找我的文学梦。每次见到厂里人，没等我问，他们一开口就是小艾的前世今生，小艾结了两次婚，又离了两次婚，多年前，就下海做生意，但赔得底掉！总被男人骗，又总离不开男人，四十岁时已是一脸沧桑……

我感到无语。初见时的小艾，就浮现在我眼前，那么甜美，那么质朴。在对她"帮教"的接触中，我发现小艾其实是个单纯善良的女孩，她对小叶的爱情，完全是一种救赎式的天使之爱。假如没有那么多的"热心人"裹乱，小艾或许会平静体面地"奉子成婚"，做个本分贤惠的女人，相夫教子。

悲剧也好，闹剧也罢，小艾的悲剧说到底，是没有赶上好年代。她的爱情和人生故事，若是晚发生几年，绝对是另外一种结局。

2011 年 11 月 11 日

洗澡往事

我的唯一闲暇爱好,就是去健身房做运动。坚持不懈的原因,是健身房的洗澡环境可人:桑拿、蒸汽、温泉泡池等一应俱全。好多女人压根不运动,仅为沐浴而来。这些女人洗澡的架势,引用宋丹丹小品的一句经典台词:"女人对自己就要狠点!"好像她们刚从撒哈拉沙漠回来,一年没洗澡,洗起来那叫一个没完没了。

虽然我不像很多的老头老太,对一滴水、一度电,都心疼肝疼。但对"洗澡控"的女人们,对宝贵的水资源丝毫不知珍惜的做法,心里总是不停发出呐喊:"嘿,姐妹儿,省省亲爱的水吧!"

这让我常常回忆起上世纪六七十年代,老百姓的洗澡往事,套用一句时髦话,洗澡"囧途"之"澡堂囧"。那年月,城市居民住房紧张,一间屋子半间炕的家庭十分普遍,吃饭睡觉都成问题,怎可能有独立的卫生间?想洗澡的话,烧两壶开水倒进大木盆里凑合洗洗。夏天好说,到了冬天就又冷又麻烦。我十一岁时,母亲就让我带着六岁的妹妹到外面的澡堂子洗澡。

澡堂沐浴,按理说应是悠闲有序的过程。先交钱换牌,进到里面休息厅,就听服务员大声吆喝:"两位,里请!"里面的服务人员会引着你凭牌将衣服脱在编好号的柳条筐里,然后拿上毛巾,换上拖鞋,再到浴室洗澡,拖鞋大都是木质趿拉板,左右一顺不分号,是澡堂子的一大特色。穿上这种拖鞋走路,踢里蹋啦,鞋韵铿锵,不绝于耳。

人们洗完澡,披上干燥的浴巾,服务人员递上热毛巾,将客人领到大厅里木制单人床上休息。喝着茶,吃着澡堂子卖的青萝卜、黑瓜子,或聊天或小睡,是一种享受。可这种清福,我和妹妹从来没有享受过。

正值"文革",父母们都不顾家。闹革命的,和革命的对象都是有家不能回,斗争连绵不绝,大人世界镇日刀光剑影,谁还顾得上孩子。于是,孩子的衣食冷暖,全靠自己打理。这一来澡堂子,就成了孩子们的天下。

牵着大的,拖着小的,成帮结伙,把澡堂大厅挤得跟几十年后的春运车站一样,乌泱泱的。我每次带妹妹去澡堂子洗澡,都要经历一场难忘的战斗。

女服务员对女孩们的态度,简直是"穷凶极恶"。越是这样,女孩们就越闹得欢,哪里有压迫,哪里就有反抗似的。洗一次澡,必须闯过几关。第一关,是排队买牌。排队要是规矩也不算什么,可女孩都不老实排着,都往前挤,因为习惯了。买任何东西,都是"僧多肉少",晚了就对不起!这需要眼疾手快,勇猛顽强。在副食店排队买菜练就了一身功夫的我,对付任何混乱场面都会做到"脸不变色,心不跳"。妹妹远远站在一旁,充满信心地看着我被女孩们挤得没了人样,小辫扯散了,鞋给踩掉一只,可我仍旧顽强不屈,一点点挤到柜台前。果然,我没让她失望,一手举票,一手拎筐,得意地来到她身边。

第二关换筐。哪像如今的洗浴中心,有专门存衣服的铁柜子,每人一把钥匙。澡堂子粗犷至极,一人一只大竹筐,胖胖的女服务员,手执一根长铁钩子,把盛满衣物的竹筐,勾来勾去。对搞不清状况的女孩,疾言厉色。把筐搞到手,我才松口气。

第三关抢蓬头。在浴室漫天的水蒸气里,我拉着妹妹和人冲撞。那些既躲不开又陌生的裸体,无论高矮胖瘦一律从头到脚淌着肮脏的肥皂,恶心的肥皂沫子随时溅到我和妹妹的脸上,让我十分恼火。我横冲直撞挤进一个蓬蓬头,不顾别人责骂,发狠地给自己和妹妹冲洗。每个"蓬蓬头"都站着四五个人,我们一次次被无情地挤出来。妹妹急得要哭了,"姐,这还怎么洗呀?"

"既来之,则洗之!"我拉着妹妹又来到另一个蓬蓬头下,对一个面容温和的女孩说:"姐姐,我给你搓搓背好吗?"难得那女孩是"单挑儿",我终于理直气壮占有了"蓬蓬头"。从容不迫地洗了妹妹洗自己,洗了自己洗妹妹,妹妹都快让我给洗脱了皮。澡堂子洗澡如此惊心动魄,让我既得意,又恐惧。

我上初中时,学校组织野营拉练。徒步走了几十里地,才到达位于静海县的一个小村。我和六个女生住在一老乡家。脚掌满是水泡,多想热水泡脚,解解乏,可老乡家一点热水都没有。

女孩们都累惨了,脸不洗脚不洗,倒头就睡着了。第二天亦是如此,只在早晨洗脸刷牙。我不洗难受,便跟房东大娘学会了用大锅烧热水,洗脸洗脚。我问其他女孩:"出来三四天了,也该洗洗了!"她们非但不领情,还讥笑我:太娇气,贫下中农哪有天天洗澡的?!

入夜,几个女生睡后,身上散发出不可思议的气味,熏得我睡不着,只好将挨自己睡的女生推醒:"你洗洗再睡,真的很臭!"女生恼羞成怒,抨击我虚伪、假积极!嫌同学身上臭,是资产阶级臭思想作怪！第二天，她还到班主任面前，告我的黑状。没想到却挨了班主任的批评。当天，班主任开班会，要求女生们不但要在劳动中虚心接受贫下中农的再教育，还要搞好个人卫生。

当晚，我住的社员家，堂屋炉火正旺，大锅里的水"咕嘟咕嘟"开着，房东大娘笑眯眯地教同屋女生烧火。我们闹闹腾腾洗到半夜。有女生还带了香皂，用香皂洗过的头发，令满屋子暗香浮动，少女们浴后的清爽香气，让我对关于洗澡的往事铭心刻骨。

2012 年 9 月

集体婚礼

上个世纪的八十年代，是我们"50后"的结婚高潮。假如有谁在路边，看见高高搭起的席棚和棚子里的炉火，也就不难找到近前张贴着的大红喜字了。那时的津门百姓们住房狭窄，能去酒店里办婚事的也寥寥无几。也只能沿袭老天津卫这种传统的婚俗样式。但八十年代又是改革开放之初，不少新东西已经开始涌现。其中的旅行结婚，就是比较时尚的一种。我和我老公，就有幸领略了一回时尚之先。

那时我在一家企业当个小秘书。周围嚷嚷着准备结婚的青工至少二十几位。而工会主席却把这个上级组织的集体旅行结婚的名额，近水楼台地给了我。当时我毫不犹豫就答应了，甚至都没跟当时还是未婚夫的准老公做个商量。但老公是孝子，旅行又给家里省钱省力，他也高兴得不行。周围的亲友更是羡慕得不行。

说起费用来，更是让今天的年轻人也羡慕。目标是北戴河的天津职工疗养院，往返车费加上五天五夜的住宿，还有一顿集体婚礼大餐和几个著名景点的门票。一共人民币五十块钱，人均二百五十大毛。额外还给每对新人赠送一个价值八块钱的精美相册。现在看来，简直就是匪夷所思了。更让新人们兴奋的是,婚礼是在海边上。浪漫的气息也就跟海风一样,扑面而来了。

火车站集合那天,新人们准时在站前广场上云集。大家虽然来自不同的企业或者行业,却因为共同的喜庆气氛而迅速地熟悉起来了。但送行的亲友们也发现,新郎们高矮各异,新娘们胖瘦不同。有的像是刚刚走出校门,也有的像是几个孩子的爹妈。只是大家都被当时的气氛陶醉着,也就没人计较了。

至今我还记得,当时童装厂的女工赵姐,已经三十四岁了。是一位下乡十年才顶替老爹返城就业的老知青。十年知青,没敢考虑自己的事情。找对象再结婚,总是晚了别人一步。即使她还年轻,硬件也没多少优势,所以就更晚了些。这就让几个当时的坏小子新郎们找到了调侃的对象。看上去也是老实巴交的环卫工老杨,当即就成了他们找乐的对象。人人姐夫姐夫地喊着,都像是他的亲小舅子,其实才刚认识了半小时。

服装厂的保健医生小林,和我年龄相仿,也是新娘里最靓丽的一位。新郎和她一个单位,好像是个技术员。他们跟赵姐和老杨就不同,上了火车就开始黏糊,让十米之外的人都不好意思。而赵姐和老杨呢,更像是男女组合在一起出公差。反差挺大的。

人生的事,常常不可思议。我第一次去海边,心虽惆怅,天却湛蓝。可这次的大喜之日,北戴河却是天空阴霾,秋雨霏霏。人们吃过饭,就领到了房间钥匙,新人们立即进屋,然而刚进屋没一会儿,又有人挨屋敲门,通知去海边照相。无奈,刚才还热烘烘着的激情男女们,也只能去面对阴冷的海风了。

夏末的北戴河,可能是因为紧邻着大海,已经露出了秋初的味道。

灰蒙蒙的天际，锅底一般静静地压在人们的头顶上，海浪却气势凶猛地夹杂着冷雨袭来，发出震耳的轰鸣。老公被冷雨激着了，当晚就发起了高烧，而且一夜都没退。

我们的洞房花烛，就是伴着这冷雨和高烧度过的。清晨我去打水，才发现锅炉边排队的都是新郎。就连那位人到中年的赵姐也没露面，而是老杨乐滋滋地打了水，听了几句坏小子们悄悄的调侃之后，又乐滋滋地走了。

随后是几天的活动。山海关、老龙头、秦皇岛，连续几天的欢乐，连续几天的阴天。秋寒阵阵，游客稀少。老公也是没福气，他的身体一向很棒，当过几年炮兵，后来空军来部队招考飞行员他被选中，要不是他的父母不同意，我和他就不可能走到一起了。可偏偏在蜜月里病得一塌糊涂，这不是上帝在捉弄人么！

有趣的是，最后一天中午，我们坐火车返津。火车一开，他的高烧就退了。一进家门，已经是高朋满座，周围的几位邻居家，也都让给我们招待来宾了。楼下搭了棚子，里面炉火正红，大师傅的铁勺翻转，案板上的脆响叮当。原以为我们去旅游结婚，就不摆喜宴了，没想到婆婆家还是高朋满座，喜气盎然。

后来我才知道，这些安排老公早就知道。只是他保密，是不想亏待了我的婚礼。虽然那个年代很朴素，新娘子没有披婚纱，也没有豪华婚宴，但人们还是从心底感受到爱情开花结果的甜蜜。年轻的老公，一见到他的父母兄妹，顿时精神百倍，病全好了。我突然明白，他和他的父母亲人之间的感情特别深厚，而我这个妻子，要融入他的生命，婚礼只是万里长征的第一步。

当年的海边，当年的婚礼，不觉间已经过去三十年了。印象中的海风已经不再寒冷。印象中的阴霾已经丽日晴空。然而我们却老了。也许，那个高烧不退的洞房之夜，就预示着我们夫妻注定相携地走过人生吧？也许那晦涩的海边天气就提示着我们要共同面对风雨吧？不管它是不是一种暗示，我们已经共同走过来了，走过了三十年。当然也许，这就是到海边去"结婚"的形式，送给每一对新人的精神财富吧。

2011 年 10 月

城市夜晚

我们城市的夜晚刚刚亮起灯还不多久，但人们终于有了一些去处，歌厅、舞厅、吃宵夜的餐馆、洗浴中心等等，当然，大多数这一类去处还不属于普通的工薪阶层。有客自远方来（未必是朋），例行公事似的，接待地点移向了公共的去处，吃吃饭，喝喝酒，唱唱歌，几杯酒下肚，初次见面的生客就变得像是自家换帖的把兄弟了。一顿饭吃下来，俨然就成了生死哥们儿。当然清醒人散之后，陌路人还是陌路人。

这样的夜晚当然很热闹，有酒有歌；这样的夜晚还很旖旎，有声有色。只是，这样的夜晚是邂逅之夜，一个永远的邂逅，它从不能使人和人真正相遇。非常思念某些从前的夜晚，属于谈话的夜晚。纯粹"清谈"。二三知己，四五友朋，清茶一盏，聊至深宵。那是对夜晚的尊重。那话题是可穿透人心的，那茶的清香也是可穿透人心的。茶是不值钱的炒清茶，但很新鲜，朋友从江南寄来。而且在信中告诉你茶的出处——杭州杨梅岭，或是翁家山。

多年前，我曾去杭州开笔会，看过三潭印月柳浪闻莺之后，有人提议去杨梅岭一游。于是几人响应，我亦在其中。在茶农家里过了一夜，看茶农炒清茶。那股沁人心脾的清香，给我留下难忘的印象。多年之后，我又看到了炒茶，不过是在北京，在象征时尚的人流如潮的燕莎商场，炒的是新龙井，现炒现卖。当然那茶叶是贵的——八百元一斤。诗意大概只存于时尚之外。我想念那些遥远的夜晚，是因为我古板地认为，能使人相遇的夜晚，是美丽和魅力无穷的，是夜的精神和精华。

相遇是人生际遇性的时刻，在现代社会，人与人真正的相遇，如同奇迹。而奇迹是诗。我已经渐渐遗忘了"相遇"的感觉。我们彼此笑着，笑歪了嘴，觥筹交错之中，说着那些"感情深，一口闷"之类的酒桌上的豪言，心里却知道什么是人走茶凉。明天，我会连他的名字也记不住。就像城市已失去真正的星空一样，也许，它还会失去真正的夜晚。

2008年12月1日

酒吧一瞥

在我看来,酒吧和咖啡馆的关系就像一对"龙凤胎"。酒吧是生猛的男孩,咖啡馆就像一个娴雅的女孩,你中有我,我中有你。说得文学一点,酒吧是一杯浑浊的咖啡。酒吧是白昼杂乱的仓库。当黄昏像一只猫一样蹑足走过,酒吧苍白的柔弱的灯光和水汽弥漫的音乐,给周围投上了恰到好处、光影耀眼的光芒。酒吧是夜游症患者的群集之地。

一个好男人应该下班回家,平安度过一生。泡酒吧的男人不那么安分,他们都怀揣秘密梦想等待奇迹发生。酒吧里的人们就像攒动其间的灯光一样幽暗、混杂。系领带或吊裤带的"白领",剪着怪异"朋克头"的前卫男士,失意的官员,调笑的青春女,都埋头扶着酒杯,很投入的样子。他们喜欢或真或假的孤独,但那是稠人广众下的孤独。屋角唱机里咿咿呀呀的老唱片,一会儿嗓音沙哑,像纷纷下着雨线的老电影中的声音,一会儿气锤一般的强劲节奏和绝望喊叫,又让人感到一杯洋酒似的苦涩。泡酒吧的人们喜欢的就是这音乐,他们家里也有酒、有咖啡,甚至还有吧台,但他们还是喜欢上酒吧买一份时间,然后慢慢地消磨,因为在他们看来只有这音乐是无法复制的。

如今漫步城市街头，辨别酒吧的一个显眼标志就是店面门口的那个"BAR"或"PUB"。领导时尚的人自然会告诉你"BAR"与"PUB"究竟有什么区别，他们说："BAR"是只提供软硬饮料的地方，而"PUB"是兼带供应简单餐点的小酒馆。然而急于赶上时髦列车的人们来不及分辨这细微的差别了，其实纯粹喝酒的"BAR"，也还是供应餐点的。字母是次要的，它只是一个幌子，重要的是向夜游症患者提供了一个信息：这里有酒，也有音乐。因此我们曾经进去过的那些小酒吧，都不是那么的法兰西，不是酒兑得太淡，就是牛排太老。

不得不提的就是酒吧的装潢：它的格局一般都是狭长的，四方的小桌上铺红白格子图案的台布。进门就是一个异国情调的弧形吧台，裸露着原木曲纹；吧台上有蒸馏式咖啡机、杯子、锃亮的不锈钢托盘；还有就是吧台前的高凳，通常上面都坐着一两个抚杯的男人，吧台后是满满的酒。有的吧台把店堂布置成了旧时代街头的景象，路灯、马路招贴、消防水龙头，煞有介事。还有的标榜欧美风格，顶做成石膏浮雕，满墙的外国风俗画、卡通人，或者是悬挂着一幅巨大的火车发明时代的黑白工业场景的照片，仿佛一进去就能嗅到空气中飘荡的铁腥味……

从这些小物件上，可以发现当今城市中产阶级消磨的两个兴奋点：怀旧，异国情调。

2012 年 10 月 11 日

咖啡馆里的知识分子

我们这个城市日新月异,年年都有新看点。咖啡馆就是佐证。各大商厦,国际步行街,老街新城,规模不等的咖啡馆悄然飘香。我喜欢喝咖啡,更喜欢坐在咖啡馆里胡思乱想:咖啡馆如此受地球人的青睐,到底为什么?

在我看来,由社会秩序分割开来的人们,需要一个会面、争论和表现他们才能的地方,咖啡馆是最佳之选。人们在这里碰到他们的知识分子同伙,这些都市精英从四面八方赶来。曾经,咖啡馆和低等小酒馆是流亡者的自然家园,是城市革命的温床和诗意冲动的摇篮,在今天,"咖啡馆里的知识分子"已是一个温和、过时的蔑视称呼。

作为一种带有西方文化色彩的娱乐休闲场所,咖啡馆有过风光也遭受过冷落,这同那些体面、前卫的新名词、新术语一样,如一阵风般刮过又复为寂静。令人欣喜的是,它在自身引起的冷嘲中丰富了城市的感受性,一批新生的咖啡馆,正日益体现出我们这个时代的特征和个性风格。古典气息浓郁的"塞纳河畔"令人想到"左岸"狂欢节和西蒙·波伏娃,而无限浪漫的"星巴克"咖啡馆,则令人感受到平凡生活的诗情。当然也有一些别样的咖啡馆，蜷缩在影剧院的阁楼和商场地下室，以暧昧的灯光、音乐撩拨、取悦着他们称之为消费者的热爱感官生活的人们。

其实咖啡馆与喧闹无关，要喧闹，有舞池，也有 KTV，咖啡馆只是闲谈、清议之地，它提供给你论辩的机锋和灵感的契机，它淡淡的烛光和低回的音乐毫无暗示的可能，而只是供你思想的背景。当然在咖啡馆里也有一些可入传奇的故事发生，我也情愿把它们想象成心与心之间碰撞的结果。不像那些心怀叵测进入舞厅的人，一切都是在手与腰肢、手与手的接触后才开始的，散发着那么重的身体气息。

衡量一个城市有没有文化，就看这城市的知识分子有没有可以自己主宰的生活方式。因此在咖啡馆里我十分渴望碰到我的同伙：那些机敏的论辩手，毕生只为写出一行好诗的诗人，自称"文学青年"的社会闲杂人员和未经人事的女孩……而舞池包房，尽管有歌有舞，还有酒，由于每个人在这里的生活方式几乎如出一辙，它只能是一个娱乐场所，是"文化市场"。歌舞升平中，旋转的灯光在他们脸上、身上打出一圈圈的水纹，他们是一群鱼，呼吸着空气中的欲望，为内心的欲望而膨胀。

2012 年 10 月 11 日

灿灿的故事

女孩灿灿十七岁,是我常去的那家美容院的美容师。我记得一年前初识灿灿的萌样儿,茫然羞怯,从她稚气的眼神里散逸出来,我颇为心动。

灿灿模样甜美,笑容灿烂,名如其人。她的一双白嫩柔软的小手叫人艳羡,而我更喜欢听灿灿说话:"我的老家是陕西省安康市四沟子镇……"口齿之伶俐清晰,绝对超过童星。

不久,灿灿就成了我的御用美容师,其实是爱跟她聊天,爱听她家的故事。她的父母原是陕西大山里的村民,只有小学文化。她母亲十六岁结婚,十七岁生了灿灿的哥哥,十八岁生了灿灿,二十岁生了灿灿的妹妹,典型的"超生游击队"。灿灿两岁时,父母就把她和哥哥甩给外婆抚养,夫妻俩双双到天津打工。灿灿八岁之前,就在老家当"留守儿童",连镇上都没去过。灿灿八岁时,父母把两兄妹接到天津,送进民工子弟小学就读。灿灿的学习一般,她哥哥的成绩在班里名列前茅。她小学毕业后,父母做出选择:不让灿灿上中学,打工赚钱供哥哥上学。由此,灿灿家的格局进行调整:父亲带着灿灿的哥哥和妹妹回了陕西老家，哥哥和妹妹都在安康市上学，父亲就在该市租房过日子，全心全意当陪读父亲。灿灿和母亲留在天津打工赚钱，供老家的三口人生活念书。

灿灿和母亲同样相隔两地，母亲在塘沽某养生中心当足疗师，母女俩十天半月见不着面。灿灿刚毕业时，母亲和亲戚借了两万元送灿灿到美容学校，学习美容美发美甲化妆等赚钱技能，以弥补对女儿的亏欠。

灿灿十五岁就在美发店当小工，后辗转几家美容院。灿灿哥哥已上高三，今年考大学。灿灿说，哥哥的成绩考大学没问题，就是爱泡网吧，所以父亲天天死盯着他。灿灿虽然有美容师证书和工作经验，但年纪太小，长相稚嫩，找她做美容的客人不多，影响了她的工资提成，每月最多拿两千块，她只留下几百块零用，其余全部寄给老家的父亲。

母亲的收入和灿灿差不多，也是惊人节省。每天没黑天没白天地工作，因租不起房，只好住集体宿舍，吃员工餐，灿灿来了住都没地方。母女俩见面时，母亲就借老乡家的厨房，做一锅老家的酸菜面，娘俩儿一人捧着一只大海碗，吃得昏天黑地。然而，这是灿灿最幸福的时刻，和母亲在一起，吃到老家的味道，对她而言，比"麦当劳"和"肯德基"还要香甜。

每每听着灿灿笑呵呵絮叨她家的故事，我难免会心酸。这么伶俐可爱的女孩，若生在大城市，绝对是"独生子女"，是父母乃至长辈眼里的"掌上明珠"，不知怎么"富养"呢。当下不是流行"女孩富养"吗？小学中学要上重点，出国深造也不在话下，或走文艺路线，琴棋书画，音舞表演，父母都不惜血本培养。遗憾的是，灿灿没有那样的福分。

灿灿确认我是真心喜欢她之后，便跟我倾诉她的委屈和孤独："我不喜欢总是一个人上班下班，一个人吃饭，一个人在宿舍；特想和爸妈在一起，下班回家有热饭等着。妈妈说，这一切都是为了哥哥，他是全家人的希望，为了他能上大学，全家吃多少苦，都值得！"

灿灿的确对她家的未来满怀希望："等哥哥考上大学，爸爸就带妹妹过来找工作，和妈妈一起租个房子，那时我就有家了！"

灿灿的故事，令我想起美国著名女演员梅丽尔·斯特里普主演的电影《苏菲的选择》，女主角苏菲在德国人杀戮波兰犹太人的战争中，进过集中营，这段黑暗经历留给苏菲一生难于治愈的伤痛，是德国纳粹逼迫身为母亲的苏菲，在生与死的关键时刻做出选择，要儿子活，还是要女儿活。冯小刚的电影《唐山大地震》中的母亲，也有类似的情节，命悬一线时，选择儿子，放弃女儿。灿灿父母的选择没有那么冷酷，没有战争和天灾的"迫不得已"，是关起门来小家小户的家事，但我仍然觉得有一点残酷，儿子真就那么金贵吗？！

2013年1月28日

女人的好归宿

女友们聚会，讨论热烈的话题就是看电视相亲节目。太浅薄了，太颠覆美好了。都为这些看似美丽的女孩叹息，哪个男人敢娶她们做老婆，父母非得气歪鼻子！

我跟她们说，我不会批判这些女孩，我只庆幸我儿子没有娶那样的女孩做我的儿媳妇。一个被一群大人像呵护公主一样呵护大的孩子，不要指望她去在意路人对她的非议。而且我也不相信这样的女孩会是社会的主流，因为去这些节目的女子，都单身找不到对象啊！那些好姑娘，不等出门，都被抢婚了啊！没毛病的，品行好的，我们在电视上看不到啊！女友大笑。

什么样的女孩才值得拥有幸福？我说，女子要传统，这标准在中外都不会错。所谓的传统就是女主内，相夫教子，夫妻相互扶持，艰难的时候互为依靠。我不是说女不可主外，但如果你能主外，也不要推卸自己主内的责任。

一个家里，没有女性的拾掇、照顾、温存的话语，实在不像个家。结婚前无论你多么娇滴滴多么受人宠爱，结婚第二天起就要素面下厨，你可以不做，但不可以不懂、不会。即使你嫁的是豪门，公婆还是稀罕贤惠的儿媳妇。你以为婚姻是找个人可以照顾自己一辈子，这想法不靠谱。他又不是你的亲生父母，凭啥要对你尽一生的义务？要是他有这样的责任心，那就显然能照顾你，也能照顾别人。你非要把自己放在一个从属甚至宠物的地位做老婆吗？

婚姻是一所学校。你除了要做老婆，还要学做母亲。老婆和丈夫之间，还是平等关系，母亲那就是孩子的脊梁和靠山了。你首先要行端影正，其次要循循善诱，再次要博览群书变成百科词典，最后还要力拔山兮气盖世，无论以前你有多么的被人疼，有了孩子以后，你就与伟大二字结缘了，要开始学习如何疼爱别人。

我诧异，有那么多去做节目的单身女性选择不要孩子。你的一生要扮演无数多的角色，女儿、媳妇、妻子、母亲、职场人士，以后的丈母娘或者婆婆、奶奶等。你难道不知道，你一旦选择了舍弃母亲这个职称，基本上你人生的屋檐就少了一半了。你未来没有机会成为婆婆，或者丈母娘、奶奶、外婆。你生活在一个只有一半屋檐的房间里，注定会晚景凄凉。

人生除了开宝马的快乐，拿爱马仕提包的快乐，住豪宅的快乐，周游世界的快乐以外，还有许多不是金钱可以负担得起的快乐。比方说鼓励失业的丈夫，给亲人筹钱看病，焦急地等待孩子升学考试的结果，被老师叫到学校听训，给其他家长赔礼道歉，处理老公出轨事件，给老人养老送终，偷看孩子的异性朋友，和亲家第一次见面，照顾大肚子媳妇，含饴弄孙等等。

人生的真谛在于服务他人，照顾关爱他人，并从他人的笑容里得到满足。如果这也是是虚荣的话，肯定比拎爱马仕要快乐。

你趁年轻，首先要干的事，就是筑巢引凤，假如男人是凤凰。这个巢，不是指把自己打扮得漂漂亮亮的，因为美貌这个东西，顶多维持头三个月，三个月后，再美都抵不过新鲜。往后维持情感的是什么呢？是性格。再往后维持情感的是什么？是恩情。再再往后，你都变成老太太了，维持情感的纽带是什么？是品格。人家因为尊敬你、爱戴你而环绕在你周围，不愿离去。

2013年11月4日

所谓剩女

所谓的"剩女",论相貌、论智慧、论收入,她们不输于任何人,就因为她们太优秀,所以就这么剩着。剩女,不是剩下没人要的女人,而是一群"白骨精":白领、骨干、精英。

剩女们在婚姻上拒绝妥协,她们追求完美的婚姻,她们对自己苛刻,对另一半要求更高。她们生怕上一秒委曲求全地嫁了,转瞬就碰见了真命天子。剩女不仅是剩下的,而且是挑剩下的,不过,不是被别人挑剩下的,而是她们自己把自己挑剩下的。

女人越来越漂亮,越来越自信,越来越独立,为掌声和关注精心地准备着,亮丽地呈现着,转过头来却发现,世界已尽在掌握,而那个死生契阔、两情相悦的另一半,老天爷却没为自己"剩下"。

而从前,只听说"光棍汉",从来没听说过"光棍女"。坊间老话说"只有剩男,没有剩女",笃定女人是没有嫁不出去的,可现在,风向转了,现在是只有"剩女",没有"剩男"。我注意到自己周围,愁嫁的都是女人,还都是条件优越,芳龄三十、四十的,她们让男人有压力。男人是不喜欢压力的,男人宁愿娶一个年龄小自己十几岁的平凡女孩,也不想把同龄"白骨精"娶回家当"教科书"。有的男人就是这么浅薄,现实。女人拿他们一点办法也没有。

剩女们每年都希冀"白马王子"出现,老点也将就了。可即使是"老白马王子",也把目光投向年轻女孩身上。"杨翁之恋"的浪漫故事,给单身老男人燃起"冬天里的一把火,让爱情照耀着我"。其实我认为:结婚有结婚的好处,单身有单身的好处,"剩女时代"并非世界末日。

很幸运,我们生活在一个很开放的时代。

2009年3月23日

女人的衣橱

我以为，不爱逛商店的女人就算不上真正的女人。所以我对逛商店有着浓厚的兴趣，保持着经久不息的热情。一旦与商店疏远数日，就像思念一个人似的坐立不安，于是某日激情迸发一头向街上奔去。大街小巷大商场小百货超市自选，一一拜访周到，走了半日或一天下来，忽然觉得脖子疼，想来想去，是看衣服看的。

大多时我逛商场只为了看，那一日正在吉利大厦二楼时装柜前走着，忽然听一位男子跺脚抱怨："怎么最好的衣服都是女人的！"我在心里笑出了眼泪，我真高兴上帝分配女人穿裙子，假如让我活一千次，我会一千次选择做女人。或许因为有了女人，才有了丝绸，有了夏·内尔、皮尔·卡丹。世上最会做衣服的是男人。有一次在电视《正大综艺》节目看见外国的一个民族，男人在家织布，女人在外种田，男人为女人编织头饰，背篓衣裙是一片五彩的厚厚的文化。就想，那里的女人即使劳累些，我也羡慕。

每天都在人群中穿行，那各个不同民族的装束，如同风筝一样漂流在记忆的天空，那又是无数关于女人的话题。纯情少女，穿一身清澈的校服，一双洁白的舞蹈便鞋，再配以齐耳短发或扎成一束马尾，小小心心走过斑马线，如一个梦境。我会一直目送她很远，心中却在咀嚼一段苦涩。后挽一朵发髻的少妇，眉线唇线淡淡勾过，穿一条乳白的休闲裤，一件深红或浅紫的夏衫，手里羁绊着一个淘气的男童，脚步亦显得慵懒，眼神亦显得飘忽散漫，不知为什么，我也会驻足相望，心中流出女人特有的温柔的感觉。

女人与衣服如花朵和花茎，如唇红和齿白，如月亮和夜晚，女人天性里就对服饰倾注万分的敏感。心既已有所追，便不能如期归来。

在一个家庭中，最醒目的家具是衣橱，那里面陈列的是女人的骄傲，是女人生命的一部分。有人说，时装是女人永远的情人。女人就是女人，不舍得吃香喝辣，却舍得买穿买戴。不做女人，就不会明白走遍千山万水的三毛，为什么会从墨西哥城坐长途汽车去乡下寻找那件漂亮的便宜的然而又绝对乡土的大氅，坐公共汽车颠簸几百公里为的是买一件衣服，也只有女人才会如此犯傻。

在亲友之中，我是公认的购衣癖。我买衣服全凭感觉，其实，我买衣服也不是一往无前，无所顾忌。像我这样从事文字工作的人，正式场合很少露面，居家时多，买衣服常入误区。虽然丈夫一直是我买衣服的后盾，但我因职业女性和赋闲阔太两个角色都不到位，衣服买得不伦不类。买太好或较差的都不合适，无奈只好满街地转，寻找那种色彩款式都合适的衣服，往往是一无所获。尽管我常常在买衣服的喜悦和烦恼中跌来荡去，尽管我常常不停地买衣服却总是发愁没有合适的衣服，我仍不后悔。比如裘皮大衣，很多女人使劲攒钱买到一件，以示家私，以示身价，以示家庭多么温暖幸福，却忘了这个城市并不十分需要裘皮大衣，三五千一件的时装，一年只穿三五天，然而需要花费三百天的时间考虑防蛀防霉，实在划不来。

　　如今，经过无数次的买衣服之后，心里的承受力就越来越可以。首先是找准了位置，什么是可以买的，什么是不可以买的，我心里有数。其次是能理解一切，有人买了最高档的不受刺激，有人买了最低档的也不鄙视，都合情合理。人活到这份上不是很洒脱吗！

　　总之，女人能决定一个家庭的色彩，也能决定一个世界的色彩。美丽的衣服，只能照亮女人自己，然而美丽的心灵，能够照亮世界。

2001 年 6 月

女人的疼痛

我曾读过一篇小说叫《我疼》,是作家陈希我写的。刚读一行就知道是写女人的,很为陈作家担心,因为他是男人,能把女人那种与生俱来的疼痛写到位吗?整个小说读完,悬着的心才放了下来。惊叹他对女人的疼比女人自己还了解入微,写得丝丝入扣。

我是女人,所以我对这篇小说有很深的共鸣感。女人确实跟疼痛有无法摆脱的纠葛,比如生理痛、生育痛,因为是弱者,我们更容易受伤,或者说因为敏感而受伤。女人比男人更怕痛,但偏偏疼痛紧紧咬着我们。

我第一次感到身体的疼痛,是月经初潮的经痛。十三四岁的女孩子是最怕羞的年纪,这种疼难以启齿,又见不得人。疼和心理压力拧成一股精神黑暗,如影随形折磨着我。这种疼的降临和持续,让我彻底和孩子的天真烂漫告别,并郁郁寡欢,不太合群。也是因为这种隐秘的疼,让我喜欢独处,喜欢看书,胡思乱想,等待重重的黑暗弥漫过来。

身为女人,疼痛就像一根生命的链条,贯穿在女人的生命长河里,有的疼是带着生命的欢愉、希望,尖叫着出现在女人的生命进程中。女人二十，花样年华，经痛已不再是羞答答的秘密了。身边的同龄女孩都是同病相怜，个个都是疼痛之花。最值得纪念的疼，是初夜。那是疼痛的里程碑。我不敢说，每个女人的初夜都是在"洞房花烛夜"。只有在古代女子的贞洁才可以百分之百地坚守到那一刻。二十世纪八十年代，开放改革春风，让爱情和性爱进入一个新纪元。人们根深蒂固的处女观念日趋淡泊，追求人性的自由、情欲的欢畅是中国男女的基本指导思想。但，女子无论与哪个男人完成了"初夜"，那股新鲜的"疼痛"，都是一样刻骨铭心。

女人的生育之痛，我看来就是像是太阳的歌唱。池莉的一篇小说叫《太阳出世》，就是写小孩出生的故事。女人为生产痛得死去活来，我有亲身体会。但这种身体仿佛被撕裂开的疼痛里，还另有一层复杂的因素，就是在那一刻对男人的怨恨。躺在产床上，才痛知男女之间最大的不平等，其实是生育。男人太轻松了，只管撒种，怀孕生产都让女人面目全非。

我生儿子是在八十年代，赶上生育高峰，妇产科医院产床极紧张，产妇们在手术室的产床上鬼哭狼嚎，丈夫们在产房外急得团团转，也别想进病房里帮女人一把，隔岸观火让妻子单独在里面遭受炼狱。我认识一位女歌唱家，和我同龄。她远嫁到美国生孩子时，洋丈夫就陪在她身边，握着她的手。可我丈夫却只能被关在外面，有劲无处使。后来丈夫对我说，见我那么受罪，他真是懊悔！

这让我想起了海明威《永别了，武器》的结尾，亨利在产房外为里面的卡萨琳祈祷，可是卡萨琳是难产在里面抢救。我想我丈夫当时的懊悔，跟亨利的懊悔是一样的，他对卡萨琳发誓："不会再有第二次了！"可是当儿子还不到周岁，我又怀孕了。这让我惊异。当然，独生子女的国策，我不可能做两个孩子的母亲。我身边的女人几乎都有这样的经历，好了伤疤忘了疼。我是女人，我理解她们，就像理解我自己。全是因为爱，为爱而宁愿忍受疼痛。

恐惧疼痛，是我们生命的本能。感谢我们身体里有着一种阿片样物质，它免去了我们许多痛苦。阿片样物质，英文名opioid，又翻译为"类鸦片"，能引起精神欣悦，具有镇痛效应，往往被用在临床上，用来缓解疼痛，比如手术后恢复期病人，又比如晚期癌症患者。实际上，阿片样物质是分为体外阿片样物质和体内阿片样物质的，我们体内的阿片样物质与生俱来，有了它，我们才不会每时每刻感觉到血液在血管壁摩擦，神经像闪电一样闪射，我们才得以生存下去。

疼痛是女人的私密朋友。它潜伏在女人的身心里，又宛如平静的大海，一旦出了问题，疼痛就如黑浪滔天把女人淹没。有的女人，活得好好的，突然就患上乳腺癌了，维纳斯般美丽的乳房通过疼痛发出告急，接下来要手术全切，要化疗，女人在疼痛的地狱里绝望地挣扎。有许多鲜花一般的生命就被这种疼带走了，上了天堂。

我认识一位摄影女记者，非常有才华，是典型的完美主义者，洁癖。她从西藏出差回家，即使是半夜，也要把行李箱里的东西拿出来归置到原先的地方，然后再擦地，抹桌，折腾到天亮，没时间睡觉，就直接上班去。她四十八岁就得了脑癌，十个月就走了。她住院期间，我看了她几次。每见一次她就瘦了一圈，憔悴得不成样子。最后一次看她，我惊异得认不出病榻上瘦得只剩一副骨架的她了。她说她疼，疼得想撞墙。两天后，她就去世了。再也不疼了。

疼，也是人的终极归宿。小时候看电影《烈火中永生》，最怕看革命者江姐被严刑拷打，手指扎进竹签子的画面，我在影院的黑暗中感觉身体似乎被扎痛了。到了中年，自己的身体已经忍受过各种各样的疼痛，有病痛，有心痛，可谓伤痕累累。其实这是女人的宿命，而且是逃避不掉的。

西班牙哲学家乌纳穆诺说："受苦是生命的实体，也是人格的根源。因为唯有受苦才能使我们成为真正的人。"人跟动物不同，就在于人不仅有肉体生命，还有精神生命。精神生命通过疼痛来确认，痛感是一种感知生命的能力。

对疼痛没有感受力的人是肤浅的，虽然更多时候我们是被迫接受疼痛，这疼痛，绝不是我们所欢迎的。但是既然它要到来了，我们就只能接受它，就像命运。年轻的时候，常接受这样一种人生观教育："与命运抗争！"作为女人，其实一生都是在与疼痛抗争。

革命者和英雄的身体，正是因为承受了无数痛苦才锻炼成了"超越了普通生理躯体的崇高躯体"（齐泽克语）。受痛让他们具备了成圣的契机，他们身体上的伤痕，就是他神圣化的资本。《青春之歌》里的林道静，因为被捕受刑才得到了真正的考验，成了正式的共产党员。小说描写了她受刑时的内心的活动："闭着眼睛，道静依然站在地上，不声不响地好像睡着了。她能够说什么呢？她咬着嘴唇，只剩下一个意念：'挺住，咬牙挺住！共产党员都是这样的！'"她就这么着，"一壶、两壶的辣椒水……她的嘴唇都咬得出血，昏过去又醒过来了，但她仍然不声不响。最后一条红红的火箸真的向她的大腿吱的一下烫来时，她才大叫一声，就什么也不知道了。"

我每当看到革命者在电影、电视剧里遭受严刑拷打，心里总是揪成一团，莫名其妙地胳膊发麻。我怕疼的老毛病又犯了。我小时候很畏惧父亲，四五岁就开始讨他欢心，不要惹他不高兴。因为年轻时的父亲脾气很暴，大我一岁的哥哥太淘气，总挨父亲揍，然后就号哭。我几乎没被父亲打过，因为我怕挨打，怕疼。学会察言观色，乖巧听话，就不会挨打。我很小就懂得这个道理了，且是硬道理。

恐惧疼痛，某种意义上，也可以说是人类最大的游戏规则。违背规矩、规则，就是犯规，就会遭打。当下，人们越来越远离了疼痛，以快乐舒适为价值取向。消费主义借助高度发达的信息技术，更把可以引发痛感的因素消解掉了。女人们生活在一个貌似没有疼痛的世界里，比如大街上的美容院、养生馆、身体按摩、足底按摩、经络按摩，都是用来对付疼痛的。

但是，女人真正的痛是沉留灵魂深处的，说不出，喊不出，只能与之共存共舞。

2009 年 6 月 17 日

女汉子

"女汉子"的叫法，是近两年流行起来的。

"女汉子"，并非外形彪悍，力大如牛，不施粉黛地为一家老小生计劳碌的农村大嫂，而是都市里的气质美女。她们在职场上"巾帼不让须眉"，看似强悍，其实不用蛮力，是绕指柔的智慧，和风细雨的霸气。

"女汉子"讲究生活品质，健身美容吃喝穿戴，无一不上档次，是时尚流行的潮人。但她们有精打细算的优点，热衷网购和团购，偶尔一身"淘范儿"出来，与穿"一线大牌"一样地搔首弄姿。

"女汉子"的为人之道，远比男汉子理智。她们和闺蜜聚会，吃饭唱歌观影旅游，一般采取AA。相见时乐翻天，拜拜时分账自然。谁也不欠谁的人情。"千金散尽还复来"的豪放，未免老土了！

"女汉子"大都不太年轻，都有过较漫长的奋斗经历，深谙"人生苦短"之真谛。她们把孩子送到国外读书，自己也每年走出国门，看风景开眼界。而今世界各地都有中国旅游团，各国奢侈品店，中国游客是主力军，"女汉子"更是购买女魔头。

另外"女汉子"的冒险和猎奇精神，让男汉子都刮目相看。我身边的"女汉子"就有去非洲肯尼亚看"动物大迁徙"，去乞力马扎罗山登雪峰，去北极体验哈士奇狗的雪橇狂奔，深度观赏极地雪景的，回来向我讲述，我由衷感慨：女汉子更疯狂！

"女汉子"单身居多。离异初始抱着美好幻想，以为放弃一棵树，肯定有一片森林等着……但生活不是电视剧。

在寻找真爱的路上，"女汉子"身心沧桑，坎坷无奈。美丽洒脱的外表下，终是一颗柔软的女人心。"女汉子"不过是一种自嘲和调侃，她们最渴望的，依然是浪漫的爱情，和真心陪伴自己到白头的那个人。

美梦成真的那一天，谁叫她"女汉子"，她就跟谁急！

2013 年 11 月 30 日

梦想的女人

时间是个什么东西？时间，它在慢慢地将我们的青春带走，而我们想要的，它一点一点地给，其根本目的就是要防止所有的事情都一齐发生。我们习惯了它的这种方式，我们敞开了胸怀，面向未来。当我们闭上眼睛的时候，未来就以每小时六十分钟的速度向我们飞驰而来了，如果我们睁开了眼睛，进入自己的生活轨道，就好像站立在购物商厦的观光电梯里，看到未来一点一点地出现。

记得在过去，年少之时，时间过得多慢啊。那时候从一个城市到另一个城市，需要坐很久的火车。当火车穿过黑暗郁闷的隧道的时候，她就会觉得有一段时间，自己所等待的，或许就是将来的时间，就被阻隔在隧道那边了，几乎没有到来的可能。

每个早晨，她在窗外的鸟鸣声里醒来，总会想：今天的这个日子和以往有什么不同吗？是的，不同。每次出现的这个日子，等着她赤裸的脚滑到清凉的地板上的这个日子，有着梦幻气息。回首那些已经过去了的，爱过的人和事，那无数的忙碌和忧伤，就这样过去了。就这样过去了吗？快乐吗？有收获吗？但是今天已经开始了，今天，还有明天和后天,以及往后的日子们,它们就在窗户外面,等待着她召唤它进来。那是没完没了的新的日子,具有无限的可能性,有新的计划和目标,所有的新事物,都将是新的机遇的到来。

她接了一个电话,然后吃东西,并准备好出发了。她向未来走去了,这个未来并不能确定,它是由梦想构成的。正如时间将未来征服然后一点一滴地送到人们的眼前,将现在一步步地向后推动让它成为冷却的过去,她的梦想也不是单一的,世间存在的一切在不断地变化,这变化是多向度的,而她也准备了多种投入,向各个方面敞开了自己。

那是一个男人打来的电话,他的感情和工作均在等待着她。男人啊,这些身边的男人,他们多么优秀啊。他们曾经年轻,将不再年轻,但他们的面容和身体上的各种变化,丝毫没有减损他们的男性魅力。他们投身于事业,在他们眼里,事业高于一切,高于爱情。他们所需要的一切,都将从事业中获得。包括爱。是的,他们对在事业和奋斗当中所获得的爱是多么看重啊,而她,这个纤细敏感的女人,她能够和他们并肩战斗,能够和他们相爱,是多么令人快乐的事情。她是有吸引力的,仅仅是她那快乐的笑容和柔和的声音,就足以将他们取悦。她和他们并肩战斗,并以他们的中介把握了世界。

她三十多岁,有太多的精力和热情,并热爱着男人——她为自己现在能够承认这个而感到惊讶,过去她不说,不是因为羞愧,就是因为自卑。事实就是这样,作为一个女人,她热爱这个世界,主要在于她对他们的爱(且不说在童年时代,她在每个黄昏等待他一起回家的男人,那是她爱上的第一个男人,她的父亲),毕竟他们是创造活动中的主力,是这个世界的主要支撑。但是过去她无法说出这个,甚至认为这样想都是可耻的——她无法评判他们,也否认不了他们。现在她终于可以评判和欣赏他们，肯定或否定他们，结束与一个男人的感情和开始与一个男人的恋爱，她终于能够做到。

只有她自己知道，她不能重复历史，虽然历史在某些时候看起来那么的相似，个中的不同，只有她最清楚。有些时候，她会因此而羡慕男人，因为他们的命运发展往往是规则的，是直线向前，有着完整的连续性。所以，他们一直处于安全状态和被保护中，他们的未来有其预定性，变化是逐步的，从一个阶段到另一个阶段自然衔接。而在她的身上，人生是螺旋式前进的，大凡有转折，一定十分突然并带有冒险性质，并可能隐伏着危机，对她的一生产生决定性的影响。所以，以她和她的历史相比较，无疑她的历史是庞大而丰富的。她经历了更多的考验和挣扎、犹豫和彷徨，她下了更多的决心。

这之后……毫无疑问，这之后，她解放了自己，终于挣脱了自己的美，她的成熟和智慧给男人们也带来了享受，鼓动他们的想象和幻想，兴奋了他们的神经。她是个美妙的容器，盛满了聪明和机智，幽默和令人发颤的幻想光明。她那些调侃的话语分明包含着她对这个世界、对男人和女人们的爱和欣赏，所以，他们在快乐的同时和她亲近，向她靠近。古老的诗人但丁说："但是我的翅膀不能做这个飞翔，只是一阵闪光掠过我的心灵，我心中的意志就得到了实践。要达到崇高的幻想，我力不能胜，但是我的欲望和意志，已像均匀地转动的转子般被爱推动，爱正推动那太阳和其他的星辰。"

她只用三个手指的尖部捏住酒杯细细的腿，宛若捏住一枝鲜艳的意味深长的玫瑰。在吮吸了玫瑰一样嫣红的酒滴之后，这嫣红的颜色就进入了她的身体之中，然后再来到她的面颊之上，成为男人们梦里久久融化不了的光辉。酒带来了快乐，它是夜里唯一的燃料。但是把它做成火把，迷乱的场景就开始出现，陌生旷野的水城是月光的海洋，精灵们以植物的形象出现在道路两边。酒的细胞渗透她的四肢，她的躯体处于半溶解状态，轻盈地在精灵们的肩上，在成群的星辰间滑动。直到曙光初现，梦里的光晕才逐渐消失，纤长指尖轻握的酒杯也变成空气般透明的碎片，她心里喃喃道：我又醉过了。

　　她醉过了，她是可以醉的，激情的列车自动接通了电源，迅猛驶出去。她曾经想像别人一样生活。在我们的生活和大家的历史中已经有太多的典范可以效仿，但她终于发现自己是无法效仿别人的。她认可生活中的无数规则，可规则也是可以超越的，如果一种规则和另外一种规则发生了矛盾，那么就可以让它们相互抵消。最令人珍惜的，是生活和自己，有那么多难以言表的美妙所在，有那么多越是被忽略被压抑就越是奋勇奔突出来的东西，它们几乎已经到达她的舌间，就要发出来的东西，它们几乎已经到达她的舌尖，就要发出呼声。所以，她才那么敏感、执着，坚持着自己。

1999 年 3 月

小姐，你好！

我敢说，生于"50后"和"60后"的女性，都没有机会做"小姐"。我说的"小姐"是指出身名门自幼养尊处优受过良好家庭熏陶的大家闺秀，千万别跟"坐台小姐"混为一谈。在我看，上个世纪三四十年代的女性其实活得很本色，太太像太太，小姐像小姐。我这么说的依据是近年来的"民国热""特情热""张爱玲热"。

张爱玲的几部小说都被改编成了热门电影和电视剧。如《色戒》《倾城之恋》《红玫瑰，白玫瑰》《半生缘》。不说剧情和意义，单是一个个纤柔婉约，燕语莺声，艳丽旗袍裹着婀娜身段的女子，就足以吸引观众的眼球。

女人喜欢，是羡慕活在那个年代的小姐真有福气，可以大门不出，二门不迈，用不着小小年纪就为学业和事业打拼，花样年华的脸上满是欲望和坚硬。现代女人活得一点也不比男人轻松。倘若你不是一个富家小姐，父母也拿不出那么多银子供你留洋深造，学有所成就是家族企业的接班人，那你就只能把未来的希望寄托在自己身上。要考名牌大学，然后再考公务员或大公司，身上的每一根神经都绷紧了。这样的女孩只能成为职场上精明能干的"白骨精",而成不了琴声如叙的"小姐"。也只能和我一样,在累得腰酸背痛的晚上,打开电视,在热门电视剧如《倾城之恋》《京华烟云》里过一过小姐的"瘾"。

　　这些电视剧吸引我的倒不是故事剧情,而是剧中女主人公的服饰,旗袍一件比一件华丽精美,简直是民国女服展览。人配衣裳,马配鞍。这句老话用在影视剧上也十分贴切。几年前,导演李少红为了拍好一部叫《橘子红了》的民国电视剧,特意请来香港设计师叶锦添坐镇,给周迅和归亚蕾量身定做戏服,为的是把"小姐"和"太太"的戏份做足,做大。

　　男人亦喜欢,是因为荧屏银幕上的香艳的太太小姐,在一定程度上满足了他们的虚荣心和占有欲。这些太太小姐旗袍下面裹着一个个落寞的灵魂,低眉顺眼,最是那一低头的娇羞。现实生活中,哪里还有这等尤物?!现实中的女人哪个不是和男人一样"该出手时就出手,风风火火闯九州",巾帼不让须眉。只有在影视剧里,男人们才可以过一过家有"三妻四妾"的瘾头。"小姐""太太"娇滴滴地一口一个"老爷!"男人听了心里怪不是滋味,真恨爹娘没早生他三十年,没赶上"一夫多妻"的好年头,倒赶上"一对夫妻一个孩"的年代。

　　我对"庭院深深深几许"大户人家的小姐,兴趣不大。这些活在老宅阴影中的女人,没有独立精神,逆来顺受,一般都以悲剧收场。当然这也是电视剧的俗套。

　　我喜欢旧上海的新派小姐,比如张爱玲、阮玲玉、周璇。当然把她们连在一起实在有一点牵强,她们是同一时代人,但我相信她们在世并且走红的时候,谁也没有见过谁,也未必谁是谁的粉丝。但把她们拆分开,每个人都是"小姐榜样"。尽管张爱玲的容貌算不上绝代,但她旷世的文学才华，特立独行的冷艳孤傲，足以弥补她容貌上的小小不足，毫无争议当得起"旧上海小姐"的荣誉称号。

阮玲玉和周璇的惊人美貌，已经穿越了时空和年代，是"旧上海小姐"中的领军人物。尽管香消玉殒了半个多世纪，但依然香魂不散。她们的芳华业绩，时不时就出现在人们的视野里，她们在文学、光影、歌声中获得了永生。

张爱玲、阮玲玉、周璇之所以魅力永恒，和她们的卓尔不群的人格魅力有一定关系。她们是大时代女性，每个人都从时代的暗影里走到了社会舞台上，让她们身体和灵魂中的夺目光彩淋漓尽致地展现给了人民大众。张爱玲如果不写小说，或者即使写了却又没有出名，那谁又知晓她的大名？

阮玲玉和周璇其实和张爱玲走的是一个路子，小时候父母早亡或离异，没有家庭温暖，小小年纪就靠自己本事吃饭，在旧上海滩闯荡，二十出头便大红大紫。她们的爱情和婚姻都极动荡，极短命。痴情的她们，偏偏爱上薄情寡义、爱吃软饭的男人，结果都不好。每人都是"红颜薄命"的戏梦人生。

我把张爱玲、阮玲玉、周璇老姐仨统称为"小姐"，多多少少有点不太合适，她们都太有名了，当她们芳华谢世的时候，连男人都不敢小视她们的成就！

我一直认为，小姐是个美好的称谓：代表着年轻、高贵、美丽和城市味道。乡下村姑再年轻，再好看也和"小姐"风马牛不相及。还记得小时候，周围大人不满自家女儿吃"猫食"，爱干净，好打扮，不爱理人，多愁善感，雨天时垂泪，秋天落叶时惆怅，一概叱责为"小姐林黛玉！""小姐身子丫鬟命！""资产阶级娇小姐！"

劳动人民家庭的女孩，天生与"小姐"为敌。"小姐"在上个世纪六七十年代可以说是贬义词，与大时代格格不入。1957 到 1977 年，整整二十年，一个女孩在二十岁之前是学习做"淑女"的重要时间段。但这个时间段出生的女性，童年、少年、青年都是在"文化大革命"的十年动乱中度过的。整个社会风气是艰苦朴素，是和资产阶级生活作风划清界限，是学习雷锋好榜样：生活上向水平最低的同志看齐，工作上向水平最高的同志看齐。我们周围的女性长辈，没有可以仿效的"淑女"样板。

母亲，老师，邻居阿姨，大妈一个赛一个朴素，中性。经年不变的短发，脸上除了淡淡雪花膏味儿，就没别的化妆品了。同学里叫"建国""建华""跃进"的特别多。军人家庭出生的女孩子叫"建军""爱军"的不少。小说和电影里的"女特务""少奶奶""大小姐"这些负面人物，是我唯一可以窥见的漂亮香艳的女性长辈。出了电影院，我怅然若失。扑入眼帘的是一片灰蒙蒙的人潮，男女老少都素着一张黄脸，灰蓝绿色衣服的海洋，美丽在哪里？

岁月如流水。进入新世纪以来，美丽的东西令人应接不暇，眼花缭乱，几乎到了审美疲劳的境地。我早已错过了学做"淑女"的年龄，这让我时常觉得遗憾。为什么要学习做"淑女""小姐"呢？有这个必要吗？有哇！上海女作家陈丹燕写的《上海的金枝玉叶》，是我最喜欢的枕边书之一。

里面那位戴西，是真正的千金小姐。她读的中学是一所美国基督教女子中学，叫中西女塾，来这里读书的都是上海的上层阶级的女儿。书里写道："在戴西进入这里读书的时候，国母宋庆龄和中华民国的第一夫人宋美龄都已经从这里毕业……它的风格是贵族化的，教会学生怎样做出色的沙龙和晚会的女主人,早餐有中式的肉松和西式的黄油,学生客厅里有沙发、地毯和留声机;并且要秀外慧中,有严格的教养和坚韧的性格。在当时的上海,像大家应该在西郊有别墅,家里有美国汽车,先生有一抽屉各色领带一样,家里的女儿应该在中西女塾上学。连中等人家,也节衣缩食,把自己的女儿送进这所名校来,希望女儿在这学校里开眼界,见世面,将来凭着中西女塾的牌子和西化时髦的淑女做派,能嫁入一个好人家。对这样的人家来说,女儿从中西女塾毕业,就像是一份上好的嫁妆一样。"

　　戴西的一生坎坷,命运多舛,但即使如此,她也依然独立,善良,有女人味。直到去世的前一天,还保持了客人来拜访提前化妆的习惯。

　　这样的女人,战胜了年龄,战胜了衰老,把美丽和优雅进行到底了。我爱这样的"小姐",学了她们的好榜样,我就不怕老了。

2009 年 6 月 14 日

输情不输人

杨二车娜姆有句名言："长得漂亮，不如活得漂亮。"我的一位QQ名"娃哈哈"的女友，就是这样的智慧女人。

"娃哈哈"大学毕业分到某中学教高中物理，是个典型的"麻辣女教师"，不按常规出牌，课余时间和男生一起打球奔跑，没课时溜出校门去看电影，被逃课学生撞了个正着。后来校领导让她当班主任，让她尽力"为人师表"。

"娃哈哈"长相不艳丽，不娇嗔，但身材高挑，眉宇间有男孩子的英气。她思维敏捷，敢爱敢恨，鲜少优柔寡断。当年喜欢她这"款"的适婚青年，不在少数。

她最后选定的"如意郎君"却是一只农村家庭飞出来的"凤凰"，大学毕业备战考研的有为青年。她结的是"裸婚"，这在当年不新鲜。但第一次去山里的婆婆家，让她对"贫穷"的含义有了切肤之感。她出身于军人家庭，从小到大衣食无忧。婆婆生了六个子女，只有她丈夫"一飞冲天"，其他子女皆是农民工。她在婆婆家过年，差点被冻僵，发了高烧。可以说是电视剧《新结婚时代》刘若英扮演的新媳妇的现实版。

为支持丈夫考上研究生，她让他不要出去工作，安心复习，靠她一人养家。丈夫很争气，考上北京一所名校的研究生，读研的各种费用一年要一万多，这对她，仿似天文数字。婆家指不上，只能自力更生。她毅然辞去教师工作，和朋友合伙做了生意，收入翻番，丈夫的读研费用再不用发愁。就在那时她怀孕了，又惊又喜。她喜欢小孩，有深爱的丈夫，再有孩子，她就渴望如此平凡幸福的小家庭。但她很快冷静下来。若生养小孩，就不能轻手利脚地打拼事业，商场如战场。人生残酷的一面，就是逼你"二选一"，鱼和熊掌不可兼得。

结果她放弃了孩子，让丈夫能够在京城校园里心无旁骛地学习，她在天津打拼事业，独守空房。对老家的婆婆也是克尽媳妇的本分和孝心。

丈夫读完了研究生，又提出考博士，一年费用要三万左右。为了让理想再次照进丈夫的现实，她只有两个字："支持！"继续两地分居，在商场上摸爬滚打。丈夫如愿以偿读了三年博士，读博生活丝毫没有后顾之忧。毕业后，丈夫继续深造读博士后，当上博士后之后，终于尘埃落定。

"娃哈哈"那年三十多岁，做了高龄孕妇。所有人都认为，她应该要这孩子。丈夫已经是大学教授，该是回报她的无私奉献的时候了。但结果令大家瞠目。她冷静地问丈夫："孩子生了之后，你能和我一起带孩子吗？"需补充一句，她的父母也不住本市，所以双方老人指不上。博士后丈夫，完全是个学富五车、不食人间烟火的书呆子。他回答得干脆："不能，你又不是不知道，我的生活能力很差！"她摇头叹息，丈夫没半句谎话。他读书读傻了，日常琐碎事，都是她的分内事。在生活上，他一直是她的"大孩子"。

原本,她并非是一个生活能力强的女人,如果有了孩子,就等于有两个"孩子"要她操劳,婚姻幸福指数无疑要打折扣!她再次决绝地走上手术台,并发誓此生再不要孩子,就这样和丈夫厮守到白头。如今她四十多岁了,有车有房,闲暇时就去打羽毛球健身,生意也不似从前那般辛苦紧张。

她丈夫如今是令人尊敬的教授,经常飞往国内外进行讲学交流,著作颇丰,前途似锦。这样的雅士,身边自然莺声燕舞,不乏异性崇拜。"云端漫步"的美妙感觉,即使在她面前,也难以掩饰。他怡然自得的样子,让她又郁闷,又好笑。

亲友们都替她担心,说她对婚姻的奉献像一个风险赌注。历尽千辛万苦,把一个男人风风光光地塑造起来,胜算可能很小。一个没青春、没孩子的女人,拿什么拴住丈夫的心?

"娃哈哈"每次回答得坦坦荡荡:"假如婚姻是一场赌注的话,我认赌服输。丈夫如果变心有了新欢,还想离婚的话,我会微笑洒脱地离开,我的底线是:输情不输人!即使输掉了一切,也不要输掉微笑……"

就这句话,打动了我,油然对特别爱笑的"娃哈哈"刮目相看。

2012 年 11 月 14 日

美丽是一种天赋

一次开笔会，有位北京来的专业摄影师同行，引得女同胞个个涂脂抹粉，争先恐后要其拍照。摄影师问我为何不化妆拍照，我说有一位虢国夫人，就是杨贵妃的姐姐，她自恃美丽，见了唐明皇也不化妆，所以叫素面朝天。摄影师笑了，说，我知道，那是指特别美丽的女人。他含蓄地暗示我不属于这类女人。

是的，我不特别美丽，但不浓妆淡抹并不是美丽女人的专利，而是所有女人都可以选择的一种装扮方式。看我们的周围，每一棵树，每一叶草，每一朵花，都不化妆。面对骄阳，面对风雪，面对暴雨，它们都本色而自然。它们也会衰老和凋零，但衰老和凋零也是一种真实。作为万物之灵的人类，为何要将自己隐藏在脂粉和油彩的后面？

见过一位化过妆的女友洗脸，脸上红的黑的水蜿蜒而下，仿佛洪水冲刷后水土流失的山峦。那个真实的她，像在鸡蛋壳里窒息过久的鸡雏，渐渐才苏醒过来。我觉得这个眉目清晰的女人，才是我真正的朋友，而片刻前被颜色包裹的那个形象，只是一个虚伪的陌生人。

我们只有一张脸，我的父母，凭着它辨认出一脉血缘的延续；我的丈夫，凭着它在茫茫人海中将我寻觅；我的儿子，凭着它第一次记住了自己的母亲……每张脸都是一本生命的图谱。连脸都不愿公开的人，像捏了一份涂改过的证件，有了太多的秘密。而所有的秘密都是有重量的，带着化妆的脸走路的女人，便多了劳累，多了忧虑。

化妆可以使人年轻，街上鳞次栉比的美容院无时不在告诫我们。我的一位邻居女士，盛妆出行，艳丽赛过电影明星。半夜里我为她传一个电话，门开的一瞬间，我惊愕不止。惨淡的灯光下，她枯黄憔悴，如一册古老的线装书。

"我不能不化妆！"她后来告诉我，"化妆如同吸烟，是有瘾的，我已经没有勇气面对不化妆的我。化妆最先是为了欺人，之后就成了自欺。我真羡慕你啊！"从此我对她充满同情。

我们都会衰老。我从容地消受我的年龄，犹如眺望远方一片渐渐逼近的白帆。为什么要掩饰这个现实呢？掩饰不单是徒劳，首先是一种软弱。自信并不与年龄成正比，就像自信并不与美丽成正比，勇气不是储存在脸庞里，而是掌握在自己手中。常常感觉化了妆的女人犯了画蛇添足的错误。请看我的眼睛，浓墨勾勒的眼线在说，但栅栏似的假睫毛圈住的眼波却黯淡犹豫。请注意我的口唇！樱桃红的唇膏在呼吁，但轮廓鲜明的唇内吐出的话语，却肤浅苍白……化妆以醒目的色彩强调以至强迫人们注意的部位，却往往是最软弱的所在。磨砺内心比粉饰外表要难得多，犹如水晶与玻璃的区别。

不拥有美丽的女人，并非也不拥有自信。美丽是一种天赋，自信却像树苗一样，可以种植，可以培育，可以蔚然成林，可以直到地老天荒。我相信不化妆的微笑更纯洁更美好，我相信不化妆的目光更坦率而真诚，我相信不化妆的女人更有勇气直面人生。

因为美丽是一种天赋。

2004 年 4 月 8 日

老婆要富养

朋友聚会，女友拎着新买的高档女包前来"晒幸福"，她老公送她的新年礼物，颇让我们艳羡。在时尚和奢侈品越来越不神秘的当下，"LV"（路易威登）、"GUCCI"（古奇）、"PRADA"（普拉达）等时髦物件，已成了讲究生活品质的女性追求的目标。披挂着"一线品牌"的年轻或不年轻的女性，出现在某些场合上，的确显得富贵和优雅，这就是品牌的魅力。

但谁来为女人的奢侈品埋单？或曰谁来为女人的幸福埋单？是靠女人自己血拼？还是靠疼爱女人且有实力的男人馈赠？这才是问题关键。某先生随口说了句："老婆要富养！"我差点与其击掌。早闻之"女孩要富养，男孩要穷养"，却未听过"老婆要富养"的，但此话经得住推敲。没有被"富养"的母亲，何来"富养"的女儿？！难以想象，一个挣扎在生活底层，镇日为生存打拼的母亲，能养育出一个大家闺秀来。

设想一个俗套情节：女人嫁给一个"高富帅"，男方不但多金，而且专情，女人从此过上了幸福生活。不用操劳柴米油盐，可以出去当白领，享受事业的旖旎风光，也可在家当花瓶，随你选，前提是都不受挤对，丈夫和婆婆都把你当成手心里的宝。

还有一种情况，男方非"富二代"，白手起家，艰苦创业，但对老婆的疼爱和"高富帅"有的一拼。赚钱多少，老婆第一，让老婆过上幸福生活，是他的奋斗目标。我身边就有这样的例子。丈夫是清华博士，现任软件公司的 CEO，妻子非常美丽，原是医生，随丈夫来津后，成了专职太太。夫妻俩结婚二十年，宛如新婚，丈夫只要不影响工作，都叫老婆在身边应酬。出国考察，外地出差常带妻子同行。妻子喜欢购物，喜欢打扮，喜欢时尚饰品，丈夫永远乐呵呵地埋单。他用行动诠释"老婆要富养"这一说法。

我观察，但凡被老公"富养"的女人，一般都很自信开朗，健康状况良好，充满正能量。反过来，"富养老婆"的男人，无论能力大小，都比较顾家，有责任心，家庭和谐温馨。

其实所谓"富养"，并不是说男人有多么财大气粗，可让老婆挥金如土。像那些锒铛入狱的贪官，不良资产动辄千万亿万，钱对他们的老婆或情人来说仅仅是数字而已。但怀揣不义之财亦如坐在火山顶上，随时都有爆发的危险。这样的"富养"是可耻的。所谓"富养"，应该是一种醇美的情感，执子之手、与其偕老的境界。

2013 年 2 月 13 日

老夫的底线

小霞和丈夫老周是半路夫妻，亦是老夫少妻。老周五十三，小霞三十八。模样俏丽的小霞，和其貌不扬的老周走在街上，常被人误认是一对亲父女。

小霞和老周都曾有过不幸婚姻。小霞前夫怀疑她有外遇，非说女儿不是他的，对她施以家暴。她给孩子做了DNA，确认孩子是前夫的种之后，就和丈夫离婚，从老家抚顺出来打工，到北京自费学中医按摩，有了赚钱的技能，就到按摩院当调理师，每月给老家寄钱。离婚后女儿归她养，年迈父母替她养育孩子，她唯有寄钱表达对父母的感激和孝敬。十年的孤独漂泊，让小霞尝尽世态炎凉，看尽各色男人的对爱的游戏态度和不负责任，她没有再嫁，不是拒绝，是运气不太好，一直等不到那个真心实意，能有一个温暖的家的好男人。

老周和她相识是在2008年。老周在北京干建筑工程二十年了，是和工人一样整天累得臭死的小包工头，偶尔来按摩院放松一下。他老家是四川农村，长年在外打工，妻子就和别人好了。老周把积蓄都给了妻子和孩子，净身出户。得知小霞也有一段被伤害的婚姻，他就有了想法，跟她痛说"革命家史",让她对自己的同情和柔情一起疯长。

老周拿出最后一点私房钱八万块,帮她交了在抚顺购买的商品房首付款,小霞因此被打动,答应嫁给他。小霞觉得老周虽然年纪大,且矮丑穷,但他是真心喜欢她,特拿她当回事,跟他过下半辈子踏实。2008年,俩人登记结婚。婚房就在抚顺小霞买的新房里。那时,老周离开北京和四川老乡一起在抚顺市一个建筑工地包活儿。小霞也来天津打工,在一家美容院当美体师,我和她就是那时认识的。小霞只有过年才回家和老周团聚,每次回来小霞都情不自禁给我讲她和老周如何恩爱,如何甜蜜。我暗想,老夫少妻也挺幸福啊!

去年夏天,小霞回老家把老周接到了天津。她希望劳累一天回到家有丈夫给她做饭,等她,和她说笑,知疼知热,穷点累点都无所谓,只要爱她的丈夫在身边,要不然何必再婚,又何必嫁给一个"大叔"?她也知道夫妻不能老分着,日子长了就会出问题。她把老家房子租出去,叫老周在天津找工作,她租了房子,之前她住美容院的集体宿舍。置办了极简单的家什,她的口袋里就剩几百块钱了。老周迫在眉睫需要出去工作,可人地两生,找合适工作谈何容易?我学雷锋,介绍老周到朋友开的家具厂上班,小霞几次提出请我吃饭,都被我谢绝。

小家简陋,但盛满甜蜜和温暖。小霞一整天咧嘴笑。老周下班早,天天做好饭,然后接她下班。两人手拉手回家,路人都对他们投来讶异的目光,觉得这对父女好亲密呀。

幸福似乎与小霞捉迷藏,刚被她捉住,就闪开了。老周上班没几天,就出了两次工伤,右手被锋利机器碰伤。责任在老周,老板再三叮嘱他干活时不要戴套袖,可他不听,因车木料的机器特别锋利,戴套袖容易被绞进机器。老周没等痊愈就上班了,年底结账时,老周嫌老板给他的工资太少，就辞工了。我为老周鸣不平，问朋友："为啥给老周那么点工资？"

朋友答："老周太笨了，爱吹牛，不能顶个儿，好多木料让他糟践了，还花了厂里七八千的医药费，要不是看嫂子你的面子，我早把他辞了！"我对老周爱莫能助。

老周成了居家男人。小霞不想让他闲在家里，让老周去大胡同趸点货在闹市街上摆摊，多少赚点，合适工作不是一半天就找着的。老周一口拒绝，说他干了二十多年的建筑包工头，离婚时给老婆三十万啊！小霞第一次感觉老周无耻，老婆给他戴了绿帽子，净身出户，有啥值得炫耀？！就气愤道："三十万又没给我！""以后我挣的钱都是你的！""以后在哪儿？你总赖在家里，叫我一个女人起早贪黑，累死累活，你好意思吗？！"

小霞拉着他到家附近的小饭馆、打烧饼店找活，正月小店铺都闹人荒。一听两千五的工资，老周掉头就走。就这样，老周死活放不下架子，就在家里做饭宅着。家庭开支的重担都落在小霞身上，老家的父母孩子要养，要交房租，要日常开销，每月几千块日子绝对过不下去。小霞又兼了几家美容院的活儿，每天夜深回家。老周成了一个彻底"吃软饭"的老男人。

前几天，我找小霞按摩颈椎，她跟我诉苦，说第一次跟老周急眼了。她要把老周赶回东北去，那不是有他的四川老家的建筑工地吗，就让他回去好了，他不养家，也别指望她养着他！老周问她："咱俩要是分手了，你给我多少钱？"这话让小霞差点气晕。老话说，人穷志短，婚姻何尝不是。

从老周和小霞的这段婚姻中，我领悟到一个道理，但凡想娶年轻女人做老婆的老男人，经济实力固然重要，但品德和性格更是主宰婚姻成败的关键。小霞嫁给老周不是傍大款，而是想跟他过最平常的婚姻生活，但这是有底线的，就是双方都要自食其力。遗憾的是，身为老夫的老周，连这个底线都没做到。这段给了他莫大幸福的婚姻，估计就成了过眼云烟。

2013 年 3 月 20 日

婚姻是爱情的坟墓吗？

我应邀参加了几个亲友子女的婚礼，不禁胡思乱想，不是说婚姻是爱情的坟墓吗？那么眼前这一对对走向红地毯的相爱男女不就成了不折不扣的敢死队员？几乎每一对相爱的男女都指望通过婚礼这一形式来升华他们的爱情，但仪式一旦具有了压倒一切的意义，爱情可能也就顺理成章地成了一场"秀"。

可以肯定，仪式是先于爱情而存在的。在生殖的需要高于两情相悦的时代，古埃及人做爱的体式是必须朝着东方的。对方位的敬畏一直是生殖仪式中最具象征意义的内容，此理中西相通，千古不易。不然时至明清，文人行房事，何以要耐着性子又是焚香又是赋诗，也不嫌麻烦！在人类的情感方式中，仪式崇拜堪称终极崇拜。所以，当一切爱情都是最终指向婚姻的时候，仪式变得举足轻重，否则，又怎么能将爱情进行到底？

现代爱情的出现是以仪式的衰落为前提的，对仪式的反叛也几乎成了"五四"以来时髦青年的重要标志。这一点倒应验了哲学家罗素的一个说法："情感越纯越好，仪式尽成负累。"罗素在教堂里结了三次婚,有没有爱情他也说记不清了,让他枯木逢春的第四个妻子——他的女秘书,这一回没去教堂,据说非常相爱。罗素在中国有很多崇拜者,也有不少知音,放荡不羁的郁达夫发挥了罗素的观点:爱情是自己的事情,仪式是做给别人看的。他的警告是:把自己的事变成别人的事,没有好结果。

结果一语成谶。他与杭州四大名女之一的王映霞的婚礼,也算是办得有声有色,但最终还是好景不长。同样"没有好结果"的是徐志摩,他与名媛陆小曼的豪华婚礼,堪称当年的一大盛事,风光一时,但旋即就灰飞烟灭了。

查尔斯王子与戴安娜王妃轰动全球的世纪婚礼,似乎说明了一个多少令人不快的事实:爱情越靠不住,仪式就越堂皇。上世纪五六十年代人的恋爱时间特长,条件成熟,火候一到,搬到一块儿,这婚说结也就结了。1980年以后,人们在恋爱上越来越吝惜时间,可在折腾婚礼这件事上都不厌其烦。选个日子翻翻皇历说起来也是个传统,可找辆车接新娘也要弄个"8888"之类的吉祥车牌则有些荒谬了。对仪式的倚重显示出对现代爱情脆弱的一面,这也是谁也改变不了的事实,形式一旦压倒内容,那人们拥有的也只是一个空壳。

2009年4月24日

恍如隔世

元旦刚过，女友燕翩然而至。她从新加坡来，带着三个孩子。燕去年前受聘于新加坡的一所国际学校，结束了在我们这个城市客居十年的生活，带着三个孩子远飞赴任。"上岛"落座小叙，燕开门见山："只能聊半小时，还有太多的事情要忙。"陪她来的还有她的妹妹颖，颖在美国华盛顿的一家电脑公司任高级白领，此行回国一是积攒假期太多，二是金融危机造成公司不给加班费，如果不休掉就白白浪费掉，颖便决定和姐姐及外甥外甥女团聚。两年没见燕了，她更清癯纤弱，精神却昂然，与两年前离婚失意的她，判若两人。

燕的青春年华，比同龄人要辉煌。上个世纪八十年代，她以访问学者身份留学加拿大，没端过盘子，没住过地下室，云淡风轻地完成了硕士学业，还拥有了大学教师的头衔。二十几岁的燕，飘逸，青春，阳光，无人不羡慕，无人不断定她前途无量。

可燕却令所有人大跌眼镜：闪电坠入爱河，闪电结婚，闪电生了三个孩子，闪电成了专职家庭主妇。大学教授的父亲为女儿的一连串"闪电"痛心："再浪漫的爱情也不值得牺牲自己的全部，何况哪有经得起时间考验的爱情？！"可身陷爱情囹圄的燕，任何反对声音都使她愈发孤绝、坚定，让爱的暴风雨来得更猛烈些吧！

爱的暴风雨，慢慢地变成婚姻中的凄风苦雨，让燕的柔弱翅膀几度被折断。燕的丈夫曾是优秀的"海归"，十余年回国创业。燕为了婚姻，放弃了加拿大安逸的生活，如母燕一样，牵扯着嗷嗷待哺的几只雏燕，来到我们这个城市，相夫教子。

燕那时总给人疲惫不堪、气急败坏的感觉，在这个陌生的城市，她没有亲朋，没有事业，养育三个孩子的艰辛，几乎耗尽了她的青春、灵秀、飘逸，取而代之的是一个怨妇形象：唠叨、琐碎、忧郁。"金童玉女"的爱情已成往事，丈夫开拓了事业，也开拓了婚外情。丈夫曾经的激情、感激，和对孩子们未来生活的憧憬设计，都难以抵挡情感的碎裂和冷漠厌烦的袭来，她成了一个殉情婚姻的女烈士。十几年的"全职太太"生涯，因婚姻的颠覆变得无足轻重，甚至可怜，可笑。

除了孩子，燕几乎一无所有。没有青春，没有钱，没有工作，但燕却像大梦初醒，在泪水和颓丧、坚强和独立的天平上，毅然选择了后者。她抖开了飞翔的翅膀，只是，人到中年的起飞，和二十年前相比，显得格外沉重和庄严。

她是有实力的，她的出色英语和工作能力，都因那一场风花雪月的婚姻而雪藏起来了。在人生的关键时刻，这些就成了她的安身立命的砝码。开发区的国际学校以外教高薪待遇聘请了她，因为她和孩子都是加拿大国籍。两年多来，她的敬业精神和超凡能力让大家心悦诚服。所以，才有了新加坡的海外赴任。

远赴海外教书，主要是因为孩子。离异后，三个孩子都归她抚养，三个孩子都要上国际学校，一年加起来的学费要两万五美金，孩子的父亲支付的抚养费只够补充生活费。燕如今全部希望都在孩子们身上，只有远赴新加坡，才能让孩子们免费念国际学校，校方答应一直让她的孩子念到高中毕业。这样的优厚条件，让她别无选择。

去年夏天，她带着孩子们飞往那个陌生的、炎热的国家。在机场办理出境手续时，她蓦然发现，三个孩子都长大了，十二岁的小女儿比她还要高。入安检口时，她下意识地回头，见孩子的父亲正在远处凝视着她和孩子们，眼里有泪光。坐在机舱里，她脑海里回忆十年前，她带着孩子们第一次从加拿大来到这个城市，走下飞机，丈夫就扑了过来，把她和三个孩子紧紧地抱在怀里，孩子们袋鼠一样地披挂在他的身上，那一刻，是幸福的加强板。此时，舷窗外的茫茫云海，她感觉那情景已恍如隔世。

半小时后，燕姐妹俩与我告别。我开车送她们去图书大厦给两个女儿买音乐书籍，第二天她们就去北京的父母家。十天后，燕给孩子们办妥签证事宜就飞回新加坡了，牛年的除夕也要在那个阳光灿烂的异国他乡。望着燕清瘦的身影消失在夜幕中，苍凉的情绪骤然袭来，什么时候再见到燕呢？她什么时候从我们的城市上空飞过和停留呢？也许不会太久吧。

2009年1月10日

女儿是用来宠的

进入中年之后,无论怎样节食健身,不喝酒不抽烟喝减肥茶,还是不可阻挡地发福了。

四十岁之前的我,算不上骨感,但也是体态均匀,环肥燕瘦。谁说我胖,绝对是有意调侃。随着岁月流逝,那个貌似清纯的我,就与我渐行渐远。久未见面的朋友,一见我就惊呼:"你怎么胖了?"真让我郁闷。

我妹妹在北京某高校工作,年纪轻轻就当上了处长,妹夫是教授,她在北京市区和郊外都有房子,儿子去年考上大学,主修建筑设计。在外人眼里,妹妹的人生,可以用成功和完美形容。但她也有苦恼,就是比较胖,比我还胖些。我和妹妹每次见面,就互相倾诉吐苦水,抱怨爹妈的遗传不好,眼见得旁人比我们吃得多不锻炼,却依然清瘦姣好。这说明什么?只能说明人家爹妈的遗传基因好。

我曾相熟过一位女演员。九十年代她在国内红得家喻户晓。她的身材高挑,四肢修长。体重九十八斤,小脸盘,五官俊美,一看就是个大青衣。她是南方人,父母到老年都是瘦瘦的。她四十岁了,还是九十八斤。她从不锻炼,热爱美食,不拍戏时,睡到中午才起床。她生了一个女儿之后，天天研读美国著名育儿专家卡尔维诺的书，婴儿换尿布洗澡等琐碎事绝不沾手，都归保姆和婆婆承担。女儿几个月了要加餐了，她严格要求保姆不让孩子吃猪牛羊肉，只吃虾肉和鸡肉，蔬菜只吃菠菜、西红柿、胡萝卜。这样女婴才会聪明漂亮，不长胖。

我认识的有头脑有眼光的母亲，还有嫁给澳洲老外的女画家寒冰。寒冰三十八岁生下一个天使般的女儿，起名叫天天。寒冰给女儿每日制定食谱，中餐西餐都有，但餐桌上永远会有新鲜的蔬菜和水果。严格控制卡路里热量的摄入。混血儿天天两岁，就漂亮出众。英语中文流利极了。三岁就会弹钢琴，背唐诗，游泳。小身材如青青的小树一样挺拔，皮肤是蜜色透明的，比时尚杂志上的广告洋童星还夺目。寒冰说，女儿的肤色是吃出来的，就是天天吃西红柿和胡萝卜。

港星关之琳演过一部电影《做头》，里面有一句台词令我印象深刻："女儿是用来宠的。"我特别羡慕小时候曾被父母宠爱过的女人。因为我从小到大，只受过父母的疼爱，而没有受过父母的宠爱。

分析起来，"宠爱"和"疼爱"其实是两个层面，"宠"的层面更高一些，包含着精细，雅致，有目的性。多年前我任杂志记者的时候，采访过不少女童星和她们的父母。每位"星妈""星爸"都是从女儿的两三岁就开始培养了，他们都是普通人，节衣缩食，攒下钱送女儿去学舞蹈、音乐，为了让女儿长大后，能拥有模特那样的魔鬼身材，母亲每天像一个地主婆，严禁女儿吃主食，但每天都要女儿喝酸奶，吃苹果。

疼爱型的家长，不管女儿长大之后干什么，只要健康、开心就好，对女儿采取放养的态度。孩子想吃什么，爱吃什么，想干什么，爱干什么，都由着她的性子。结果宝贝女儿在父母遮天蔽日的疼爱之下，越来越心宽体胖。

举例说明，我认识一位在美容院的美体师，她对六岁的女儿溺爱过度，吃喝纵容，没礼貌，没规矩，结果六岁小女孩长成了巨婴，体重四十五公斤，个头一米四，比上三年级的小女生还壮硕。巨婴一上学，就遭到班上同学们的耻笑和奚落。

在我和妹妹成长的年代，小学和中学期间，班上乃至全学校，都难以见到一个"胖子"。那时候家长根本顾不上宠孩子，疼孩子。父母在单位"抓革命，促生产"，哪有精力宠爱孩子！也是放养态度。但因物质的匮乏，粗茶淡饭带来的好处是卡路里不足，我们的童年和少年，想胖都不容易。偶尔入梦的小学同学，个个都是豆芽菜的身材和营养不足的小黄脸。家长完全沾了年代的便宜。家有女儿的，家长根本没花心思，没费气力，吃大锅饭，穿朴素衣，女孩靠天生丽质长大成人，该结婚的结婚，该嫁人的嫁人，全不耽误。我就是。

如今的孩子，有几个正经吃饭的？冰箱里塞满了好吃的好喝的，满大街的"肯德基""麦当劳""必胜客"一类的洋快餐，应接不暇。我是皇帝不急太监急，爱替家有女儿的母亲瞎操心，一定要对女儿狠点，不能光顾解馋，让女儿长成"肥小姐"。

虽然韩国"金三顺"，美国的"BJ日记"，再说远一点，香港已故的明星沈殿霞，以及央视主持人张越，都是肥小姐的励志榜样，但又有几个寻常家长，敢做那样的大头梦，让女儿因胖得福？！如今稍微有一点远视的母亲，都会从女儿的幼年抓起：做一个细细气气的淑女。这些年世界各地的选美热，有世界小姐、中华小姐。我曾在凤凰卫视把"中华小姐"选美全过程都看了，才知道小姐是怎样炼成的。历时数月，几十位进入决赛的妙龄美少女，评委们用刁刻的目光，对选手表现出来的纤毫瑕疵，都"眼里不揉沙子"。一个环节过不去，选手们就会惨遭淘汰。

其中有一个环节是吃饭。选手们在这个环节上很容易大意，评委们就看她们的吃相坐相。另一个环节是看她们如何进商场选购衣服，考察她们的审美能力。有的选手就输在这些不在台面的环节上。而这些小姐素质是要靠长时间的培养，等到了选美训练营，已经来不及了。

这让我想起了张爱玲。她不仅是天才女作家，更是典型的上海小姐。张爱玲还在教会女中读书，尚未在文坛崭露头角之时，她的母亲就一心想把她调教成"淑女"。张母说女孩子的走路像父亲，吃相像母亲，如果小的时候不培养好，到了国外会让别人笑话的。张母是打算把张爱玲带到英国留学的。结果，张母的教育失败。张爱玲没有成为让母亲满意的"淑女"，也没能到英国留学。但上海小姐的遗风，张爱玲是全部继承了。她在六十多年前，在家里招待前来邀她写剧本的名编辑，就精心地准备好下午茶，是加了牛奶的英国红茶和精美的点心。这让那位编辑既惊诧于张爱玲的考究，又有受宠若惊之感。

这是我在张爱玲《爱恨倾城小团圆》一书里看到的细节，让我思绪万千。和我同龄的女性，在"不差钱"了的今天，也鲜有准备下午茶和点心待客的。不是舍不得钱，是没这样的习惯。有喝下午茶的工夫，还不如到饭馆撮一顿呢。

我遗憾只有儿子，没有女儿。假如我有一个女儿，我一定会好好地调教她。我的理想一定能实现，但不是女儿，是未来的孙女。

2009 年 6 月 15 日

我看"二代"

我所说的"二代",是"星二代""富二代""官二代""农二代"的统称。

"富二代"和"星二代",一直是娱乐新闻青睐的对象。台湾艺人大S,要不是嫁给京城阔少汪小菲,就不会在相当长的时间里占据娱乐圈的头条新闻。某电视台新创一档节目,专访"星二代",好多明星的儿女在节目上亮相,讲述身为明星后代的荣耀与失落,初进演艺圈的尴尬,台下嘉宾的眼里更多的却是羡慕和觊觎。不看不知道,原来明星子女也有苦衷,并不像局外人想象的一帆风顺,纠结在于,"星二代"自身资质鲜有超过父母的,他们进入演艺圈,大多遭人质疑,说他们是业余爱好,不在乎出名赚钱。陈宝国的儿子就在节目上大倒苦水,说观众总是拿他和父亲陈宝国比较,说他没有父亲帅,演技也不如父亲。像房祖名这样的电影新星,人们依然笃定他是靠父亲成龙的护佑,才有今天的星光闪耀。

"富二代"一般比较低调,得益于父母的保护心理。树大招风,财大招灾。富人子弟遭绑架的案例,全世界都有,防不胜防。父辈多数是在商海打拼沉浮数十年的硬汉，但对儿女极尽舐犊之情。很多富豪坦言，子女是他们此生奋斗的最大动力。

"富二代"上幼儿园上小学中学，都冠以"贵族"二字，之后出国深造，学成之后，会选择回国继承家族企业的占多数，"富二代"肩负承上启下重任，比起他们的老子，因成长环境优越，教育背景西化，较父辈多了一份优雅淡定，而且视野开阔，科技程度高，思维国际化，缺点是心理素质比较脆弱，需要时间的打磨和商场的历练。因有父辈的雄厚背景保驾护航，他们的成功之路，是比较顺畅的。"富二代"的纠结，恰如汪小菲的那句名言："躺着也可以中枪！"男富二代，如果生活在香港北京，与女明星"一见钟情"机会就多起来了。娶的女星越有名，越证明自家是豪门，但难逃纨绔子弟的骂名。

两年前，网络最雷人的一句话"我爸是李刚！"让"官二代"这一词，空前招人眼球。"官二代"纠结的是"天之骄子"的特殊地位，容易让他们不知天高地厚！身兼"官二代"和"星二代"的李天一，就因优越的家庭背景，有恃无恐，触犯法律，锒铛入狱。可见"官二代"也是一把双刃剑，福祸相依。聪明的"官二代"，应该是低调做人，聪明做事，不给父母脸上抹黑！

还有"伪富二代"。他们的纠结是，父母的财富并不像他们对外招摇的殷实，但虚荣心强，满脑子发财梦，又吃不得苦，胆略和智慧远不及他们的父母。因是独生子女，从小被父母宠溺，幻想过上真正"富二代"的生活，不惜花掉父母的养老钱，投资做生意，血本无归；还有的开豪车，泡夜店。我比较熟悉这样的"80后"，悲催的是，他们父母并不觉醒，对子女败家啃老的行为，愿打愿挨。

现在还有"农二代"，他们的父辈叫"农民工"。"农一代"和

"农二代"都是城市里的特殊群体。各个行业都有他们的劳动身影,就像树木插满了森林一样,神奇地插满了我们的城市。"农二代"对城市的融入能力强过"农一代",对时尚的跟进,当年的"农一代"无法比拟。在我常去的一家足疗馆,足疗师全部都是河南农村出来的,平均年龄二十二岁,平均学历初中,可他们对微信、流行歌曲、热门电视选秀节目了如指掌,和客人聊天谈吐自如,完全没有"农一代"的木讷土气。他们打工赚钱的目的,是希望他们的孩子将来成为有户籍的城市居民,相当于旅居美国多年的华人终于获得美国国籍,可以参政议政。

这是我在美容院、足疗城、美发厅与"农二代"年轻男女们闲聊时,倾听到的他们的梦想,并希望他们梦想成真。总之,"二代"们的未来人生,光靠"拼爹"是不成的。只有靠自己的双手,才能让梦想照进现实。

2013年10月29日

当女人老了

除了时间,在这个世界上恐怕任何东西都会褪色、凋零、衰败,女人尤其是。

女友在我生病卧床的晚上,来电话大发感慨,说这年头男人们是越来越浅薄了,张口闭口老女人老女人,而被贬称为"老女人"的女人,其实才刚四十岁,长相酷似蒋雯丽,职业医生,离婚了想再婚,还没等见面,就被人以"太老了"为由而拒绝。我见多不怪。

身边 N 个大龄"白骨精"剩女,在欲结婚的道路上屡战屡败,屡败屡战。年龄大,几乎成了她们的软肋。对方即使是比她们要大出十七八岁,不折不扣的五十六七的老男人,可就有色胆包天的家伙,张口就是"我不考虑四十岁以上的"。对年龄的把关,比挑选干部还严格,年轻没商量。

靠!这些浅薄的老男人,就没好好照照镜子:看看自己嘴里有几颗牙都松动了,脑瓜顶上那圈地中海头发又稀少了,更没往腰部下面瞧,绷肚子赘肉的皮带又放了几个扣眼儿。酒桌饭局上,年轻女孩和"芙蓉姐姐"有一拼,可还是让男人兴奋,来神儿。而年长一点的女性,看得出来为参加这个聚会做过精心准备，头发是吹过的，妆容是精致的，衣裙款式和色彩都是得体的，就连香水味都是令人心仪的巴黎香型。

可在桌面上的"喜新厌旧"，很快就让年长女性来时的自信大打折扣，甚至是遭到打击。脆弱清高的，会拂袖而去；意志坚定的，会把酒桌当战场，和好色之徒、浅薄之徒，唇枪舌剑，斗智斗勇，杯盏交筹，胜负难分难解。只是女方的淑女风范尽失，反倒显出几分衰败落寞相。这又何必？！

我不是不懂，生命是有阶段性的。一个女人不可能永远有花季，在青春舞台上始终领衔主演；不可能永远吃着爆米花看夜场电影，通宵达旦地唱卡拉 OK……上帝很公平，我们也曾经年轻过，尽管那时没有吊带裙、黑色长筒袜和星状的耳坠。道理全都明白，只是不能看着青春孤帆远去。是的，我们手中有青春换回的所谓成就和经验，而渐行渐远的青春，更令我们感到美人迟暮的落寞。

去探望一位生病的女友，她的床头柜上有一个宽口玻璃瓶，插着一束嫣红的玫瑰，因为是在夕阳下，又几近凋零，它挣扎着显示着最后的凄艳。她说："情人节我上街买给自己的……"为了她这句话，我久久凝视着这束玫瑰。女友在几年前遭遇丈夫背叛，打离婚官司，找工作养活自己和三个孩子。她是加籍华人，三个孩子都出生在加拿大。她的青春都奉献给了那个曾经深爱的负心男人，却在中年丧失婚姻，还拖着三个孩子，生命的圆舞曲连续奏出沉闷的旋律，她却没有忘记买来鲜花，享受生活特有的芬芳。

哪一个女人不害怕时间呢，因为我们太易褪色，只是宁肯凋谢在生命的祭坛上。回家路上，路过那个叫曹庄子的有名花市，我并没有进去买花。因为只要懂得了更爱惜自己善待自己，买不买花是一样的。记得一位朋友曾经对我说过，每一个年龄段都有自己的美丽和辉煌的标准，都有懂得欣赏你的相知，就如同有人喜欢开春去踏青，而有人会专程去看深秋的枫叶。只要我们像热爱青春一样热爱生命，即使没有花一般的容颜，也还是有花的清新和幽香吧。

作为女人，我最关心的仍旧是减肥和时装，还有美容院新推出的每一款让女人年轻的美容和保养项目，我会不惜代价去尝试。仍旧为别人夸我年轻而欣喜，为叹我憔悴和发福而伤心。我愿意一直保持这些小女人的俗处。因为我从不是由于热爱工作才热爱生活，恰恰相反，是由于我热爱生活才热爱工作。

由于我敬畏生命，才热爱生命中的一切。

2008 年 10 月 18 日

阅读的女人

也许，我一辈子都不能成为所谓的著名作家，但我保证能成为一个忠实读者。阅读在当下浮躁的世间，多少显得迂腐和落后。尤其是捧着本书读的人，更会被"恋网一族"不屑。但正因如此，我才觉得阅读的幸福，阅读的快乐，阅读的自由，阅读的宁静，是一般"俗人"体会不到的。

国庆七天长假，数以万计的人远行旅游，享受名山大川，享受"生活在别处"，享受人山人海。而我从来不能在假日里出去旅游，享受他乡异客的短暂停留。并非经济原因，并非时间短缺，而是因为家里亲戚多，要来往，要招待。我上有年迈的爹娘和婆婆；举案齐眉的是老公；向左看是小姑和小叔；向右看是娘家小妹；下一代是儿子及他的同辈，小美女或小帅哥。

呜呼哀哉！这样的家族人物谱，给我带来的"幸福灾难"源源不断。逢年过节，串亲访戚，家宴招待，厨房烹煮，席间堆着笑脸，敬老让幼，礼让平辈，恪尽贤淑温柔，秀足一家之主风范。仁慈的上帝，小女子苦啊！

忙里偷闲，趁如厕时从小书架子上挑本书，须臾间，心情悦然，好比旧时帝王抽签选是夜宠幸的娘娘，大权在握，要多居高临下就多居高临下，要多霸道就多霸道。整个一爱谁是谁。所谓小书架，是从大书柜里挑选出来要看的，新买不久想看却未来得及看的书，就这样，成了被我宠幸的新书。特意买了一个小书架，就放在写字台前，顺手方便，想拿就拿。

多年前，我在电影学院学了数月的影视剧本创作，相关书籍不少，小说都是精选的，我喜欢严歌苓、毕飞宇、毕淑敏、张欣、王安忆等人的作品，再有就是更加喜欢的伍尔夫、杜拉斯，《日瓦戈医生》，梭罗的《瓦尔登湖》，海明威小说集，米兰·昆德拉的作品，有自传、读书笔记小说等。那是2006年，睡前最安谧的幸福时光，读的就是这些前辈们的作品。

国庆节假期，老公听朋友鼓动，一时兴起，跑到医院把全身多年生成的脂肪瘤，大小二十四个一个也不留，一刀刀割去，二十几个刀口，遍体鳞伤，触目惊心。黄金假期变成疗伤假期。做老婆的我，一连数天二十四小时在医院陪床，不离老公半步。好不容易出院回家，一点不觉轻松，一日三餐，陪老公去医院换药，招待诸位探病的亲友，偌大的宅院，上下三层高楼，上蹿下跳，马不停蹄，幸好多年坚持锻炼，底子好，腿脚矫健，否则，都无法胜任这般艰巨的家务重任。

家庭是永远没有退休的战场。养伤的老公，屁股仿佛黏胶，一天到晚，黏在电视机前的沙发上，音量震耳欲聋，整个楼道嗡嗡作响，仿佛屋里有千军万马。卧室白天通亮，窗帘大开，阳光慷慨地涌进屋子，跟音量巨大的电视画面相映成烦，宁静无可存身，给人特烦躁的感觉。

读书的人，都偏喜宁静，幽暗一点，含蓄一点。这样的环境让人气定神闲。喜欢阅读的女人，应该有自己的书房，那是灵魂的栖息地。

2008年深秋

不是单音符

有一天，我在晨练游泳时，第一次大胆地站在跳水台上，飞身跃入水中。跳水动作虽然比不上资深的老晨练员，但我一天都处于兴奋、快乐的情绪中，还情不自禁地告诉朋友，我会跳水了，我会跳水了！有个朋友不以为然：那有什么，我七八岁就会跳了！显然他不理解我如此快乐为哪般。

我们每一天的生活都要靠自己去涂上色彩，否则，它就可能是一片空白。这色彩就是生活的内容。当你度过了充实、活跃而有成绩的一天，夜幕降临，才觉得日子没有白过，人生也就因此而有乐趣。

父亲热情好客，并对烹调有浓厚兴趣，闲时喜欢请朋友来家做客。每当高朋满座，他便亲自下厨煎炒烹炸，摆一桌色香味形俱佳的饭菜。当大家喝酒、聊天，对父亲端上的每一道菜都赞不绝口时，父亲便沉浸在无限的快乐之中。若是春节，他单位的同事就会提前跟父亲预约："老局长，初几请我们到家做客？"近年来，我们劝父亲：年纪大了，要请客就上外面去，别受那份累！父亲说："在家请客有一种浓浓的人情味和快乐感。这快乐看着不起眼，但小快乐才是构成人生乐趣的主旋律。"

女友 A 每出差到一个地方,就收集富有当地民风的工艺鞋子,出国带回来的也是绝妙的玩具鞋。她的房间简直是鞋子展览会。每隔一段时间她就约朋友来欣赏一番。在大家的惊叹声中,她感到这个博览会给朋友们带来了乐趣。

朋友乔迁新居,因为房子坐落在天塔下的湖边,颇有在水一方之风景,就常携娇妻幼子,带上一点儿野餐,偷闲半日,傍湖而坐,灿烂阳光下,妻含情脉脉,子笑声朗朗,朋友顿觉生活无限美好,夫妻间又荡起甜蜜的浪花,爱情由此更添浪漫色彩。他说,创造快乐是一种智慧,无须远行就能享受田园风光。

北京一个文友,平时工作甚忙,但他却办了一个文友雅居,每月抽出半日,下午2点至5点,茶点招待。朋友随时可来,有事即可早退。因为不是正式聚餐,没有人数多少的负担,可以说是最自如的聚会。

他说:"友情既是乐趣,又何必一定高官厚禄或得奖出名才觉快乐呢?"成功与荣誉的获得不易,它们是大快乐,要靠多少年的辛勤耕耘,而且,它的目标无止境——成功之后还有更大的成功等待你去追求,荣誉之上还有更高的荣誉吸引你去获取。如果你只能在成功与荣誉得来的那一刻才感到快乐,那么你日常的人生必然只剩下紧张、焦灼与苦闷。何况成功与荣誉贵在有人愿意与你分享。日常只顾奔忙,而忽略了友情,即使成功与荣誉集于一身,也是孤独者的快乐与喜悦,又有什么真正的乐趣呢?

人生的意义在于尽量把握有生之年,发挥自己的所长,并享受宽朗和平的乐趣。发挥自己的所长是向自己的内在去发掘、去充实、去磨炼;享有宽朗和平的人生乐趣,是向周围环境的付出。把自己所知、所有、所得,与人分享,你会觉得生活的空间广大开阔,生活的内容丰富多彩，日子就不会乏味了。

　　快乐不是一条单音的旋律，它需要来自多种音响的协奏与共鸣。它不是迸发的，更需要回忆。当你有心情聆赏林间鸟语，你会听到它们的鸣唱总是此起彼应，越唱越有精神的。

1995 年 8 月

成名何须趁早

"出名要趁早！"与"不要输在起跑线上！"可以说是当下最励志的格言。但经得起推敲吗？这句话的原创者是著名的张爱玲，当她还是一个二十出头的女孩时，就在上海文坛声名鹊起，特别是她的《传言》出版后，她喜不自禁道："出名要趁早，来得太晚的话，快乐也不那么痛快。"

张爱玲说这句话时，其实不单单是字面上的意思，跟当时的时代背景是有关系的。我们知道张爱玲其实政治立场上不是很坚定，她是一个更专注于写作的作家，更希望通过出书赚钱来满足她有情调有品位的生活。当时时代瞬息万变，她也是希望能在稳定的时期内赶快成功，否则个人的名声很容易被时代的大浪所淹没。

我个人觉得这句话说得挺对的，以现在的理解也行得通。年轻人的思维更活跃，对事业更有激情，同时也更有本钱去拼，趁现在身上没有那么多责任和负担时，还可以放手去拼搏，等年老体衰时有这个心也没这个能力了。不过太早出名也不好，你看现在很多小童星和小神童，年纪轻轻就出名了，可是没几年你可能就忘了。

过早显示的才能还没酝酿成型就曝光，很容易早夭。我觉得出人头地的契机要把握好，最好是在你正当壮年，心智成熟，最有精力，并且确实具备坚强的实力的时候让大家记住你。

2014 年 3 月 3 日

舌尖上的年

记得小时候，离春节还有十来天，母亲就盘算着过年蒸馒头的花样，要蒸几锅红豆包、枣花糕、糖三角。红小豆粮店供应，但不供应红小枣。当年的农民轻易不敢进城做小买卖，怕给扣上"走资本主义道路"的帽子，城里人想吃红枣只能到乡下偷着买。

那时我家住大杂院，过年是大院里一道最温馨的风景。腊月二十七八，满院子飘香，炖肉和蒸馒头的香气，氤氲着素了大半年的锅台。计划经济时代，粮油副食都要凭票供应，百姓生活的贫富差距不明显，再穷的人家过年也要炖一锅肉，蒸一口袋馒头，里面一定不少带枣带馅的。过年时亲朋来拜年，酒菜吃得差不多，女主人端上主食，可谓闪亮登场。冻得梆硬的带枣带馅的馒头，旺火一熥雪白暄软，客人边吃边夸，女主人颇有成就感。我七八岁时，春节前都要帮着姥姥和母亲揉面，磨豆子，择枣洗枣，常常一边择，一边偷吃，为此没少挨母亲的数落。

1971年春节，粮店副食店均不见红枣。母亲和大姨商量后派我到大姨的女儿插队的村里买枣。表姐插队的地方在河北省永清县，乘长途汽车也要四五个小时，对芳龄十四的我来说，就像一次外出旅游，兴奋不已。

　　第一次在寒冬腊月来到乡下，大雪覆盖的村野，在我眼里美得像童话世界。插队三年多的表姐却丝毫没有同感，经过大队部时，她指着院墙上用白石灰刷的大字"走社会主义道路，割资本主义尾巴！"说："在村里私下交易红枣花生香油之类的东西，都得藏着掖着，要让整天抓阶级斗争的人知道，就会扣上'投机倒把'大帽子，开批判会！"接下来，我们在村里的行迹就显得有点鬼祟，到卖枣卖花生的社员家门前，表姐就住脚，指着我冻得通红的鼻子尖叮嘱："你别乱说话！"我紧张地点头。

　　卖东西的社员家的院子乍看并不起眼，泥巴蒿草垒的院墙，院门破旧。可推门进去，就露出日子滋润来了。院子里种着果树，猪圈养着猪，一群群的鸡鸭在散步觅食，女主人也干净结实。看货议价都是表姐和女主人在存粮食的厢房嘀咕成交的，我被安置在主人的正房里，嗑瓜子，看照片。院门紧闭，孩子或男人在院里劈柴，其实是负责看哨。若有人来，就在院子里大喊一声，给屋里正在"投机倒把"的人报信。我觉得不可思议，买个花生红枣，至于整得跟地下党似的么！但我没敢跟表姐说，表姐总说我想法太多，像个小大人儿！

　　三天后，我和表姐挤上回天津的长途车回家。见我风尘仆仆，背着半口袋的花生和红枣回来，父母喜上眉梢。初一时，父亲喝着直沽高粱酒，就着炒得酥脆的花生米，惬意之时，唱起样板戏《红灯记》李玉和的唱段："提篮小卖拾煤渣，担水劈柴全靠她，里里外外一把手，穷人的孩子早当家！"

　　母亲端上了蒸得暄腾腾的枣馒头，红豆馅蒸饼，我和妹妹顿时欢呼雀跃，一家人围着小炕桌大快朵颐。主菜是红烧肉烩菜，里面有白菜、粉丝、豆腐、海带，这是我们最喜欢的"大菜"。屋里带烟筒的煤球炉火势正旺，炉上炖着什锦锅子，大骨汤加酸白菜、粉丝、腐竹、小鸡蛋饺之类，满屋飘肉香。屋外此起彼伏的鞭炮声，一派浓浓的"岁月静好"的况味。

如今的年味远比小时候淡多了，首先盼年的心情没有了。小时候企盼的好吃食，如今是家常便饭。加之食品造假猖獗，由此引发的健康问题，已到了"谈吃色变"的危险边缘。富裕起来的中国人，再不把"年"当成大快朵颐的良机。年只剩下一个念想，一个精神符号，一个民族的传统，一个对远方打工者回家的召唤，一个"我要上春晚"的巅峰时刻！总之，舌尖上的"年"，已被时代的列车拖得渐行渐远……

2013 年 1 月

因为品位

　　我认为一个有生活品位的女人，举手投足就是不一样。汉字中的这个"品"，十分耐人寻味。我们"品"茶，"品"人，"品"物，"品"风景，"品"人情；带着有品位的眼光去欣赏，去吸收，去感谢，去宽容，去满足，去慢慢找自己的个性所在，人生的亮色就多起来。

　　一个有品位的女人一定不会盲目去追名牌，赶时尚；若是走了眼，就会花了大把钱却把自己打扮得像小丑。曾经的记者工作，让我有机会接触很多的女性，有的看起来比男人还男人，当然都是聪明过人、事业有成的女人，但我看不惯她们的态度，仿佛在她们的生活里每一件小事都在和男人竞争，她们也化妆，穿名牌，抹一线化妆品，但一副趾高气扬"男人婆"的样子，太强悍了。我不欣赏这样的女人。我去过她们的家里，多半乱七八糟，冰箱空空如也，厨房油垢尘土覆盖，灶台上满是方便面的空纸碗。这种不会心疼自己、没有平衡力的女人，最后就是男人见了怕，女人见了也怕。

　　我对"男权""女权"都没有兴趣，应该说我对"权"都没兴趣，我相信我们每个人在心底最深处，还是希望凭良心做好自己。追求品位的历程，三毛、靳羽西、杨二车娜姆，曾是我的榜样。

在三毛身上，我学会了把柴米油盐的生活也可以过得风花雪月，有滋有味。相当长的一段时间，我的家都是按照三毛的"眼光"布置的。

靳羽西是一个时尚圈里的女强人。但与别的女强人不同的是，她美丽。她的美丽让人怎么也想不到她是一位年过半百的女人。我见过靳羽西本人，她的细腻皮肤、苗条身材，充满活力，魅力四射。她的魅力何来？来自高雅的品位。

靳羽西说，要想成为一个魅力女人，一定不能对自己没有要求。她每天睡觉前都在镜子前照一下自己，看哪里有了多余脂肪，就集中力量有针对性地做运动减掉它。拥有一副匀称迷人的身材，不仅能给人赏心悦目的感觉，而且，也能增加自信，使自己永远保持乐观向上的生活工作状态。靳羽西每天坚持做一小时的运动，包括练习瑜伽。她说自己永远不吃油炸的东西，并少吃甜的东西，每天服用大量维生素C。此外，每天八小时的睡眠时间必不可少。不然，她会烦躁不安，工作没有效率。她对吃极其地小心，但胖，并不是她的最怕。她最怕的是生病，因为那是不健康的表现。

我采访过"女儿国"的杨二车娜姆，她的日常起居，精致有品位。早晨起来，必喝一杯咖啡，吃一块蛋糕。房间里每天都要有鲜花。她写作的时候，会把厚厚的窗帘都放下来，挡住外面的阳光，幽幽暗暗的房间里，点满蜡烛。然后，她昏天黑地地写。你无法想象她会如此安静如水。

因为品位，三毛、靳羽西、娜姆都活得风光灿烂，是女人中的女人。她们都不算漂亮，但很美丽。她们也并不尽善尽美，但我欣赏她们。欣赏三毛的"流浪之美"，欣赏羽西的"细节之美"，欣赏娜姆的"器物之美""情趣之美"，因为这些美让我们单调的生活变得生动起来了。

2006年4月

一捆矛盾？

我很喜欢那部讲述"胖小姐"的爱情故事的美国电影《布里奇特·琼斯的日记》，据说这部电影在欧美曾引起轰动，光是小说原著就热卖四百万册。但我对距离遥远的事情很难点燃激情，只是记住了片中女主角琼斯小姐。

这位丰满得过了点，年龄大了点，恋爱坎坷了点的大龄"洋剩女"，从此进入了中国人的视线。随之掀起"中国剩女"的新浪潮。她代表的是这样一群女人：三十左右，单身，白领，感性，迷茫，小资情调，浪漫情怀，注意体重和饮食，但有喝酒、抽烟、熬夜等不良嗜好，与男人的关系不太融洽，但又无比向往美好的爱情与完美的婚姻。这些年"剩女题材"的影视作品火爆荧屏，如《丑女无敌》《好想好想谈恋爱》《女人帮》《大女当嫁》，一部接一部，但我却觉得还是韩剧《我是金三顺》经典好看，接地气。

"金三顺"和美国版琼斯十分相像：不美丽，体重超重。她焦虑地节食健身，效果甚微。这样的形象很容易赚得女人同情，也很容易在同类人群中找到契合点。

一位做导游的女孩，特别喜欢金三顺。她对我说，看金三顺就像是看她自己，而且知道自己过得并不算太糟糕。她和金三顺过得大致相同，还时不时出丑露乖。比如带团队境外游，在香港的海洋公园和游客一起乘过山车时因过度惊吓，晕倒在一位男团员的怀里。见那男的形象帅气，花钱大方，导游女孩还没等散团就开始追求他，结果遭到帅气男女友的投诉。再比如，穿着租来的婚纱去给女友当伴娘，成为众人的笑柄。看了金三顺在圣诞之夜被男友抛弃躲在男卫生间里哭得跟花猫一样，心理上一下子有了优势。这就是金三顺这个形象的覆盖力，她和你我一样，但比你我还要笨拙、滑稽、手足无措。

我的闺蜜里好几位是资深的剩女。每次聚会，她们的"非诚勿扰"经历，就成了我们热烈讨论的主要话题。因我的年纪比她们大，被尊为"御姐"，于是就有了说说道道的话语权："女人上了三十，应该是知性而非任性，加强锻炼控制饮食防止发胖，是必须的，但更要有自知之明。肚兜和露脐装都不太适合你们了！如果对工作不满意，与其向上司抛媚眼，还不如充电学习另谋出路；如果在家的时间太多太难打发，就少看些肥皂剧，别把自己弄得眼泪汪汪，出门旅行去！领略自然的伟大和自身的渺小。如果太想结婚，那就结婚吧，找一个合适的而不是理想的男人，破锅自有破锅盖，女人都能找到适合结婚的对象，只要你克服'公主病'，脚踏实地，问题就迎刃而解！"

这番说教，事实证明很蠢，可谓是站着说话不腰疼。大学教授霖霖，是个典型的"白骨精"，白领骨干精英。几年前，从外地被当作"特殊人才"引进到我们这座城市的某大学。几年下来，和她相亲过的男人，足有一个加强排了，但她至今形单影只。原因是她见过的未婚男人一个比一个"奇葩"。

那些男人多数工作收入不如她，但对她的态度并不如我想象的那样趋之若鹜。甚至连起码的尊重都没有，抠门得和"葛朗台"都有一拼。

有的使小坏，猥琐得可写进"坏男人大全"。在我看来，这些男人是放不下自己那点可怜的自尊心。有的嫌霖霖的年纪大，问题是那男人比霖霖要年长十岁。有一个五十岁的老男人，骑辆破自行车就来见开着私家车的霖霖了。老男人开门见山：他对女方的年龄要求是在三十五岁以下。彼时霖霖满三十九岁，不符合他的择偶标准。说完，老男人骑着破车摇摇晃晃地走了，气得霖霖差点破口大骂。

霖霖的倾诉，让我无语。刚见面时，我还充明白人，要她别眼皮太高，要现实一点，不要以貌取人，不要光想着"感觉"，更不要想狗屁"爱情"。你要找的是丈夫，而不是找来电的情人！我小嘴叭叭的，说得天花乱坠，心里却隐隐说，幸亏我不是她，她的相亲的遭遇，搁我身上，我肯定比她还要焦虑，还要饥不择食。

最后都会以对男人罪状的清算为结束语。我说，她也说。一个人生活也没什么不好。婚姻根本不是完美的关系。与其跟一个堵心的男人过日子，还要听他夜里打呼噜，白天收拾他的臭袜子，闻他的烟味酒味臭汗味，还要听任他吹牛忽悠，还要接待他的破哥们、俗亲戚，你受得了吗？四十岁女人嫁的男人，不可能未婚，没有婚姻前史的男人你嫁都不敢嫁。娶你为妻的男人，肯定是家有儿女。这样的男人疼起前房儿女，那就是"老房子着火不要命"，后老婆甭想说不！如此这般地分析，我们的心情豁然好起来。任何事情都是林语堂先生说的"一捆矛盾"。不结婚有不结婚的自由、清净，只要自己舒坦，不必将就任何人。

我是婚姻中人，也是"一捆矛盾"。有时也很羡慕没有婚姻的剩女，但只是羡慕而已。

2009年6月16日

第三辑 行走天下

启程去美国

相逢在西雅图

阳光照耀西雅图

温哥华的秋天

失踪在 BC 校园

哭泣的留学女孩

拐了弯的亲戚

不想生活在别处

启程去美国

2008年5月15日,对我来说是特别难忘的日子。我和老公踏上赴美旅程,去参加儿子的毕业典礼。在天津滨海国际机场入海关时,海关小姐让我们出示在美国的下榻地址。老公略显紧张:"到美国是儿子给预订的酒店,我们手里没有。"海关小姐不为所动:"没有地址不行,这是上级规定。"

我急中生智,对老公说:"我给素芳打电话,让她在电话里说已经给我们定好的西雅图的酒店地址!"老公立即看到了希望,催促我快打电话。平时我最怕记别人的电话,能凭脑子记住的超不过十个号码,但远在异国他乡的小姑子和儿子的手机,却记得一清二楚。关键时刻,绝不掉链子。

小姑在温哥华家的电话马上打通了,她让我在电子机票上记下西雅图酒店的名称。我又打通儿子的越洋手机,索要了纽约酒店的地址。老公认真地记下字母,组成单词,海关小姐这才放行。

我和老公一起托运行李,办登机手续。过安检时,先生在前,我在后。这是俺家的习惯,男主前,女主后,和男主外、女主内如出一辙。

安检小姐看了我的护照,问:"为什么去美国啊?""参加儿子的毕业典礼。"这个理由让我理直气壮。

"那位先生是您的……?""我老公。""看出来了,和您长得很像。"此话和严肃的安检气氛不大协调,我有点受宠若惊。"一起去美国?""一起去!"这不明摆着吗!"真幸福!""谢谢!"我由衷地谢她了。看来能够去美国参加儿女毕业典礼的中国父母肯定是凤毛麟角,所以连安检人员都有些羡慕。

我们搭乘韩国航空公司"747"飞机,从天津飞往韩国首尔,然后转机去美国西雅图。儿子的毕业典礼是在纽约理工学院,之所以先到西雅图,是与从温哥华开车到西雅图的儿子以及小姑子素芳一家会合。

两小时后,飞机降落在仁川机场。为打发一小时四十分钟的转机时间,我们在候机大厅闲逛。名牌精品免税店,叫人眼花缭乱。旅客川流不息,女人打扮精致入时,就像是从韩剧里走出来的,韩国的风俗文化,扑面而来。起飞时间是晚上六点十分,可延误到七点才开始登机。韩国空姐婀娜美丽,看上去养眼,等候登机时的焦躁,悄然散去。

抵达美国西雅图是当地时间中午十二点半,没有延误。我一路担心"过海关"。我虽有过多次出境经历,但对异国"海关"难免莫名紧张,这和语言不通有关系。老公也是,他有几次去德国法国的出差经历,都是有人陪同翻译。

去年秋天,我独自到加拿大探亲,亲身体验过移民局的紧张心跳。持私人中国护照到北美国家的游客,海关和移民局的盘问非常严格。那天移民局就对我进行了长达七八分钟的质问,每个问题都是我没有准备的。幸亏我有十年记者经历,具备了遇事冷静的特质,盘问我的海关人员是"洋鬼子",他叫一个懂中文的香港女士做翻译,在香港女士听懂洋鬼子的话,再翻译给我的短暂时差中,我领会了问题,对答如流。移民官终于说"OK!"并在我的护照上"当当"盖章。那情形真像过鬼门关。

漫长的飞行旅途上,老公总是唠叨:"过海关没有中文翻译怎么办?"我以过来人的笃定口吻说:"不必担心,老外会找中文翻译!"我的预计几分钟后化为泡影。在海关几个窗口的入境旅客稀稀拉拉,远没有温哥华机场移民局的壮观,没有一张亚洲面孔,全是美国人。排队的心情又期待,又紧张。老公把护照、邀请函和酒店地址握得紧紧的,唯恐它们"不翼而飞"。这哪里还是护照,分明是我们的"护身符"。

排了十几分钟终于到我们了,接待我们的是个韩国大叔,他开口就说英语,也没有给找翻译的意思。我说:"NO!英格力士!"韩国大叔"嗷"了一声,很是无奈。接着,他在一张纸上写下:"此行目的?"几个潦草有力的中文字,我们立马松了口气,忙将邀请函呈上。有美国大学教务处的邀请函,是多么理直气壮的理由,有了它,我们无往而不胜。

韩国大叔在邀请函上扫了几眼,马上露出慈祥笑容,又在那张纸上写下:"三个月可以吗?"老天,他是问我们在美国待三个月够吗?我们简直是喜出望外,忙点头说:"谢谢!"我们哪消受得起三个月,十几天就满足了。韩国大叔的笑容还挂在脸上,看来他也有子女读大学,读硕士、博士,深知可怜天下父母心,万里迢迢来美国参加儿子的大学毕业典礼是多么荣耀和辛苦的旅程啊。韩国大叔在我们的护照上盖章的声音在我听来格外清脆悦耳。

我们顺利过了海关,进入美国了!

可我的心还在半空悬着,我记得在加拿大入海关后,还要去移民局,总之是两道卡口。韩国大叔这一关,也分不清是海关还是移民局。虽然理由正当,可要被盘问,怎么讲也不可以掉以轻心,美国人看似和蔼,可到过美国的人都知道,他们的问题很是刁钻犀利,让你因慌乱而使自己的回答漏洞百出。到了美国门口,又返送回去。

我们拉着取出的行李,跟着出口的箭头朝前走,长长的走道,看不见出口踪影,厚厚的地毯吸走了我们的脚步声,走得十分迷茫。大约走了快十分钟,才看到一个安检的地方,后来知道这是美国机场的检疫部门,旅客的行李都要经过安检。我们的大箱子过了安检的滚带被检疫警察拦住了,透过录影看到箱子中部有一块方正的阴影。他们拎过箱子,要我们打开。我忍不住发起牢骚:"都是老太太,非要带点心,找多大麻烦!干脆把点心扔了?"老公没有反对,心情是和我同样忐忑。

身材高大的检疫人员,仔细地翻出那盒惹祸的点心,打开纸盒,确认不是白粉、海洛因,或是跟恐怖分子有关的炸药什么的,而就是一盒中国老太太爱吃的白皮豆泥糕点,便和气地用宽胶带把点心盒封上,重新放进箱子,并用英语说"谢谢!",对我们的配合表示感谢。又过了一小关。

我以为差不多了吧,继续往前走,前面又排起两行队伍,一个印度人模样的工作人员比画着要我们把那只惹祸的大箱子交给他们,我们又糊涂了,交给你们,我们到哪里取?!好多人的大箱子都听话地给了他,他把这些大箱子放在一辆巨大的行李车上,推走了。

我们又随着人流下到二楼,上了机场地铁。地铁门关上了,开得很快,开了好几分钟,窗外还是候机楼,西雅图机场的庞大,这时候才显出来。可我的心情惴惴的,丝毫没有看西洋景的兴趣,还在担心出了地铁等待我们的麻烦是什么,到哪里去取大箱子?

地铁停下了。我们走出地铁，上了台阶，像是一个出口，我突然看见台阶口站着一个漂亮的小女孩，这不是日思夜想的宝宝吗！我的心像是突然透进了一缕明媚的阳光，看见宝宝了，就意味着我们走到了迎接大厅，意味着我们结束了所有入境麻烦。

宝宝跑上来，我紧紧地抱住她，好像抱住了一个梦境。小姑素芳和婆婆都迎上来，亲人久别重逢，喜悦和激动，溢于言表。宝宝跑到门口，唤来了等候多时的小姑父和亲爱的儿子。

沉浸于幸福云雾的我，还是没忘取大箱子，忙唤老公去找。蓦然回首，距离宝宝站的台阶口七八米就是取行李的传送带，可谓柳暗花明。箱子瞬间就找到了。我真搞不懂西雅图机场，太会跟旅客玩捉迷藏了。

2008 年 6 月 15 日

相逢在西雅图

小姑素芳一家三口，还有从国内探亲到加拿大的婆婆，加上儿子一行五人，开一辆白色七人轿车，早上八点从温哥华出发，十点就过了美国边境。他们抵达西雅图先去酒店登记房间，又开了四十分钟车到机场接我们，难以想象，半天时间在两个国家之间办了这么多的事。

儿子担任司机，是他把车开到美国的。一路上，小姑夫一劲儿夸奖儿子车开得好，他说自己的开车水平在温哥华还凑合，到了美国心就发虚了。因为美国的车速比加拿大要快得多，开慢车是很危险的。

老公是第一次来美国，车驶出机场，马上就拐上高速，扑面而来异国风景，老公顿觉新奇和激动。慨叹人家美国的道路就是宽敞，空气就是干净，气候就是凉爽，街上几乎看不到行人。西雅图属丘陵地带，蜿蜒起伏的高速，从机场朝市中心奔驰的途中，高楼大厦仿佛远山一样，缥缈小巧。满眼都是密林，低矮的房舍，川流不息的车辆，犹如迅疾的水流。

阳光灿烂，空气如洗似的透明。二十四小时之前，我们还在国内拥堵的道路上挣扎，比比皆是施工修路的地段，让不堪重负的城市交通更是雪上加霜，挑战每个驾车人的耐性和车技，没有人敢说"无所谓"。正值春天，北方城市，雨水少，沙尘暴说刮就刮。

最让我们心痛的是，出发前三天，5月12日，四川汶川刚刚发生的大地震。登飞机前，我们拿了机舱口的报纸，上面记录的死亡人数是几千人，和十五个空投兵在北川冒死从四千多米的空中降落。这些消息，使我们在飞行途中的心情始终是沉重的。老公看完了一大摞各地报纸，叹息道："国家这次是遭大难了，回去我们就马上捐款。"

没等回去，两天后的晚上，我们刚到了纽约，儿子的手机刚充了话费，老公就打越洋电话给国内公司财务人员，给灾区捐五万人民币。我心里涌起一股暖流，内心充溢着敬佩和感动，这一刻老公在我眼里是"最可爱的人"。

我说："算我一份吗？"

老公答："当然，算我们仨的。"

我说："你太慷慨了！"

老公笑说："这算什么，先捐这些，回去以后还要捐！"

老公在商海里打拼二十多年，从一无所有，到现在拥有了财富，每一分收获都凝聚了艰辛的汗水，甚至是血水。结婚二十多年，我们还是第一次夫妻一起外出旅行。不要说是出国，就连去国内景点都屈指可数。我们都是各自出差，国内国外的，一个人拉着行李箱往机场跑。曾经几次出现这样的格局，我们三口人，一人在一个国家，儿子在加拿大，我在澳大利亚或俄罗斯，老公在国内。反过来，儿子在加拿大，老公去了德国，我在国内留守。多年来，即使儿子放假回国，也没有一家三口一起旅行过，老公永远紧张忙碌，工作永远是他生命中的第一位。

需要说明的是，我们算不上真正的大款，和商界大亨、演艺明星相比，我们所捐的钱可说是微不足道，但对于灾区人民，我们是献了爱心诚心，用自己实际行动响应了党中央的号召："众志成城，心系灾区。"

我们到了预订的酒店，服务台说房间里客人刚退房，还没有打扫，要在下午三点才可入住。我们只好不卸行李，老少七口在大街上找饭馆吃饭，出了酒店，走好远也没看到一家中国字样的餐馆。素芳说："这不比温哥华，满大街中国饭馆，想吃什么都能找到。"走了一公里的路，才在一个超市旁边看到一家汉堡店。我担心对麦当劳、肯德基、牛排比萨从无兴趣的老公，吃不惯儿子端来的鸡肉牛肉汉堡，和放了冰块的可乐。可老公吃得开心，喝得惬意，是个入乡随俗的主儿。我的心这才放下。

回到酒店，我们站在院子里聊天。婆婆和老公快半年没见面了，娘俩有说不完的话。儿子和小姑仍在前台前，等着拿房间钥匙，我陪着宝宝在酒店前厅玩耍。

宝宝是我所见过的小女孩中最聪明伶俐、乖巧可爱的孩子。她未满两岁就跟父母移民加拿大了，她出生后，我这个舅妈就在心里长了小草，整天想着回家抱她、亲她。出国前，小姑一家和我们住在一个大院里，小姑四十二岁那年勇敢地做了高龄产妇。这个小女婴给整个家族带来了极大欣喜，取乳名宝宝，学名叫杨海依。宝宝在加拿大上幼儿园，上小学，如今已是二年级学生了。她会说一口流利好听的英语，还会弹钢琴，水平达到六级以上。她的父母一心要把宝宝培养成钢琴家。宝宝的钢琴老师早年是上海音乐学院的教师，移民加拿大已多年，教了无数华裔家庭的孩子学钢琴。钢琴老师说宝宝非常有音乐天赋，很有培养前途。

我在温哥华探亲时，和宝宝在一起的时间很多，我喜欢她，她也喜欢我这个舅妈。到她家的时候,我住在她的小卧室里,每天晚上,我都给她讲即兴胡编的儿童故事,常常乐得她满床打滚儿,她也让我回到久远的童年,快乐,纯真。孩子就是天使,给我们这些身心灵魂布满疮痍的大人带来柔软的快乐。每次儿子要回加拿大,或是宝宝的哥哥回中国探亲,我都要给宝宝买漂亮的裙子鞋子带过去。小姑娘对我的宠爱很是领情,每次在越洋电话里都说特别想念我!素芳说,宝宝每次跟他们出去参加朋友聚会,只要大人夸她衣服真漂亮,问谁给买的,宝宝就会自豪回答:"舅妈买的!"有时是其他亲戚买的,也统统记在我的账上。

一进房间,我们就倒在床上很快睡着了。将近二十几个小时没有睡觉了,而且,宾馆的床又大又软,弹性极好,躺在上面,让身体各个部位都有了着落,睡眠质量较差的我,换了地方就更睡不着,可舒适和疲惫消解了我的入睡难的顽疾。

一个多小时后,我醒了过来,叫醒沉睡的老公。定好五点半全家人开车到外面兜风,连吃晚饭。儿子靠汽车导航仪,拉着一家老小朝西雅图市中心方向开去,傍晚时分,路上下班车辆多了些,但远达不到拥挤的程度,依然流畅急速,行人更是罕见。

素芳提议吃四川菜,我立即响应。其实我并不爱吃辣,只是觉得是中国菜。半小时后,找到那家餐馆,见门厅萧条,便打消了进去的念头。我看见街对面有一家越南菜馆,想起在温哥华旅居的时候,儿子的公寓附近就有一家越南粉馆,我和儿子常去吃,味道好极了。我提议去吃越南粉,大家都赞成。当牛肉汤粉香喷喷、热腾腾地端上来的时候,老公说这不就是我们的过桥米线嘛!还要了越南春卷,里面包了新鲜蔬菜,汤里蔬菜也多,宽汤味鲜,这顿晚饭吃过后,胃里感觉舒服多了。

西雅图靠近北极,日照时间长,晚上八点了,余晖还没有落下。而我们这顿饭却足足吃了两个多小时，中午都没有吃好，久别重逢如果在国内，或是在温哥华，一定会摆出丰盛的酒宴来。在陌生的美国，陌生的城市，我们老老小小七口人，能够吃到接近中国人口味的越南粉，就非常满足了。

饭后走出餐馆，天已经黑下来了，夜幕下的西雅图，灯海如潮，宁静深远。霓虹灯，摩天大楼通亮，宛如一个个伫立在夜空中的巨人。驱车驶进高楼林立的市中心，行人稀少，幽暗的咖啡馆酒吧，从车窗望去，生意清淡，几乎看不见客人，远不是想象中的灯红酒绿。美国人和加拿大人一样，都很重视家庭，结婚后，下班后极少应酬，多是享受家庭生活。

回到酒店，婆婆见老公哈欠连天，不忍心再跟他聊天，便让我们到自己的房间休息了。各自洗了热水澡后，很快就躺在各自的床上，进入了梦乡。这是我们到美国后的第一个夜晚，睡得好香啊。

2008年8月6日

阳光照耀西雅图

西雅图时间5月16日。早晨八点起床，简单洗漱后，我们到楼下餐厅吃早餐，酒店免费为客人准备的。餐厅很小，干净整洁。早餐有面包、点心、酸奶、牛奶、果汁、咖啡、茶，都是冷的，牛奶镇着冰块。我用面包烤炉给老公和婆婆烘热了几片面包，又用微波炉热了两杯牛奶，草草结束了早餐。

一位肤色黝黑的女服务员，给每位客人一杯面糊似的东西，示意客人把面糊倒进一个小巧带格子的电平底锅里，几分钟后，她打开盖子，把一张软香的饼倒在盘子上，然后在饼上浇上一种蜂蜜糖浆。我又好奇，又欣赏，语言不通，也用手势表达，请她帮我制作一张，她微笑接受。我把蜂蜜糖浆浇在上面，奶香气和蜂蜜的甜混合在一起，味道果然香醇，看来美国也有好吃的。

儿子宁肯睡觉，也不愿意起来吃早餐。但这天却起床很早，洗澡换衣服，打理发型，是他出门之前的必做功课。儿子很注重形象，加拿大留学，为他捕捉时尚提供了平台。他每次回国，都把箱子装得满满当当，全是在温哥华买的牛仔裤、T恤衫、夹克、运动鞋等。他喜欢北美服装的设计风格，质地款式都称他的喜好。

小姑带我们去了西雅图的一个购物广场。呈U字形的购物街一尘不染，干净透明。店铺十点开门营业，有不少名牌折扣店，本来没打算买东西，刚到美国，正事还没干就买一堆东西，箱子里是我和老公两个星期需换穿的衣服鞋子及随身必用的零碎，已经满当了。进了几家店就情不自禁动了购物念头，出乎我们意料的是美国的衣服比国内的还要便宜，但质量款式国内无法比拟，更多的是国内见不到的。

儿子的毕业典礼后天在纽约举行，他特意在来美国之前在温哥华买了一套西装，可在一家经营意大利品牌西服的店里，儿子又看中了一套深色薄料西服，是今年的流行款式，贴身剪裁，儿子穿了又合体，又精神。他爹很有耐心地帮儿子挑选、试衣，只要在男装男鞋的货架前，父子俩就格外默契，我立马显得多余。

我买衣服缺乏女人应有的细腻和挑剔，凭第一眼看中了，再看几眼，觉得不错就痛快交钱走人，不啰唆。当然，买回家后悔的概率相当大。但进了眼花缭乱的商场，还是本性难改。他们在衣服皮鞋的专柜前磨蹭的时候，我和宝宝又遛了几家店，光看不买。看见帽子架上好看的帽子、围巾，我顺手摘下扣在宝宝的小脑袋上，给她拍照，后来洗出照片，宝宝的小公主气质，全在镜头里了。我顺手把一条红白格子的羊绒围巾，戴在脖子上，让宝宝用数码相机给我拍照，背景就是装潢简约的店堂。可谓不在乎天长地久，只高兴一时拥有。

走进一家经营名牌包的店，生意火爆，女顾客居多。爱美的女人，离不开四大行头：首饰，衣服，化妆品，手包。天津有句老话：脚上没鞋穷半截。意思是说,品质优良的鞋,是身份的象征。如今,鞋子反倒不那么重要了,追赶时尚的女人,即使一身名牌,如果挎了一个廉价粗劣的包,肯定遭人鄙夷。店里的包琳琅满目,时尚的,复古的,前卫流行的,典雅稳重的,应有尽有。小姑非要买一个我喜欢的包送我,争执不下,便依她买下一个原价390美金,打折价254美金的白色镶嵌咖啡色条的纯皮质地女包,老公和我都很中意。这个价位比韩国和国内高档商店出售的高级女包,要便宜一些。

眨眼就到了中午吃饭的时间了。就在U字形的街中央,有一个很大的美食广场摆满摊位,中餐西餐都有,但中餐只有一个摊位,西餐却有七八个。大人都钟情吃中餐。7.5美金一份套餐,主食是米饭,配一个荤菜、一个素菜。荤菜是红烧牛肉、红烧排骨,素菜有炒卷心菜、豆角、豆腐等。儿子和宝宝买的是比萨饼,加冰块的大可乐。儿子给我切了一块饼,挺好吃的。不由得想起在天津每次去吃比萨饼,都要在店门口排队等座,像是一次隆重的享受。不仅是排队,价格也不便宜。饭后,儿子又扎进店里买东西。婆婆和儿子及姑爷站在停车场的树荫下唠家常。宝宝把我拉进了"星巴克",她要请我喝咖啡。

西雅图是"星巴克"的故乡,几乎每个街角都能见到它的熟悉门脸。店里面积很小,座位不多,露天摆了桌椅。在很多年前,我被欧美小说、欧美文艺电影拍了花子,对潦倒作家、画家,尤其是女作家,比如写《哈利·波特》的英国女作家罗琳,坐在寂静的咖啡馆里,写作、发呆的场景十分向往。一直幻想假如有一天出国,一定要在咖啡馆里坐半天,拿一本书,对着窗外发呆。可去年在加拿大住了两个多月,亲戚朋友请我去了几回咖啡馆,却没有我想象中的那种感觉。一个人,孤独地,却是心满意足地,让自己进入某个情节,没有,一次没有。每次都是来去匆匆。此刻,别说发呆,连坐下喝的时间都没有,人多排队,我就着急了,唯恐急性子的老公瞪牛眼。买到咖啡,端着就上了车了。

回酒店休息了两个小时。连小姑说带我再去离酒店不远的一个"大贸"去淘宝,东西便宜得跟白给一样,都没有诱惑得了我,放松后,最想多睡一会儿。当我睡醒后,到婆婆的房间,小姑已经凯旋归来了,大包小裹的。有34美金买的大床罩,高织纯棉,颜色柔和。宝宝又换了新装,高兴地告诉我,这是妈妈刚买给她的,名牌,才5美金。鱼和熊掌,什么时候都是不能兼得。

距离明早的分别还有十几个小时,大家嘴上不说,心里都格外珍惜这久别的重逢,宝贵的团聚。小姑一家四口移民加拿大,已经是第七个年头,期间她带着孩子只回来过一次。

我清楚记得她最后一次离开家是2003年3月19日。我给还没过两岁生日的宝宝洗了澡,换了干净衣服。这省了小姑的好多时间,她要收拾行李,还要和年迈的父母告别,远离的伤感愁绪笼罩着她,她的父母,我的公婆眼泪强忍着,他们知道这一别,不知道何年何月才能够见面。这一别,就整整五年。公公在她走后的第二年就得了癌症,老人家和疾病抗争了两年,最终还是败给了病魔。

公公弥留之际,已经说不出话,却老泪纵横。死神就站在他的身边,就要把他带走了。我知道,他是多么舍不得离开人世,放不下这个他从少年时就开始为之奋斗的家。四个儿女早已成家立业,儿孙满堂,每个家庭都过着幸福生活。可就在他的晚年,和他最贴心的大女儿举家移民去了加拿大。这对他是致命打击。他没有见到亲爱的女儿,是死不瞑目。情急之下，我要儿子给远在温哥华的小姑打通了电话，告诉她爸爸马上就咽气了，就是不合眼，你快在电话里叫他几声"爸爸"吧！小姑在万里之外的温哥华哭成了泪人。她哭喊了几声"爸爸！"公公就停止了呼吸，带着深深的遗憾，撒手人寰。

小姑不是不孝顺，不是不想回来，而是不能回来。她和丈夫也是在商场上沉浮打拼了十几年，因有债务纠纷，缘由复杂，我难以说得清道得明。但他们回来局面对他们相当不利。他们夫妻都是小公司的小老板，损失了大半生辛苦赚来的钱，遣散了公司员工，余剩不多的钱做了投资移民。初到国外，一家人住在地下室，小姑在菜市场卖菜洗菜，一站就是八小时，一天下来，腰酸背痛，她在国内从来没有这般劳累过，每天车来车去，一帮公司下属围着她转，一派女老板范儿。

小姑父青山原是大学里的高材生，毕业后分到某研究所工作，后来下海经商，是个能写会画的儒商。可为了在异国他乡生存，不得不放下自尊，在台湾人开的面包房里打工。四十多岁的大男人被人当成小伙计似的呵斥白眼，没干多久，就辞工回家了。因为他们都不会英语，没有技术专长，在温哥华最不缺的就是老板，缺的是服务行业的小工。温哥华是个最现实的城市，不相信眼泪，不给老板面子。生存面前人人平等。公公去世后两个月，小姑和孩子结束了"移民监"的漫长苦旅，入了加籍，成了真正的加拿大人，但她对回国还是心有余悸，怕再也回不了加拿大，对已经完全习惯了加拿大生活的两个孩子是个大麻烦。

这样，她和我在大洋两岸携手努力，用了一年半时间，终于让婆婆去了加拿大和他们一家团聚了。我也在这之前飞抵加拿大，做了两个月的陪读母亲。我的签证是半年，可实在是牵挂家里，也耐不住加拿大的寂寞，便提前回来了。

老少七口人驱车去了西雅图市中心，这里高楼大厦林立，遮蔽住了街道的阳光，从街道高坡朝下望去，西雅图的优雅、宁静和浪漫一览无余。没有国内的喧嚣，没有熙熙攘攘的人群。更叫我心醉的是，这是一个被咖啡香味笼罩的城市，机场、商店、路上，都闻得到咖啡的香醇气味，街上的小咖啡店门前随意摆放几张桌椅，似乎在呼唤人们前来享受。端着杯咖啡走在路上可以说是西雅图最普遍的城市景观。

存车场泊车后，就朝海边走去。市中心面朝大海，紧靠海边就是热闹街市了。酒吧、餐馆、咖啡厅、服装店、旅游纪念品店一家挨一家。每条通向大海的木桥都对应着马路对面的街口，距离几百米远。我们走过了四五个街口，从一个又一个酒吧、餐馆、旅游纪念品商店门前经过。黄昏时分，游人越来越多，神情悠闲，有十几个男孩和女孩，男孩穿着西服，女孩穿着袒露肩背的晚礼服，大呼小叫地阻拦出租车，车来了，一个车上四五个人钻进去。儿子说，他们都是刚毕业的高中生，要去参加成人派对。

一家人在通向海边的长长的栏杆前，拍照合影。大海在夕阳照射下，波光粼粼，也给我们每个人的脸上涂上一层幸福的光亮。离开海边，又开了二十多分钟，去了一家真正的中国餐馆。上海菜，店堂不太大，几乎客满。小姑的朋友曾经请她来这里，她记住了店名，儿子汽车导航仪里输入进去，竟然找到了地址。迎着夕阳，开车二十多分钟，我们到了那家餐馆。饭菜可口，小姑请客为我们明天送行。另一层含义，是兄妹之间的告别晚餐，饱含着浓浓的亲情。

回到宾馆，已经很晚了。我们去纽约的机票是转天早上七点起飞，必须在早晨五点之前赶往机场。婆婆和小姑夫妇体谅我们,要我们早早休息,还和服务台定了"叫早"服务。

2014 年 5 月 14 日修改

温哥华的秋天

四点三十分,北京机场阳光明媚,一架波音"767"飞机,关了舱门,准备飞往加拿大的温哥华。中外乘客数不清谁多谁少,但机舱内的工作人员全是金发碧眼的高大洋人。老外老中上飞机后的第一件事都是找座位放行李,一通忙碌,坐稳系好安全带,飞机也开始滑向跑道了。跑道像一个U字,飞机滑完U字,突然嚣叫起来,疾跑了一阵,头一昂,使劲一蹬,登上了天空。高楼林立的北京城迅速缩小,模糊,转眼间不见踪影。

我闭上双眼,放松四肢,期待做个好梦,可谈何容易?胃部又开始隐隐作痛了。出国前两天,我的胃病突然发作,疼得死去活来,面如死灰。国庆五十华诞,丈夫和儿子正在家休息,我的惨相吓坏了他们,像抬一只口袋似的把我塞进汽车,送往医院。黑暗中,我蜷缩在车内的后排座位上,感觉整个胃部像被一只巨大的黑手揉搓着,抻拽着,疼得令我绝望。急诊室病人多得像超市,医生在我眼里成了救命菩萨。但菩萨太忙,不能及时普济众生,等轮到我时,我已疼得说不出话来。先打止疼针!医生处理果断。果然,一针下去,时间不长,我才缓过劲配合医生问诊。"急性胃炎和胃溃疡的可能极大,明天住院全面检查吧。"

当然不能住院。好不容易有一次出国到大洋彼岸去的机会,怎舍得错过?!接下来两天,我不停地输液打针吃药,恨不得马上恢复健康。好像大地震过后的余震,我的胃仍阵阵绞痛,呕吐,像是故意和我过不去似的。丈夫的目光满是担忧:"你这个样子能出国吗,而且那么多天?""没问题,我带药。"就这样,我抱病踏上了万里迢迢的加美之旅。

北京到温哥华,应该说是个非常舒服且愉快的旅行。上飞机的那一刻起,你就变成了一个贵宾,时刻受到尊重和享受服务,送餐、送饮

料,果汁咖啡中国茶啤酒应有尽有。我在享用了这些礼遇之后的反应就是胃里翻江倒海般的疼痛,就这样,到了温哥华。

首先观光有一百多年历史的煤气镇,旧日温哥华的发源地。镇上有世界闻名的蒸汽大钟,大钟的动力全靠蒸汽,定时定刻,大钟发出声响,还喷出蒸汽,腾雾缭绕,非常有趣,每次发声都吸引不少游人停步观赏。蒸气钟不远处是加拿大广场,独树一帜的傍海建筑物,豪华的白

色帆船大酒店与蔚蓝海天相映生辉。走不远便是温哥华的市中心，街道整洁宁静极了，落满深秋枯叶，踩上去嘎嘎地响。

已近黄昏，飞机上吃的东西，我连吐带消化，腹内空空，反而不疼了。我游兴盎然，在一个个美丽景点拍照留念，在一家家琳琅满目的商店里流连忘返。

第二天清早，美籍华人导游齐军，微笑着在酒店门口等候我们。这天的行程是维多利亚岛，英属哥伦比亚 BC 省政府所在地。从市中心出发，开车一个多小时到码头，然后大巴士直接开上一艘像"泰坦尼克"的万余吨豪华巨轮，游客则登上三层客舱或甲板欣赏太平洋西海岸的绮丽风光。巨轮要在海上航行一个半小时。我和同伴们三三两两地坐在临窗的座位上，聊天观景拍照，抓紧享受加拿大的美丽风景。身边匆匆走过的人种各异的游客，也吸引我的眼球。这让我由此了解到加拿大的多元文化，除满眼的亚洲人，还有印度、欧洲、阿拉伯以及辨认不出国籍的男女老少。肤色各异，穿着各异，头发颜色和式样更是千奇百怪，在国内不容易看到这样的"世界真奇妙"。

一对年轻的洋人夫妇推着婴儿车走过来，立即引起我们的窃窃私语："这个女的好胖啊！"一位外省杂志的男主编悄声道："这才是丰乳肥臀呢！"他的话令我不悦，真少见多怪！那对洋夫妻选了与我们一排的空位子，亲昵地靠在一起，把婴儿车里的孩子抱出来，逗弄着。婴儿只有两三个月大，瘦小绵软，抱在母亲手上，就像一只小猫儿。别看妻子这么胖，她的丈夫却瘦高英俊。夫妻俩的目光流泻出对他们的孩子浓浓的爱意，谁看了都会感动，我觉得那是人类最纯洁美丽的眼神。

这个时候，我的胃部又开始绞痛起来，可能是吃了酒店免费的早餐的缘故。早餐是西餐，牛奶、橙汁全都镇上冰块，面包果酱黄油，热的只有咖啡。这些东西对我的胃是极大的伤害。我跑进了卫生间，插上门，迫不及待地呕吐起来，吐干净了，胃部负担轻了，再咽进几片颠茄，疼痛就会减轻一些，这是我对自己唯一的急救办法。终于吐净了，我推开单间的门，一下愣住了。那位年轻的胖女人，端着一杯水，含笑关切地说着英语，见我听不懂，就把水递给我，示意我漱口。一定是我刚才在里面的大声呕吐声被她听到了。我连忙用英语向她连连致谢，她对我非常粲然地一笑。

一刹那，她在我的眼里特别特别地美丽起来。当我们双双回到座位上来的时候，我举起了相机，拍下了这普通幸福的一家人。

1999 年 11 月

失踪在BC校园

初到异国他乡又不懂英语的人，最害怕的事情就是掉队失踪。所以，我们在北京出发前，带队领导就给我们编了临时小组，每五人一组，到了国外要求各小组注意，每到一处就经常清点本组人数，以免走散。虽然考察团成员大多是省级刊物的领导同志，但能用英语和老外交流的只有两三个人，供不应求，奇货可居。

和以往临时团队一样，大家一熟起来，就人以群分了。三三两两趣味相投的，就自动组成临时互助组，飞机上巴士上坐一起，吃饭坐一桌；拍照时，你给我拍，我给你拍，亲热得不行，职位较高的领导们也免不了这个俗。小组监督制度形同虚设。

问题就出在这了。我们到BC省理工学院进行考察交流，这是北美规模最大、专业最广泛的高等科技教育学府之一。上午，在聆听了华裔博士柞卫先生两个多小时关于西方媒体与中文媒体的关系的报告，时间已近中午。柞博士领我们去参观学院的技术设施，于是大家就出了会议室。加拿大的大学，是没有院墙和大门的。BCIT理工学院风景秀丽，四所校园相连，拥有学生四万。刚才听柞博士介绍这些数字时，只为人家大学的庞大先进而慨叹，根本想不到这些数字对自己差点酿成一场灾难。

出了会议室就是楼廊的前厅，目光一扫，大约有五六个方向的去处，而且像迷宫般扑朔迷离，有通室外的，有通餐厅的，有通一处处紧闭房门的楼梯和走廊的，上面有英文标示，可我看不懂。有人提议要去卫生间，领队就说快去快回，我也迅速地去了一趟，回来一看，团队还有不少人站那等。我要是乖乖地跟着等就没事了。可我爱臭美的毛病又犯了，想再进卫生间补补妆，涂点口红。几天来旅途疲劳，时差混乱，团队里年纪较大的女士们个个脸色憔悴，眼袋快成米袋子了。我一向比较适应迁徙生活，因胃病困扰，也一脸破碎相，偏偏赶上"上镜高峰"，只得靠鬼鬼祟祟涂脂抹粉制造虚假的天生丽质。

在卫生间不到一分钟，我就涂抹完毕出来了。一看，傻眼了。那拖拖沓沓的二十多人呢？怎么眨眼工夫一个也不见了？我上看下看，左看右看，前看后看，团队的男男女女还是踪影皆无。迎面而来的全是肤色各异朝气蓬勃的男女学生。十分钟过去了，我一动不动地站在大厅前等候，期待我们的人蓦然回首，发现我就在那儿望眼欲穿。可他们一时谁也没发现我掉队了，大家虽然来自五湖四海，可每到一个新景点，都唯恐不能圆满完成上级交给自己的出国考察任务，男人显得不够绅士，女人显得不够姿态，自顾自地往前挤，临时互助的浪漫这会儿全被理智所替代了。

我的心开始往下沉，在拥有四万多洋师生，四所校园相连的大学里寻找二十几个中国人，如同大海里捞针。我背着双肩包，焦急不安地来回踱步。我强迫自己要冷静，要想办法找到大部队。同时也做好最坏的打算，一两个小时之内找不到他们，我就用包里的半瓶矿泉水和半包饼干做午餐，然后就在原地等，接我们的巴士是下午四点半钟，不信到那时还找不到他们。再找不到，就等晚上我在温哥华的一位亲戚下班后，给他家打电话，要他们夫妻来接我回去。当然，这些都属于中下策，我依然紧张、恐惧。问题的关键是我无法用英语向别人求助。这时，走廊里走来一个胖胖的、黄皮肤的亚洲模样的女孩子，主动向我打招呼："你好！"

我眼前一亮，终于碰上大陆亲人了。我忙拦住她，说了一堆我怎么怎么和朋友们走失了，请她帮忙找一找。女孩子困惑地笑着，我这才明白，这女孩其实并不是大陆人，从她棕黑色的皮肤、阔眼厚唇的特征看，她极有可能是菲律宾人。但女孩子还是大致明白了我的意思。她带着我在迷宫似的楼廊里走了起来，会议室、中餐厅、学生边用餐边喝咖啡边读书的大厅，以及校外操场我们都一一查看了，结果是令我极度失望的。

这时，手表指针已指向十二点。我已被"遗失"半个小时了。这时我特别特别地思念祖国，假如在国内，手机随时开，友人通讯小本随身带，即使走散了，半小时之内八个电话也打过去了。可在这里，没有一个人带手机，即使带也不"全球通"，废铁一块。真是在家千日好，出国半日难。学生们到吃午餐时间了。国外大学午间休息时间，是一段别样的快乐时光，到处充满色彩斑斓的艺术气氛。温哥华的秋天多雨，清亮亮的雨珠飘飘洒洒，说下就下。操场上卖汉堡包的亭子前，几个身着艳丽服装的变形人，随着节奏欢快的迪斯科音乐翩翩起舞。大厅里，弥漫着浓浓的咖啡和奶酪的香气，一对对相恋的男女学生，毫无顾忌地在拥抱接吻。找不到组织，近在咫尺的美丽人生，我也失去了欣赏的兴趣。

我和"菲律宾女孩"又回到大厅，心情又黯淡了些，女孩刚才一脸灿烂的笑容也不见了，从她焦急的神情中，看得出来她也意识到问题比较严重了。她抄起墙壁上的电话，用英语说了一会儿，我虽然听不懂，但明白她是在帮助我寻找线索。这时，两个大陆模样的女孩子经过，"菲律宾女孩"，像发现救星似的迎上去，她和她们是说英语，其中一位女孩冲我走过来，开口说的却是国语，那一刻国语实在是太可爱了。

如此这般说完，大陆女孩面露难色："这么大的学校找一个北京来的记者团，恐怕找不到的，刚才她（菲律宾女孩）已经向学校保卫部门打电话了，他们会帮助你们找的。对不起，我们马上要考试了，你们在这等好了！"说完，两位祖国亲人就步履匆匆地走远了。

我心情很不是滋味，是一种比走失还不舒服的感觉。墙壁上的电话通情达理地响了，很及时地响了。那女孩子扑过去听完，拽着我跑出大厅，穿过一间间教室，又穿过操场来到一间办公室。一位和蔼可亲的老外接待了我们，听完那女孩的介绍得知我是从北京来的，他马上露出非常热情的微笑。他拨通了一个电话，让我接，里面一个女人清晰地说着普通话，她自我介绍是学院国际部的工作人员，又问我接待我们的是哪个部门，接待者叫什么名字，她让我稍等，没两分钟，她就告诉我找到了，柞卫博士正在大厅等我们。

一颗悬着的心终于放下了。在楼道里看见匆匆朝我走来的柞卫博士，那女孩这才放心地离开了。我不停地对她说"Thank you！"可却忘了与她合影留念，这成了我永远的遗憾。但我相信，我永远不会忘记那个女孩子的。

1999 年 11 月

哭泣的留学女孩

珍妮一家人，十一年前从天津技术移民到温哥华。夫妻俩分别在洋人开的公司做管理人员，"本田"和"马自达"两部轿车是夫妻俩上班的坐骑。一幢价值二十多万加币的带花园车库的二层小楼，布置得简洁而温馨。他们十六岁的女儿，聪明漂亮，正在读高三，学习成绩、德智体艺术都特别出类拔萃，是BC省最优秀的华裔学生，明年她将报考美国十大名牌大学之一——斯坦福大学。

久别大陆亲人，相聚就显得格外珍贵。他们一家人请我去市中心一座五星级酒店的顶层的旋转餐厅吃饭。在五百五十三米高的旋转餐厅，环境幽雅，柔黯的灯光，餐桌上铺着的台布是雪白浆过的，鲜花和烛台是桌上的主角。不远处的乐队演奏着如天籁般优美的钢琴。侍应先生是个秃顶的老头，打着雪白的领结，面带幽默的微笑，来来回回地穿梭着。轻酌着口感极好的红葡萄酒，雪亮的刀叉和雪白的瓷器碰触时发出清脆的声响。那一刻，旅途疲劳、时差病痛都暂时隐退了。一种自然的联想越入脑际，为什么有那么多国人要到国外来，来了就不愿意走，物质文明和享受是最大的吸引力，而且正宗。

这样的气氛中,珍妮大姐对我说:"你是记者,应该采访一下刚来温哥华留学的女孩王洁,她可不喜欢温哥华……"十九岁的南京女孩王洁,父母都在石油部门工作。今年夏天,王洁高中毕业,本来考上了南京的一所大学,她却放弃了,她的父母去年托北京的朋友,花了十万余元人民币为她联系了来温哥华留学。落实学校、办理护照和签证整个过程将近一年时间,恰好在她考上大学时,加拿大政府允许她入境了。

到了温哥华,并不如她想象的马上就能进入某大学学习。因为她没有在国内拿到托福成绩,这里的大学是不会让她入学的,她必须先进语言学校过语言关,用最少一年多的时间参加温哥华本地的托福考试,才能考大学。王洁的父母为女儿出国留学已经拿出了家里全部的积蓄,还借了亲友的债。王洁陷入困境,上不了大学,就没有住处。珍妮夫妻帮助她找到了一所语言学校上课,学校不解决食宿,给她在学校附近找了一个洋人家庭寄宿。温哥华教育局对海外留学生(中小学生)有一个统一收费标准。报名费:加币二百元;学费:每年加币一万零一百元;医疗保险费:每年加币五百元;家庭寄宿每月加币六百五十元,自住八百元。简言之,一个留洋中小学生每年所花费用需要十几万人民币。王洁的父母都是工薪层,每年十几万应该是一笔巨款啊!

第二天,我随团队活动完毕,珍妮的丈夫牟先生开车接我去他家做客,另一个目的是见见王洁。我们先去了王洁寄宿的洋人家,在一个静谧的街区,王洁住在半地下室,和一个北京一起来的女孩同住。她的房间有床和书桌,整洁且温暖。没有电视音响电脑。

在去珍妮家的路上,我和王洁开始聊天。我问她对温哥华的印象如何,她说,太冷清了,没有南京繁华热闹。而且洋人房东很难相处,才来两个多月,她已经换过两家了。她也租过房,可她不会干家务活,不会做饭，自己住经常吃不上饭。在洋人家寄宿好歹能吃现成饭。她说她很想家，有时想得在被子里哭。她至今没有告诉父母她没有考上大学，她的父亲正身患重病，她不忍心把真相告诉父母。但隐瞒不可能长久，没有家里的金钱支持，她不可能在温哥华待下去。她说在国内真应该好好学英语，在这里考托福比国内要难多了！

珍妮夫妻非常有爱心，经常接王洁来家里吃饭，辅导她的英语。就在这一天，他们把自己家的一台电脑送给了王洁。这礼物犹如雪中送炭。王洁与年龄不相称的愁容、叹气和压力，使我久久难忘。她在温哥华的生活学习会怎样呢，无法不令人担心。

1999 月 11 月

拐了弯的亲戚

珍妮是她的英文名字,她的中文名叫志芳。她是我小姑子丈夫的亲姐,和我可以说是一种拐了弯的亲戚关系。但情感上讲,我和珍妮一家,却有着胜似亲戚的浓浓情谊。

珍妮比我年长几岁,所以我叫她"大姐"。那天,珍妮大姐和女儿珊珊,开车到儿子的家,接我到市中心游玩。珊珊和我儿子一般大,四岁就离开天津移民到加拿大,除了一张秀气的中国女孩脸蛋,从语言到举止做派、观念气质整个一个"西人"。住在温哥华的中国人管洋鬼子都叫"西人"。珊珊非常优秀,从小到大,都是学校的"尖子生",十七岁就考上美国哈佛大学,毕业后,又考

入芝加哥医学院读研究生，2012年博士生毕业，当了医生，并与一位美国年轻博士喜结良缘。

时间回到2007年9月。珊珊从芝加哥回家度假，美国的假期很多，只放几天假，珊珊也会背个双肩包，从美国飞回温哥华，回到她家的带游泳池、长满高大果树的美丽小院里，和父母亲热几天，再飞回去。

珊珊的父亲是我见过的最宠爱女儿的慈父。珊珊从小到大，他都是女儿最称职的家庭教师，他教育女儿不要死读书，学校各种文艺表演、演讲、滑冰、打网球，他都鼓励珊珊踊跃参加。他省吃俭用买了录像机，记录下女儿成长的每一个幸福瞬间。珊珊考到哈佛大学，开放式的教学方式，叫珊珊一时难以接受，在电话里和父亲哭诉，这头的父亲却笑着安慰珊珊："没有战胜不了的困难，我们爷俩一起学！"

从此，每天下班吃过简单的晚餐，珊珊的父亲就坐在电脑前，打开视频和美国哈佛的珊珊开始学习，他都提前自学了珊珊的课程，和珊珊交流起来，毫不费力。春夏秋冬，院子里高大的苹果树开花结果了，珊珊的学习步入佳境，每年都以全A成绩，得到全校的嘉奖。

珊珊的父亲是个机械工程师，早年毕业于天津大学，八十年代中期，跟随澳洲老板到澳洲工作，后来公司倒闭，可珊珊父亲不愿意回国，就拿出仅有的一点积蓄买了赴加拿大的机票，带着珊珊母女来到了温哥华。举目无亲，就凭着一张登着招工信息的英文报纸，珊珊父亲到了温哥华的当天，就找到了一份理想工作，立马租房子，把珊珊母女从旅馆里接了出来。

这样的奇迹发生在1987年。当时温哥华的华人要比二十年后少很多，珍妮大姐在澳洲时，曾在服装厂打工，下班去幼儿园接珊珊，每次都是最后一个家长。

刚到国外，她一句英语都不会，下班后就带着孩子去上英语班。家里只要能贴纸条的地方都贴满了英文单词，从不看中文电视，夫妻俩在家里对话尽量不说中文。就靠这份顽强，珍妮大姐的英语水平突飞猛进，会听会写，在洋人公司里还当了管理人员，她手下管着几十位"西人"。珊珊长大后，中文一直说得磕磕巴巴，这和她的父母有直接关系。

珊珊父亲在机械制造公司担任重要职务，年薪丰厚。九十年代他们就买了带花园的房子，搬迁几次，越搬越大，现在住的是带游泳池的西式洋房。所有认识他们一家的人，都把他们视为华人移民里的成功楷模。不光是他们的物质生活令人羡慕，还因为他们非常有爱心，有乐于助人的善良。

国内到加拿大移民或留学的亲戚朋友，都得到过他们夫妻无偿的热心帮助，他们家被称为"留学生之家"。儿子初到温哥华，是在2001年的圣诞节前夕。大学还没开学，一个刚满十九岁，从来没有离开过家的男孩，拉着两只箱子，怀揣一份入学通知书，就到了那样一个陌生的国度。我这个做母亲的，实在是放心不下，却只能望洋兴叹。

当时小姑子素芳一家还没到温哥华，他们是几个月后登陆温哥华的。是珍妮夫妇亲自到机场迎接儿子，并接到家里住了半个月。每天好吃好喝，让本来举目无亲的温哥华，一下子就有了"亲姑姑"，儿子觉得特别温暖。赶上圣诞节，珊珊从哈佛大学回来，他们一家三口开车带着儿子到市中心游览，感受节日气氛。当接到儿子的越洋电话，得知儿子在"大姑家"过得很愉快，我简直喜极而泣。

开学前珍妮大姐帮儿子在学校附近找房子，买二手电器和家具，帮儿子搞定了一个安身之所。我们在遥远的天津对珍妮一家的感谢，难以用语言形容。

1999年，我随中国妇女刊物总编参访团到北美进行短期培训，第一站就是温哥华。因为毕竟是小姑子丈夫的姐姐，我这个拐了弯的亲戚，打算拜见他们的想法，起初并不那么理直气壮。出乎意料的是夫妻俩接到我的电话，当晚开车就来到我下榻的酒店，见面时的亲热自然，叫我心底暖融融的。每天访问活动结束后，珍妮夫妻就接我离开驻地，回家吃饭，游览市中心，看音乐舞蹈秀，到旋转餐厅吃西餐……团队里的其他人都羡慕死了！珍妮夫妻的生活过得十分节俭，到温哥华十几年，从未到夜店消遣过，反倒是因为陪伴我看西洋景，开了他们进夜店的先河。

这天，珍妮和珊珊领我乘坐"空中列车"，去了温哥华的美丽海边，就在市中心附近。在海边的意大利露天餐厅吃饭，品尝着新鲜啤酒和牛肉汉堡，映入眼帘的是白色游艇在岸边轻轻摇摆，私家小飞机在海面起落，再远眺便是温哥华最负盛名的史丹利公园，小浣熊出没的地方，那里的森林草地就像是厚厚的地毯。

我被一种久违的幸福感笼罩，感谢儿子，是他把我召唤到温哥华，感谢珍妮和珊珊，把我带到这样一个人间天堂，如梦如幻。

2007年10月

不想生活在别处

我年轻时,特别喜欢旅游。米兰·昆德拉的《生活在别处》,是我的精神坐标。近二十年,我的确去了不少的"别处",国内国外,名山大川,称得起是行过"万里路"的女人了。

1998年,我应邀去泰国开笔会,先飞到云南昆明报到集合,当晚又乘飞机去了西双版纳,游览一天,晚上在湄公河乘船,顺流而下。我站在船舷前极目远眺,浮想联翩,当年十五岁的法国少女玛格丽特·杜拉斯就是在湄公河的渡船上认识那位中国情人的。湄公河极其壮美,水流凶猛湍急,一望无际,流速极快,一泻如注,仿佛大地也倾泻了似的。

那是我最难忘的一次惊险之旅。记者团是四川成都的一家报社组织,委托《云南日报》旗下的广告公司承办,但这家广告公司却被境外公司蒙骗,没有给团队的人办签证,就让这些人上路了。结果三十多人都成了偷渡者,抵达泰国不能登陆,就困在船上。无人不茫然,恐惧。停泊在岸边的泰国贩毒船的老板和妓女,肆无忌惮地嘲笑我们。如此的侮辱和紧张,来自国内各大城市的记者们,平日总是报道别人的黑暗和危险,却做梦也想不到这一次轮到自己头上了。经过领队人的严肃交涉，我们终于脱离险情，踏上了泰国的领土。

我们入境的城市是在泰国北部的青莱。车一开起来，窗外满眼的浓绿扑面而来。已经在路上河上颠簸好几天了，有云南、越南、柬埔寨，记忆里大都是城市的喧嚣、嘈杂、脏乱、拥挤，而泰国城市却一派静幽、美丽、干净。每幢别墅都相隔很远，其间是茂密的草地、高大的椰子和芭蕉树，天空湛蓝，澄净透明。差一点成偷渡客的阴霾，顷刻间一扫而光。

1997年，我第一次去香港，如果那不算出国，这一次就是第一次。香港给我的印象依然是国内的喧嚣和繁华，但维多利亚港的旖旎迷人，中环的奢华气派，兰桂芳的诡异前卫，还是令我大开眼界，流连忘返。

但我没见过泰国这样安谧、建筑如此疏朗的城市，所以感觉新鲜。我几乎目不转睛地看着窗外匆匆掠过的田园美景，完全的"刘姥姥逛大观园"的兴奋。触景生情，我的心事闸门，四两拨千斤地开启了，多年人生奋斗的酸楚，油然而生。多年的奋斗，也算有了回报。每个人对成功的回报的要求是不一样的，有人渴望得到高官厚禄、香车宝马，我这样的妇道人家，靠写几篇小文章出了点虚名，当然不敢有那样的奢望。能有几天到"别处生活"的机会，就非常心满意足了。

1998年8月

曼谷的奇葩

飞机起飞时已是晚上九点多钟了,没有吃晚饭,感觉有些饿。空姐送餐给旅客,我选了面条和果汁。饭后,我很快昏昏欲睡,不知不觉地到了目的地——曼谷。

在下榻酒店刚睡了三个小时就起床了,吃过酒店的自助早餐,就开始了第一天的游览行程。泰国最长的河流湄南河把曼谷市分成两半,两岸景色迷人,巍峨的佛塔、红顶的佛寺、耸立的大厦,掩映于翠绿茂密的花木之间。湄南河上的长尾船、游艇如梭,川流不息;横跨河上九座大桥上的车辆长龙,把四面八方与曼谷连接起来,好一派自然美景。

举世闻名的大皇宫紧靠着湄南河,这是一座布局错落的古建筑群,跟随着泰籍导游林小姐,我们走进大皇宫庭院,首先映入眼帘的是如茵碧草和多姿古树,草坪周围栽有菩提树和一些热带树木。大皇宫的佛塔式尖顶直插云霄,鱼鳞状玻璃瓦在阳光照射下,璀璨辉煌。大皇宫被当地人称为"泰国的艺术大全",因为它汇集了泰国建筑、绘画、雕刻和装潢艺术的精粹,深受各国游人的赞赏。

一月是泰国的"凉季",摄氏温度仍在三十多度。我短衣长裤,汗还是透了。周围的老外游客都是光脚穿凉鞋，短裤 T 恤，悠然自在。我跑到皇宫门口的小摊上买了一双布带凉鞋和一套面料薄软的艳丽裙子，在卫生间换上出来，同团女人们惊呼："好漂亮啊！"

在寒冷寂寥的北方冬眠数月，突然置身这样一个绚烂的国度，真叫我眼花缭乱。泰国简直是动物的王国，经过严格训练的动物都会表演：大象、鳄鱼、猴子、鹦鹉、老虎，轻而易举就能拍个"美女与野兽"。早有耳闻泰国的最大看点是人妖。一个团里，有人"谈妖色变"，一来不知道这种表演是否黄色，二来人妖不男不女虽从来没有亲睹，但想来三分像人、七分像鬼，恐怕看了对身心不利。还有悲天悯人的，痛斥资本主义社会摧残人性，把活生生的健康青年，弄成不伦不类的玩物，供人观赏取乐。但没有人拒绝观看。泰国人妖主要集中在芭堤雅，曼谷也有人妖表演的宏伟剧场，可容纳近千名观众，每晚演出三场，几乎场场爆满，可见人妖表演的受欢迎程度。

晚上七点是首场，剧院前的广场上车水马龙，人头攒动，开场前半小时，日落西山，华灯初上，我到时，门前已经有十几位人妖出巢，个个身着"比基尼"，春光乍泄，"她们"浓妆艳抹，左顾右盼，或纯情或端庄，仪态万千，无半点妖冶，无一丝粗鄙，男子的阳刚与浊气，均荡然不见，只有硕大的手足，凸起的喉结，露出一丝马脚，否则与女子无异，且身材挺脱，亭亭玉立，比女子更佳。观众围观争看，人妖习以为常。凡有要求合影留念的，一律慨然允诺，每曝光一次，收费二十铢（泰币），一时间镁光灯一闪一闪。肯出重金的，还可伸手一试其胸乳，鉴别真伪。

我刚和一位人妖拍照，顿时围上来好几个，都比我高出大半个头，把我簇拥中间，香气撩人，与这几位"大美女"如此"亲近"，我感到怪异的紧张和心跳。完了，其中一个用只有男人才有的粗哑声音，要我付一百泰铢，原来是一人二十铢。懒得和"她们"争论，掏钱走人。

快开演了，人妖遁去，观众入场，座无虚席。黑暗中只有大幕和四壁，有点点流光闪动，终于使人感到一丝如临妖窟般的神秘。音乐由低沉至高亢，继而鼓声大作，少顷幕启，群妖出场亮相，强光辉耀，美艳无比。整场节目排列紧凑，突出娱乐性，淡化社会性，注重民族形式，讲究剧场效果。其演员均受过严格的演技训练，使表演、舞蹈和歌唱完全如同女演员。虽是放的唱片，演员模仿口型，动作表情与歌调一致，却引人入胜。人妖表演乐而不淫，老少咸宜。节目内容大都通俗易懂，有中国古装表演，有日本艺伎且歌且舞，有美国乡村小调和滑稽芭蕾，还有现代舞及中外流行金曲……

最后压轴是貌似邓丽君的人妖演唱邓丽君的歌曲，声情并茂，足以达到乱真地步。一个半小时的演出结束，人妖们匆匆谢幕便从后门溜出，向散场的观众招揽合影的生意，因为照相所得小费，全归个人所有。离开剧场门前招揽生意的人妖，躲开青黄路灯下的一张张年轻俊美的面孔，我们的汽车把这一切抛闪在后，刹那间这晚上的种种印象都模糊起来，最后留在我脑海里的，只有路边一个清秀少年人妖甜甜的笑容，还有一串串的问好，一片扑朔迷离的雾……

返回宾馆途中，游客对人妖仍是意犹未尽。一位大学教授说："男人要是想当人妖是他们心理变态。"一位中年商人说："人妖并不危害社会，有很多人，包括外国的旅游者，很喜欢看'她们'的表演，这种表演已经成为泰国的重要旅游项目。人妖的生活我们不了解，但知道'她们'也有结婚的，当然是和男人结婚喽，还有公司请他们去工作，或者请去拍广告，但我不请，我觉得恶心。"

导游林小姐是华裔泰国人，她认真地说："没有人歧视'她们'，刚才表演的这些人妖都有男朋友，下班时，会开车来接'她们'回家。人妖也是为了生活，还有羡慕'她们'的人呢，'她们'比女人还漂亮。泰国人连妓女都不歧视，好多妓女后来成了大官的老婆，没有人歧视'她们'。"而我却觉得，人妖是泰国的奇葩。

第二天，太阳升起的时候，大家都把人妖抛在脑后，乘车来到了享有"东方夏威夷"之美称的芭堤雅，这里风光旖旎，气候宜人，海滩沙软细白，海水清澈蔚蓝，风帆点点。岸边小楼别墅掩映在红花绿叶中，别有清幽情趣。我连续几天下海游泳，学着老外的样子，躺在沙滩上晒太阳，身体很快晒出黝黑的肤色。

晚上，与同伴们一起去酒吧闲坐，大海有节奏的潮汐声，混着酒吧男歌手低沉磁性的歌唱，充满安谧神秘的气氛，使我感觉生活真的很美好。酷似人妖的漂亮女人，就在眼前袅袅婷婷地走过去了。

2004 年 3 月

华盛顿的诡异之城

加拿大的访问终于结束了,明天就要到美国去,我兴奋得一夜没睡好。从多伦多乘飞机到芝加哥,然后转机停留二十分钟,再次起飞近三个小时,就到了美国首都华盛顿的里根国际机场。迎候我们的徐小姐,是我们此行中唯一的女导游。徐小姐其实并不年轻,四十岁左右,很高微胖。《知音》主编老雷,善于捕捉女人细节:"徐小姐穿得这么老土,又这么疲惫、憔悴,看得出来,在国外过得不太省心!"

阳光下的华盛顿是一座气势宏伟的城市。极目望去,整个城市被森林覆盖,风景优美。我们乘大巴往市区驶去,司机是个中年黑人。徐小姐开始讲解:"华盛顿,全称华盛顿哥伦比亚特区,位于美国马里兰州和弗吉尼亚州交界处波托马克河的东海岸。人口六十二万。是美国政治文化中心,不是商业中心,是联邦政府各机构、国会和最高法院所在地。城市职能单纯,就业人口的百分之五十为政府职员。有乔治城大学、乔治·华盛顿大学和美利坚大学等十几所高等学府。有白宫、华盛顿纪念堂、国会大厦、华盛顿纪念碑、林肯纪念堂和杰斐逊纪念堂等著名建筑物……"

车窗外,这座城市著名的东西——在我眼前展开,这个地方其实就是个大国民教育中心:华盛顿纪念塔,越战墙,林肯纪念堂,各种免费的大博物馆,体现着美国人对短短的历史和其价值观的严肃。华盛顿的人不像纽约洛杉矶的那么杂。这里欧洲旅行者很多,你能感到马路上很多人的气质和后来见到的美国人不一样。

徐小姐略带山东口音的普通话,将我的目光引向举世瞩目的民主政府的象征——美国国会大厦那座巍峨的建筑物上:"在美国,没有谁会对华盛顿特别向往,因为这里百分之七十是黑人,治安非常不好。在城里上班的人,不是住弗吉尼亚州就是住在马里兰州。每到黄昏,上班族

就开车匆匆撤离城市。华盛顿只剩下巨大的政府办公楼,巨大的博物馆,还有一些危险的黑色人群。克林顿是最孤独的人,因为他还要在白宫值班……"徐小姐幽默的讲解,令大家都笑了,没有人相信美国总统会真的留守白宫的说法。

整个旅程在华盛顿停留的时间最短,只有两天,第二天我们就要乘飞机去洛杉矶。到达的当天下午和晚上,我们马不停

蹄地参观了国会大厦、众议院、参议院、杰斐逊纪念堂和美国国家航天航空博物馆,游览市容;到出国人员服务部购物,买一些深海鱼油、海豹油、卵磷脂、口红、西洋参之类,当时觉得必买不可,其实回国除了送亲友没有多大用途,尽管坚挺的美金是人民币的八点几倍,可每个人不在美国花点平常日子好不容易积攒的美金心里是绝不舒服的。无论男女,从加拿大到美国始终保持着对购物的旺盛热情。

下榻的酒店是在马里兰州,需要开车一个多小时才能到。在中国餐馆吃过晚饭,已经是晚上八点多钟了。夜色中的华盛顿成了一座气势宏伟的空城,街上出没的全是黑人,暗淡的街上他们和夜色融为一体,偶尔对你笑出一口白牙齿,保准把人吓个半死。

徐小姐说:"在夜晚华盛顿的车祸特别多,开车撞死的全是黑人。当然,夜晚在华盛顿犯罪的也是黑人。"大巴士配合着徐小姐的情绪,逃命般地在出城的高速公路上飞驶。快过万圣节了,窗外匆匆掠过的商店和人家门前摆放着的大南瓜和骷髅黑长袍及足以令人毛骨悚然的"鬼节"用的面具和大氅,更给华盛顿的夜晚涂上了一层恐怖色彩。

"我们什么时候去参观白宫?"这时有人打破了车内紧张的沉默。

"明天上午九点,从酒店出发,先去白宫门前照个相,然后就直奔机场。"徐小姐声音有些喑哑。没想到,第二天情况就有了变化。徐小姐神情焦急地对大家说:"黑人司机执意不肯拉我们去白宫,嫌绕远不顺路,他说他的老板没说让他去白宫,直接拉机场。"原来,旅行社是临时雇用出租公司的巴士。大家都特失望,到华盛顿不看白宫,等于白来一趟。

徐小姐对祖国亲人很有热情,在电话里和她的公司老板交涉半天,最后无奈地对我们领队的王团长说:"黑鬼司机是敲诈我们,老板也没有办法，只好给他两百美金，他就去了。"王团长只好给了黑人司机两百美金，他连句"Thanks！"都没有，就把钱把口袋一掖，发动了大巴士。白宫门前不允许停车，黑人司机把车停在离白宫两个路口处，给我们十分钟时间完成旅途和拍照。因为我们要赶飞机，时间紧迫，没有办法再和黑人司机争辩，我们连颠带跑到了白宫近处，说门前是极不准确的。白宫不比国会大厦那么平易近人，而是戒备森严，和普通市民和游客保持绝对距离。

隔着一条马路，和长长的木栅栏，白宫在一片郁郁葱葱的林荫中依稀可见。我们匆匆忙忙地和白宫合影留念，一张，两张，三张……宁多勿少，两百美金换来的一张照片，实在是太昂贵了！再回到车上，大家一早上紧绷的神经才松弛下来。有的说值，有的说不值，一点都不值。我觉得还是徐小姐说得对：白宫不看，终生遗憾，看了白宫，遗憾终生。

1999 年 11 月

赌城的诱惑

我们乘坐的汽车从洛杉矶出发,前往赌城拉斯维加斯,行程数百公里。青海人跪着爬着,越过高原去塔尔寺朝圣;而美国人则开着车听着音乐,沿着高速路驶入沙漠,去花钱赌博、看表演。赌城与朝圣,都含着一种虔诚:一种是对运气的虔诚,一种是对偶像的虔诚。我真希望汽车停下来,让我走进沙漠深处,看看有什么。我觉得老让沙漠这么孤独地吹着,没人参拜,不公平。

离拉斯维加斯越近,路边小规模的赌场越多。当我们开车进入拉斯维加斯大道时,正值傍晚,城市的霓虹灯,林立的豪华大酒店的硕大广告极具诱惑地闪烁着,把整个城市照得灯火通明。我简直看呆了!

拉斯维加斯像个火山口般燃烧着。我不相信地球上会有这么个地方!人类怎能造出这样的物质文明?不论是外形还是内部,拉斯维加斯都是用金子银子钻石堆砌而成的。所有的人都在花钱和玩乐,整个城市像个红色大熔炉,不管它代表着一种什么样的文明和文化,我一下子就爱上了它,这座燃烧着的城市!

拉斯维加斯要晚上看。椰树映衬着密集的大酒店,米高梅、蒙特卡罗、石中剑、纽约纽约等世界著名的五星级酒店都在赌城占据显赫位置。建筑风格也美不胜收：金字塔式的，欧洲古堡式的，阿拉伯式的，古罗马宫殿式的，现代式的……建筑下的双向车流像岩浆火链一样，缓缓地流淌着。

我们在一家酒店住下，导游带我们七拐八绕地步行到一家酒店餐厅吃了一顿十美金的自助餐，西式的，有上百个品种，非常丰富。赌城赚的是赌博的钱，吃住相当便宜。晚餐后，我们先在街上散步。我独自走在最前面，迎着人流和热风，观赏着每一座酒店和赌场。我多年前的梦想，就是一个人走在拉斯维加斯的灯火阑珊处。

导游告诉我们，赌场的高峰是在晚上十一点以后，八点到十一点，是观赏赌城夜景和丰富多彩的艺术表演的时间。我们在街上看了海盗船表演、音乐喷泉表演、音乐秀表演，逛了世界名牌一条街，就很快到了激动人心的赌博时刻了。

赌场就在我们下榻的酒店，大赌场五光十色，一望无际，到处是人，机器和牌桌，耳边暴雨一般地响着老虎机吃硬币的声音——我看过很多赌城的大片，此刻感觉自己完全置身于电影画面之中。

导游发给我们六美金换成的硬币，只能和老虎机试试运气。团队大多数人那晚上的运气都不怎样，没出半个小时，几小卷硬币就被老虎机无情地吞没了。没撞上财运也没啥遗憾，反正钱也不是自己的，输就输，玩的就是心跳。打个哈欠，伸伸懒腰，上楼睡觉。

我这人一向赌运很差，可这天夜里运气却好得不得了，成绩仅次于《女友》的主编孙虹。她那天从老虎机里赢回了三十美金，我赢了二十多，这时开始，眼看着投进二点五美分的硬币，老虎机像吃撑了似的一个劲儿往外吐，哗啦哗啦哗啦，那声音太动听，太刺激了！我和孙虹开始赢了，后来运气就走光了。满满一铁罐硬币，眨眼工夫就被老虎机无情地吞吃得干干净净。老雷、老朱、老谢三位先生和我们一起赌，我们赢的硬币大家共同享用，但他们的运气更差，赌瘾更大，各自拿出十美金换硬币，总是说："我们能赢，下次一定能赢，我的感觉不会错！"

最后结果，所有的钱都输了个一干二净。踏实了，全踏实了！与《北京人在纽约》里的王启明在赌城输了个精光的心情如出一辙。从赌场往外走时，已经是深夜三点多钟了，里面依然灯火辉煌，人山人海。比起我们，老美真是有钱，赌得从容镇定，而且优雅。

"在美国，你永远选择那个挣钱最多的工作！"我蓦然想起导游皮特对我说的话，有道理。但赌城给我留下最深的印象，不仅仅是钱是靠不住的，还有赌城的文明豪华和浓郁的艺术气氛。它是地球沙漠上的一颗最璀璨的明珠。

1999 年 11 月 20 日

尼亚加拉瀑布的启示

老远就听见水的吼声。只有大量河水坠落深谷，才能激起这样的狂吼。那吼声就是一种巨大的诱惑，诱惑着我加快脚步。随后，我感觉到了风：从悬瀑上腾起的风，从深谷里卷起来的风，扑面而来，吹荡不已。再后，我感觉到了雨，从瀑帘上碎裂的雨，从瀑脚下迸射的雨，纷纷扬扬，随风飘洒。待到身临瀑谷，眼前便是满谷的雾了。浓浓的水雾从宽过一千二百米的瀑区升腾起来，翻滚着，蔓延着，外面一层淡化了，里面的雾核又膨胀起来，好像一股水都被煮沸了，热气腾腾，无休无止。条条浪纹朵朵浪花从雾帐下逃匿出来，游向惊魂稍定的幽深的谷潭，浪的乳白和潭的深蓝相融相渗，渗成一片片斑驳色块，像是赛璐克在满天飘浮。秋天的阳光在这里化作一弯七色彩虹，给游子再添一分惊诧和兴奋。

世界八大奇观之一——尼亚加拉大瀑布展现在我的眼前了。划开美国和加拿大边境沟通伊利湖和安大略湖的尼亚加拉河，流到这里的一个名叫小平岛的河岛分流，大瀑布就形成于小岛两侧横截河道的断崖峭壁。一侧属于美国，一侧属于加拿大。两个大国在这里炫奇，两个大湖在这里吞吐。两湖的高差达一百米。伊利湖之上，还有休仑湖和苏必利尔湖。倾斜的河道夹着四大湖的潜力从五十多米高的峭壁上奋力一跃，便跃出这旷世奇观。站在这瀑布的一侧，看着滚滚的河水在瀑口卷成一道厚厚的瀑帘，而后飞流直下，我只觉得心也提了起来，胆也吊了起来。但从瀑布上游往下看，却一点也看不出来前面的河道有什么异常。

突发奇想，当年印第安人的祖先初次来到这里拓荒，驾着皮筏从伊利湖上顺水漂流，会不会美滋滋地信马由缰，一下子栽进万丈深渊？这也不是无端的想象，人类的脚步也许就是这么走过来的。新的发现也许就是这样公之于众的。惊心动魄的大自然险境会激起惊心动魄的冒险尝试。听说，这里就曾吸引了不少富有冒险精神的男子汉，他们不惜以身试险，钻进密封的容器，从瀑顶顺流而下，可惜大多数人都粉身碎骨，极少生还。前几年还有一个人乘啤酒桶漂下去，竟然保住了性命，一时传为奇谈。但这种无畏的轻生，和迫于生存环境或出于考察目的而做的探险，已经是两码事儿了。所以，美加两国政策都制定了这一条法规：严禁在瀑布上搞漂流活动。加拿大瀑管当局在小平岛上掘了口竖井，装上几部电梯，把游人送到峭壁底下去观赏瀑布。

我是以来加拿大考察访问的记者身份，到尼亚加拉瀑布一睹它的壮丽奇景的。乘电梯下到瀑底，又别是一番感受了。漫天的瀑流到处乱窜，劈头盖脸地砸到身上。轰鸣的瀑布震耳欲聋。同伴们把嗓门提高到最大限度，前呼后喊相互传递着兴奋情绪。仰头看去，那瀑布真像是从天上掉下来的一条天河，令我想起李白的"黄河之水天上来"，在这里得到极好的验证。但"黄河之水"若和眼前的瀑布相比，就小巫见大巫了。我们买了船票，登上了游船，驶出了码头，瀑布便显出了全貌。那巨大的瀑布呈月牙形展开，中间凹进去老深，显然是河道主流亿万年剥蚀断崖造成的凹面。远远看去,雾气蔽空,瀑底那些蚀落的岩石在雾气中若隐若现,更加重了那种迷幻的气氛。等到进入瀑区约二百米以内,便什么也看不清了。

我打开相机想拍张近景,镜头里竟是白茫茫一片。那瀑布以撼天动地之势从三面逼近,把大自然的壮观和自然力的可畏,同时推成一个大特写镜头。我们乘坐的游船似陷入万马奔腾的包围,从船头到船尾都战栗起来。这境地,我想起的那些"惊涛拍岸""乱石穿云"之类的名句,都显得苍白了,远不足以表现那大瀑布的磅礴气势。只觉得那号称"北美地中海"的几个大湖的元气和能量,都在这释放了出来,淋漓尽致地展现其生命的伟力。瀑谷闪开了道路,让尼亚加拉河道大湖的骄子,大踏步地奔向大西洋。

我想起在《美国文学名家》这本书中看到的一则记载:1894年,一个流浪汉到这被大瀑布壮阔的画面,磅礴的气势迷住了,震慑住了,整整一天流连难舍。夜幕降临了,他才在附近农场上找了个地方和衣露营。次日清晨五点钟醒来觉得意犹未尽,又想回到大瀑布区去。不料被一个警察拦阻,以流浪罪拘留了起来。这个流浪汉就是后来享誉世界的杰克·伦敦。那时候他正穷困潦倒,他是去旧金山奥克兰地区参加一支向华盛顿请援的失业队伍,中途离队漂泊到大瀑布来的。一路上他或扒车或步行,风餐露宿,沿街乞讨,历尽了艰辛。这位出身于底层,八岁就当童工,十一岁挑起养家重担,自嘲"没有一匹马生活的时间会像我这么长的"失业工人,备尝命运之苦,但决不肯向命运低头。他是不是从大瀑布受到了某种启示了呢?

人生的感悟往往受益于大自然的怀抱,这样的例证中外都不胜枚举。他后来写的那些著名作品《北方的故事》《狼山儿子》《热爱生命》,尽管也反映出他的弱点和时代的局限性,但细细品味起来,大都是充满大自然的元气和生命力量,折射出他本人的传奇般的经历和冒险精神,那里面是否也注入了他在大瀑布获得的某些感受呢?我想,我的揣测不无道理。

2003年12月11日

落基山脉之旅

2007年的8月,我到温哥华探亲,儿子在这里留学,研究生快毕业了,我一直都没机会去看他。丈夫的亲妹妹一家移民加拿大多年,我也是第一次来探亲。还有小姑子丈夫的亲姐姐珍妮一家八十年代移民到了加拿大,如今事业有成,生活幸福。邀请我参加落基山脉之旅的就是端庄秀美的珍妮大姐。小姑子素芳和小外甥女宝宝作陪同行。

第一天

10月1日,国内国庆节,温哥华一如往常平静,天空飘着蒙蒙细雨。昨天儿子开车把我送到小姑素芳家,这样便于起早出发。小姑子的丈夫开车送我们到集合的地方。刚七点,游客们就到齐了,礼貌有序地上车。导游是个黑瘦的中年人,自我介绍,他是香港人,在加拿大做导游十几年了,英文名"艾伦",中文姓许。许导开始讲解,中午到达的第一个景点是甘露市,又叫灰熊镇。人口大约十万的城市,却是不列颠哥伦比亚省的第三大内陆城市和重要交通枢纽。半沙漠半干燥型的气候，使这里也成为北美最大的花旗参产地，又被誉为"花旗参之都"。

几小时后，巴士车驶入甘露市，湖面上停泊着无数条白色游艇，整个城市几乎看不到一座高层建筑，街道都是二层楼宇。行人稀少。市中心湖的湖面宽广，湖水清澈，传说湖底里有水怪，因此湖边有一个水怪雕塑，游客们纷纷与之拍照留念。游客多是港台和大陆移民，有四个年轻人，是从国内来加拿大业务培训的，趁放假出来旅游；还有几对老夫妻是从国内来探亲的，儿女为他们报团旅游，也算尽孝了。

和我们坐一桌吃饭的是个"四世同堂"。干瘪的瘦老太，眼窝和嘴巴全都凹陷下去，衰老的样子像有一百岁了。我暗暗讶异，这么老还出来旅游？还出国旅游？陪同老人的是位中年妇女，还有一个带小孩的年轻女子。她们是什么关系？又是从哪里来的？一连串的问号，在我的舌尖跳跃。等游客渐渐相熟，方知老太太已九十三岁高龄，是女儿和外孙女陪她从美国过来的，她们是台湾人。老太太随儿子移民美国二十年，她一直在儿子经营的农场里生活，每天都干活，至今走路不用拐杖。我不禁想，国内的老人不要说九十岁，一般年过七十便很少出去旅行了，经济原因之外，还有儿女对年迈父母的漠视。

午餐后，我们继续前行，天空时而湛蓝，时而乌云遮蔽，但空气异常清新，吸一口，胸肺之间就像被清洗似的。第一个景点是卑诗省奥根娜根湖区，这里的肥沃土壤，被当地居民充分利用，经过百余年的栽种、培养、改进，奥根娜根湖区果园的水果分外甜美。种类和数量居全加拿大之冠。我们下车参观奥根娜根酿酒区的著名酿酒厂，英国女王举办国宴就用的该厂冰酒。工作人员给我们详细讲解红白冰酒的制作过程，让我们品尝了新鲜酿造的冰酒。我们还到葡萄园里采摘了葡萄，照了相，然后离开葡萄园，继续前往极负盛名的奥根娜根湖，此地是印第安神话传说中的湖怪出没之地。

下榻的酒店很舒适，宝宝还在大厅的钢琴前弹奏了几曲，然后才回房间休息。两张大床，我和宝宝睡一床，素芳和珍妮睡一床。洗澡后，我们很快进入梦乡。

第二天

凌晨五点十五分电话叫早。五点半吃早餐，地点是在昨晚用餐的中餐馆。早餐是中式油条，皮蛋瘦肉粥，鸡蛋，馒头。六点钟收拾行李上车。

今天的目的地是班夫国家公园，建于1885年，是加拿大历史最悠久的国家公园。它坐落于落基山脉北段，距加拿大阿尔伯塔省卡尔加里以西一百一十至一百八十公里处。公园共占地六千六百四十一平方公里，遍布冰川、冰原、松林和高山。

到达班夫国家公园后，我们先乘高空缆车，腾云驾雾一般到了山顶。山巅之上的风景，就像是人间仙境，群山密林，云霭浮动，似一幅舒展开来的油画，美不胜收。

黄昏时到达班夫国家公园中心的班夫小镇，这是落基山脉中最受欢迎的观光点，被誉为"落基山脉的灵魂"。街上商店林立，只有不足九千的常住人口，而每年能够吸引约三百五十万名游客。班夫大道是小镇最热闹的去处，街道两侧仍保留着十九世纪的建筑特色，街道上商店林立，有各式的纪念品出售，并有快餐店和各式风味的餐馆。

晚饭后，我们离开班夫，前往1988年举办冬奥会的城市——卡加利市。车从班夫小镇驶出，渐渐地，雪山湖泊密林不见了，被一望无际的草原取代，公路是在草原上开辟的，我们的车就在无垠的草原上蜿蜒穿行，仿佛进入了美国西部电影特有的广袤、罕无人烟的荒原大地，绿草茵茵，牛马成群漫步，丘陵土垣起伏，似乎看见有穿着牛仔衣、头戴牛仔帽的牛仔，扬鞭策马，骏马驰过，卷起的烟尘遮天蔽日。导游艾伦说："这一带是国际大导演李安拍摄《断背山》的外景地。每年都在这里举办牛仔节，是时，牛仔们身穿牛仔传统服装，在草原上点起篝火，喝酒唱歌，载歌载舞。"

很晚抵达卡加利市。宾馆依旧是四星级，房间和昨天住的略有不同，一进门是一个小客厅，一大一小两个沙发，有电视，里屋是卧室，两张大床，我们都很高兴。珍妮大姐身体娇弱，长途旅行，睡眠不太好，需要早休息。素芳和我这个嫂子，年纪相仿，从我和跟他哥谈恋爱时，我们就成了"闺蜜"，无话不聊。七年前她携儿带女出国定居，很让我在婆婆家的一大家子里感到孤独，觉得可以说说心里话的人没有了。

久别重逢，彼此迸发的亲情远比在国内纠结难言的亲情要单纯热烈。每次见面总有说不完的话。她在酿酒农场买了一瓶红酒，就想和我"一醉方休"，又担心会影响珍妮大姐的休息。这下好了，珍妮大姐和宝宝在里屋睡觉，我俩小酌，各得其所。我们一边品着口感极好的红酒，一边随意地聊着，特别放松、惬意。聊的什么并不重要，姑嫂之间的话题，离不开家长里短，可无论怎样平常人生的女人，都是一部打开的书，其中的百转千回、酸甜苦辣，只有女人自己知道。

素芳移民时已人到中年，无专业技能，不会英语，所以工作难找，就靠国内带来的微薄积蓄苦苦支撑，就为了让两个孩子在这里有一个良好的教育环境，她和丈夫做出了巨大牺牲。我原以为只要出了国，到了北美国家，生活就一定比天津好很多，但事实并不尽然。

第三天

　　上午，我们前往被称为"落基山宝石"的露尔丝湖，如镜一般的湖面倒影，仿佛置身在世外桃源。我们进了露尔丝湖的酒店游览，据说这家豪华古典的酒店已经有近百年历史，酒店大厅的巨型吊灯上有三个飞翔的女郎，古色古香的家具，精品店、毛衣店里出售的毛衣是上等纯羊毛制成，据说是羊毛中的黄金，曾经送给英国女王伊丽莎白，极其柔软，但价格昂贵，一般游客买不起。

　　雪花在湖面上飘飘洒洒，露尔丝湖愈加神秘缥缈，美得叫人心醉。我们四人在湖畔拍照。美景、美食，每时每刻，此情此景，都需要有一双敏捷的眼睛，抓住值得收藏的瞬间，让走过的人生留下痕迹，使之充盈丰富，回味无穷。

　　午餐在酒店的西餐厅。宽敞的餐厅座无虚席。等餐时间较长，可以理解，这么多人预订，够厨房忙碌的。西餐馆的环境优雅，等待也是一种享受。窗外雪花飘，屋内餐桌上雪亮的刀叉，浆过的餐巾折叠成纸鹤样摆放在铺了台布的餐桌上。

　　年轻俊靓的侍者，变魔术似的托着盘子把客人预订的菜，牛肉、三文鱼或是鸡肉和汤摆在你面前，而不出差错。餐后有甜点，精致的冰激凌，咖啡和热茶。西餐的特点是干净简单，食量看起来不大，放下刀叉却感觉很饱，舒服不油腻。

　　午餐后，我们前往此行最为期待、最为壮观的哥伦比亚冰原。大轿车越往山上开，雪下得越大。据导游说："冰原上午因雪太大一直没有开放，到下午一点半才开，有许多的旅行团已经等候多时了。我们要抓紧时间，买雪车的票！"

到达山上，发现山上竟停泊了数十辆大轿车。路途遥远，深山老林，风雪交加，却有这么多人赶来看冰原，可见冰原的魅力之大。游客们全部换乘特制的"冰原雪车"。双轮胎，车轮直径达一人高。司机是个高大的洋帅哥，他边开车，边讲解冰原的由来，他说英语我听不懂，都是宝宝翻译给我。我朝窗外看，坡下冒出一辆冰原回来的雪车，只冒出了一个车头，正徐徐地朝上驶来，我一惊，可以想象得到冰原的路陡程度。雪车几乎成四十五度角了。导游说："大家放心，开雪车的司机都是经过特殊训练的，不但技术高超，还要会一点中文，会说'谢谢你！''你好'！"

在冰河上，我抢先和"洋帅哥"合影，接着许多人仿效，一米九的"洋帅哥"成了一道亮丽风景。

第四天

今天的行程是原路返回温哥华，途经甘露市，在台湾人开的西洋参加工厂参观逗留很久，国外一样是用温柔的手段"强制"游客购物。珍妮大姐买了几盒西洋参，作为礼物送我带回国内，不知怎样感谢她。黄昏时，我们到达温哥华的市区，在原来的集合地点下车，素芳的丈夫开车来接我们回家。兴奋之余，我感到丝丝缕缕的惆怅，这样的温馨团聚，一生难得有几次。越是铭心刻骨，越难逃时过境迁，唯有印象和感受，可以永远被自己的心灵收藏。这就是旅行的意义。

2007 年 10 月 12 日于温哥华

韩国日记

6月19日

凌晨三点半起床,我哥开车送我到北京国际机场。先到北辰区的"东方之珠"门前与荆娇会合,她老公开车送她来的。我哥把我们送到北京三号站机场,时间才五点半。黎明车辆稀少,一个多小时从天津就到北京了。我们顺利办理登机和托运行李的手续,然后乘机场内的航班车到安检楼,顺利出关,时间还早,在星巴克吃了简单早餐,一杯热咖啡,一个三明治,荆娇不喝咖啡,喝牛奶,和我分吃三明治。

八点半准时登机,两小时后飞机降落在首尔仁川国际机场。地面温度约三十度,和中国有一小时时差。出关后乘机场大巴朝首尔市区进发。我是第一次自由行,和以往不同,没有地陪导游来接站,全凭荆娇用英语问路,周围行色匆匆的旅客,都是她的问路客人。

我的心情难免紧张,冲动是魔鬼,这话不假。数月前,《渤海早报》的副刊名记荆娇小姐来家采访我,随便说了一句:"我要去韩国自由行！"我一下冲动起来，不计后果地要和她一起来。荆娇热心地帮我办理了所有赴韩手续，其后几月我忙碌至极，几乎把此事忘脑后了，突然她来电话："晓鸥姐，我们要出发了！"

虽然不是君子一言九鼎，可也别辜负了荆娇数月辛苦，还有自己二十年来走南闯北的"好名声"。就这样，强充硬汉地出发了。

从车窗里眺望，首尔的蓝天白云，比国内空气清澈多了，有山，有过海大桥，街道没有国内车辆多，建筑因丘陵地带起伏落成，没有刺激我视神经的惊艳建筑风格。行驶五十分钟，大巴车停在梨花大学站，这是我们下车的地方，下榻的国际青年旅社就在梨花大学附近。

茫然似乌云一般袭来。密密麻麻的街道，店铺全都是天书一样的韩文，陌生的异国，向我们报以黑色幽默的暗笑。顶着火辣辣的太阳，跟无数人问路，总算找到了那家青年旅社，坐落在一条不起眼的小街。打开房门一看，我愣住了，这么小的房间！两张床几乎挨在一起。只有一张桌子，上面有一台电视，地面放上箱子，两个大活人就没有转身地方了。楼道对面是公用小厨房，据工作人员说：早晨供应早餐，有面包片，泡面自己煮。我到过许多国家，从没住过如此简陋的旅社。我开始后悔了。荆娇是"80后"女孩，充满背包客的梦想，也是第一次出国，住宿条件差，主要是为了省钱，可我就没这个必要了。但事已至此，不能埋怨荆娇，可是我要求和她来韩国的呀！

安顿好行李，已经两点半，我们都有些饿了，走到街上，找了一家餐馆，吃了正宗冷面。冰冷的泡菜，红红的。回到旅社，各自小睡一会儿，体力得到恢复。我们又出了旅社，走了几分钟就到地铁站，韩国地铁和上海地铁很像，四通八达，有十来个中转站。荆娇不会说韩语，会说英语，她很仔细，临进车厢之前还要找人再确认一遍，才拉着我上车。

我们到了著名的明洞，黄昏时，明洞的一派繁华，叫人眼前一亮。兴致勃勃地转了两条街，切身感受到了首尔的美艳。我们去了明洞附近的乐天百货，比天津的乐天百货要气派洋气，女店员的装扮得体考究。在明洞的一家参鸡汤店吃的晚饭。我和荆娇分账，但第一顿饭我提出请客，感谢她身兼导游、翻译的辛苦。回到旅社，一想到未来几天住在这种环境，我的心情便郁闷了。我想起宁宁（我的干女儿）的同学在首尔，宁宁告诉我这位同学的首尔电话，要是能请她帮忙另找一家酒店，我负担费用。电话打过去，素未谋面的李京春的声音柔弱，为难道："从没在首尔住过酒店。"

　　此路不通。荆娇脑子快，说问下旅社人员，请他们帮忙。我问前台女孩，是个北京来的女留学生，态度很和气。她说我们如果到外面住宿一旦出了安全问题，旅行社就不负担后果。虽说是自由行，可负责办理出境手续和机票的是国际青旅，而且人生地不熟，找的酒店都是汽车旅馆，很不安全。

　　北京女孩说，住我们这里很好呀，安全，气氛好，来住宿的都是欧美背包客，就像一个大家庭。这话打动了我。我说能不能给我们换一个大点的房间，我们可以加钱。结果很惊喜，女孩说：可以换，不用加钱！马上我们就换到了隔壁的二楼的房间，比原来房间大很多，室内条件还那样，凑合住几天，没有问题。十点多就洗澡睡下。隔壁不隔音，荆娇睡不着，踢里踏拉起床好几回，影响我也睡不踏实。后半夜，周遭安静，我也入梦。首尔第一天结束。

6月20日

　　早餐在旅社餐厅，没有以往酒店的自助餐，也没有服务员为你服务，餐厅像是一个大厨房，有平底锅、燃气灶、碗盘杯碟等，有方便面、面包片、大罐子果酱、吐司炉等。要煮面、吃面包都得自己动手，用后洗净餐具。鸡蛋在冰箱里，自吃自取。

　　八点半开始用餐，餐厅人很多，我烤面包片，荆娇自告奋勇煮泡面，里面还下了鸡蛋，她煮的泡面很好吃。我在家里每天都煮方便面，还加各种蔬菜和骨头汤或鸡汤，感觉却不如眼前的泡面好吃，也许是人在异国他乡的原因。用完早餐，二人旅行团的团长荆娇宣布，今天的旅行地点是梨花大学、首尔大学，还有东大门，昨天和宁宁的同学李京春约好，中午就在东大门见面。

　　我穿漂亮的红色长裙，和荆娇手拉手，步行到离旅社约一公里的梨花大学。置身于没有中国乌泱泱游客的异国街道，自由行的妙处悠然袭来。上午十点来钟，街道行人稀少，晚上灯红酒绿，店铺到一两点才关门，比国内要晚得多。白天十一二点才开门。天气很热，太阳火辣辣的。首尔的地形像青岛，属于丘陵地带，街道陡峭狭窄，汽车开到路口，我不禁为司机捏把汗，假如我在首尔开车，就有点惊悚了。

　　梨花大学出现了。和所有国外大学一样，没有围墙，远处的高台阶，近处的树林，依坡而建的楼宇，既有欧洲格调，又具东方气息。这是一所女子大学，我想漂亮的韩国女孩子，能在这样的环境浸润学习几年，该是多么幸福的一段人生啊！学生们都在上课，徜徉整个校园，没见到几个人。只有一个女孩在小树林的石桌前读书，阳光透过树林投下斑驳光影，像电影画面一般美丽。我们在那里拍了不少照片，可谓一步一景啊。

梨花大学并不大，走走停停，一个小时就转完了。出来，乘地铁几站就到了首尔最著名的东大门。我早已从韩剧上闻听东大门，还以为是一个古老建筑呢，呈现在眼前的却是一幢大商厦，和天津远东、津乐汇、大悦城都很相似。

李京春是个头矮小的一个女孩，穿着灰色T恤，短裤，拖鞋，素颜，一点不像时髦的韩国女孩。相貌一般的她，在花团锦簇的首尔女孩中，有点"奇葩"。她请我们吃饭，一般的韩国料理。吃饭间，我才知道，李京春原来是国内延边鲜族女孩，在天津上过高中，父母很多年前就来首尔打工，目前三口人住在韩国政府贷款的廉租房里，她快要结婚了，未婚夫在一家炸鸡店上班，她在东大门三楼卖女包，老板是韩国人，一天工作十二个小时，每周休息一天，工资比国内高很多。看得出来首尔的生活并不轻松，要比国内辛苦，压力也大。

不到一小时，李京春的同事就打电话催她回去。我们和她一起进了东大门，上三楼，看到了她的女包专柜。荆娇进了商场，如小鱼儿入水，精神抖擞。和我约好，各自为战，一小时后在李京春这里会合。我也逐层楼地逛。的确，韩国服饰可谓"博大精深"。东大门的价格较合理，款式属于中高档，一般白领都消费得起。适合我的休闲麻布质地的衣服，铺天盖地。还算理智地选了几件，又在京春的店里买了三个包，其中两个年轻时尚的包，送朋友。简约黑包，期盼很久，给自己。京春的女老板，为奖励京春，叫外卖请我喝鲜榨果汁，也是，我买了三个包，不是给京春创造了营业额嘛。

血拼了两个多小时，荆娇大包小袋，我也斩获颇丰。告别京春，我们回旅社休息。我在喝鲜榨果汁时，京春的老板建议我们可以去釜山游玩。自由行，自由是有了，可不便之处，可圈可点。没有人安排你行程，没有大轿车说几点几点来接你，没有导游，没有马不停蹄的景点等着你，每到地铁站，荆娇就亦步亦趋地问路，英语对话，我帮不上忙，心里特别紧张。但既然来了，困难再大，也得知难而进。

晚上，我们就在旅社周边闲逛，没走远。转天我们要去釜山，搭高铁，要很早起床。晚饭是在一家日式面馆吃的，很小，座无虚席。各要了一碗海鲜乌冬面，配菜是蔬菜沙拉，油炸过的海虾覆盖在汤面上，浓香扑鼻。我发现，首尔的餐馆一般规模不大，装修不豪华，都是木质材料，自然淳朴。像明洞餐馆都在二楼，靠窗而坐，可以欣赏到绚丽的街景。而且韩国本土的韩餐，要比国内的韩餐精致可口，当然不排除众口难调。

这晚，我和荆娇睡得比较早，也比较沉实。说两句荆娇吧。1983年出生的荆娇，值得书写的故事数不胜数，足以独立成篇。求学篇、励志篇、亲情篇、爱情篇、婚姻篇、职场篇……最精彩的是她的爱情篇。我俩自由行，同吃同住同游五天，缘分啊！小娇的性格和容貌都属可爱甜美型，活泼，自信，自娱自乐，声调高，山西人的特点吧。最有趣的是，她超级爱贴面膜，每天贴，见面膜店就进，十足的面膜达人。小娇无数遍说她老公刘小文，激情四射地追忆她的初恋。我的感觉是，比"山楂恋""致青春"要热烈，要"二"得多。简直令我这"50后"老女人，自愧不如到崩溃地步！

6月21日

韩国日记是回来追记的,本想放下,可趁着记忆清晰,就硬着头皮记下来。为了若干年后,打开这本日记时的那份激动。照片其实也不是给当下的自己看的,也是等若干年后,老迈苍苍的自己,坐在有阳光的窗前,细细地追忆。照片和日记都是一个人的生命印记,和任何一个局外人都无关。这点我早就很自省。那就写吧。

六点一过,我们就起床了。要乘八点半的火车到釜山。餐厅没有开,七点钟就离开旅社,在地铁入口处,我发现了"巴黎贝甜"面包店,心中暗喜:可以不饿肚子乘火车了。

首尔火车站极具现代化特征,大,干净,像机场。小娇照旧用英语问路,得到两位中年男人的帮助,顺利买到票,顺利找到检票入口。车厢和北京天津的城际列车一样宽敞,舒适。想到要在车上坐两个半小时,尽享窗外的湖光山色,自由行的紧张和纠结情绪一扫而光。

从首尔到釜山,一路风景如画。碧绿的田园,辽阔的湖水,仿佛走进了韩国电影里。这可是韩国的疆土啊!十一点,准时到了釜山。出了车站,打听到乘观光大巴的车站,半小时一趟观光巴士,准时抵达车站,我和小娇的心情格外晴朗,因为太自豪了,第一次靠自己的能力,在陌生的国家,到陌生的城市游览,这可是我向往已久的背包客的生活啊!

汽车司机彬彬有礼,提醒我们第一站就是釜山博物馆,我们下车,走了几分钟就进了博物馆的院子,大树参天,清幽的树荫下,席地坐了好多小朋友,一看就是幼稚园的孩子,小饭盒里装着便当,有小西红柿、削了皮的水果、鹌鹑蛋等，难怪韩国小孩看上去又健康又活泼，看他们饮食就可窥一斑。

老师谢绝我的拍照，为的是孩子们的安全吧。博物馆的后院，完全被浓密的植物覆盖，还有漂亮的铁栅栏门，忍不住又拍照。为了赶下一班观光巴士，我们不敢停留太长时间，就匆匆赶往车站，刚巧车开过来了。几站后，我们在海滨浴场站下车。刹那间，海风凉凉地吹来，面对浴场的是沿海街道，店铺鳞次栉比，餐馆咖啡馆酒吧争奇斗艳，行人没有首尔的多，海滨城市的气息渐浓。逛了一会儿，我们进了一家餐馆，之所以选中这家，是因为里面的食客多，心里有底，要宰客不会这么多人都是傻子吧。

选了二楼露台上的桌位，大海近在咫尺，海风吹来透着寒意，又不舍得换位子，难以放弃眼前的美景。小娇看完菜单，点了火锅鱼。一条新鲜的鱼翻滚在大酱汤里，红红的，勾人食欲。我还要了一瓶啤酒，就着新鲜美味的鱼，我和小娇都觉得心情特别舒畅。因为是在享受我们自由行的成果，要是跟团，怎会有这般自由和感受。服务员是个四十来岁的中国女人，主动和我们攀谈，得知我们一句韩语不会，就摸到釜山来，惊讶地瞪大眼睛，说我们太了不起了！她站在我们桌前，聊兴盎然。我都替她担心，老板准在远处骂她呢。

从韩剧里知道，韩国老板对员工那叫一个苛刻。五年前她从国内烟台嫁到釜山，丈夫是韩国人。之前她有过婚姻，还有一个儿子在国内。再婚后，她又生了一个男孩，五岁了，上幼稚园。她和韩国公婆住在一起，她家房子一百多平米，公婆倒是听她的，她想吃中国饭，全家人都顺着她。但她工作很辛苦，一天要十几个小时，赚钱比国内多。很想国内的孩子。

我问："釜山环境很美，住在这里很幸福吧？"她答："移民时间一长，就没这感觉了，赶不上我老家烟台。"我们临走时，她的眼里闪着泪花，似乎有些不舍。她的内心的酸甜苦辣，我们所知道的乃是冰山一角。天涯何处无芳草，但芳草真的就在远方吗？

我们又乘上观光巴士，顺着蜿蜒的沿海街道，尽情观赏窗外的风景。由于要赶乘三点半的火车回首尔，我们没时间再下车逗留，遗憾的是釜山观光景点有十来个，我们只得忍痛割爱。观光巴士开了一个多小时，全方位地把釜山市区转了个遍。

窗外的风景时而是现代化的高楼大厦，时而是年份久远的老街小店，俨如穿越在时光隧道里。釜山给我的印象实在是深刻。我们准时到达车站，买到了车票。和来时不同，车上乘客很多，车厢里站满了人，但秩序井然，没有抢座的现象。七点多钟，又回到首尔，乘地铁去了明洞，晚饭吃了著名的明洞饺子。里面座无虚席，所谓饺子和我们的饺子大相径庭，皮子极薄，肉馅鲜嫩，是一道刺激味觉的美食。饭后，小娇又两眼发直地买了一堆面膜和衣服。我无聊地买了几包，回旅馆。

6月22日

起得不早。八点多来到旅社餐厅，煮方便面，烤面包片，煮咖啡，洗碗洗杯，皆自己动手，吃饱喝足。这天的计划是见小娇的朋友——春美小姐。两天来小娇在电话里一直约她，总是不得见面。九点半和春美约好在地铁站口的巴黎贝甜店见面。春美和小娇站在一起，就像一个模子刻出来的，一样的娇小，一样的甜美。不同的是，小娇的皮肤微黑，大眼睛溜溜圆，说话大嗓门，给人一副横冲直撞的劲头。春美的气质举止十足的韩国女孩范儿，中长发，细眉细眼，声音细柔，穿一件纯白色裙子，看不出来她已经是一个周岁半孩子的妈妈了。

三人进了地铁，春美负责向导，带我们去景福宫和仁寺洞参观。出乎我意料的是，春美对首尔并不熟悉，地铁竟坐过了站，下来往回坐才到了景福宫。

小娇面露愠怒："没想到春美都当妈妈了，还这么迷糊，我们几天都没坐过站，她倒带过站了。"小娇和春美是在天津开发区打工时认识的，春美是鲜族人，父母都在韩国，她的丈夫也是韩国人，俩人在天津工作时认识相爱，孩子都六个月了，他们才回到首尔举行婚礼，之前她跟随丈夫在越南工作生活过一年多。现在春美的丈夫在天津工作，她和孩子在首尔和公婆一起生活。

在地铁里我问春美："韩国家庭是不是都像电视剧里那么干净？"春美的小嘴一撇："才不是呢！像我婆婆家的房子好小，我就怕荆娇来了住我家里，除了睡觉，没处下脚，刚来时，我根本不习惯。"春美刚来首尔三个月，她在一家烤肉店打工，每天晚上六点上班，十二点下班。烤肉店离家不远，坐两站地铁就到了。因此，春美每天就两点一线穿梭在首尔地铁二号线上。

像北京的紫禁城一样，韩国也有一座被称为"故宫"的古代宫殿群，那就是位于首都首尔市区正北的景福宫。这座四百多年前曾毁于大火的王宫，现在已经成为首尔市的地标性景点，许多中国游客到此一游都是奔着"故宫"之名。

景福宫北依冠岳山，南面就是首尔市中心的世宗大街，美国使馆、议会大楼等高楼成弧状包围。和高高在上雄踞北京市中心的紫禁城相比,景福宫从气势上要平和许多。因为第一道大门光化门正在重修,我们从兴礼门开始参观,门口有两排穿着传统韩服的士兵把守,正午艳阳之下,他们就像真正的士兵一样一动不动。

6月23日

　　旅社的餐厅什么都没有,只好和小娇去地铁站前的巴黎贝甜吃早餐。回北京的飞机是下午五点半起飞,我们九点半就拉着箱子从旅社出来了。机场巴士在路的陡坡上,拉着足有几十斤重的箱子朝上坡走,很快就累出汗了。小娇也背着大双肩包,拉着箱子,走在我前面。信念是走一步,就是胜利一步,就是朝家的方向近了一步,在我还没有筋疲力尽的时候,亲亲的大巴士站就出现了。那种欣然,没有那十几分钟的跋涉,就没有那切肤的领悟。

　　司机帮我们把行李箱放进车肚子里。一身轻松地上车坐下,不禁舒了一口气。首尔的街道和建筑,从车窗前匆匆掠过。不再有惊奇,只有恬淡的惜别情绪。到达首尔机场,先去办理退税手续,然后推着行李车到四楼美食园吃午饭。饭后,距离办理登机手续还有两个小时,感觉时间过得太慢,周围都是打扮时尚的韩国年轻人,以往,我会看不够,可几天下来,人一直处在旅游状态,除了购物,就是看人看风景,内心并不都是愉快,更不都是旅途上的身心放逐。惦记家事、写作的事,心情会突然焦躁起来,当然表面不能显露,浪费时间的念头总是在脑海里徘徊……如此想来,眼前的美景便不再吸引我了。

　　旅行的意义到底是什么?和年龄、心境、旅伴都有关系。把旅途想象得处处美好，其实是很幼稚的想法。小娇岂肯坐以待毙，她说去转转店，一会儿就回来。我看着行李，坐着看杂志。一路上我只带了两本杂志，《大家》和《上海文学》，是今年新定的。就为了在机场候机时打发时间。在国内机场候机时，就好过得多，可以去书店逛，每次还可以买几本新书。仁川机场也有书店，可没有一本中文书，都是韩文，进去看，也等于是睁眼瞎。看手表已经快三点了，三点半办理北京登机手续，可小娇仍不见人影儿，我开始紧张起来，三百六十度扫描过往旅客，怎么就不见那个穿半袖黑T恤、花布肥裤子、一头短发的小娇呢？和小娇出来这几天，每天心里都暗暗提老高，就怕她年轻，不靠谱，阿弥陀佛！芳龄三十的小娇，倒是没让我着急，想不到快回家的节骨眼上，人不见了！

我最担心她光顾着买东西，把上飞机的事给忘了，可她比我要想家，想她的刘小文啊！偌大的国际机场，丢个人还不容易，要是在国内，我马上去找工作人员广播找人，可我不会韩语，英语也不会，即使有中国人，也认不出谁是呀。机票各自拿着，她的行李箱也在我的车上，到时我可以登机，可我能那么做吗？出站时，她的丈夫刘小文来北京接机，我怎么和他交代？一连串的问号，让我后背发冷，头痛。就在万念俱灰时，小娇出现了。要是我的女儿，我一定会狠狠骂她一顿，可她只是我的一个忘年交小朋友，有什么理由和她发脾气。

终于挨到办理登机手续了，感觉时间苏醒过来了。托运完行李，过安检，还有一个来小时登机，通向登机口，要走很远的一段路，全是奢侈品免税店，这是出国人购物的最后疯狂一站。不少人就等着这一刻，像出演一幕大戏，落幕前的戏剧高潮。小娇就属于这样的女斗士！尽管她是第一次走出国门，却马上跟国际接轨，什么退税啦，到免税店买国际一线品牌的化妆品啦,整得门清。她的乌溜溜的大眼睛,又迸发出过这村就没这店的奇异光芒,她又提出,和我分道扬镳,半小时后在下楼梯的乘航班车入口处见面。话音刚落,小娇的小身材就在我的眼前消失了,如鱼儿入水,轻盈敏捷。我开始无目的地闲逛,可我的购买欲实在欠佳,用剩余的几万韩元,约四五百人民币,加上九百多,买了一块希腊产的女表,就此封包。

店一个比一个璀璨,无非都是些名牌手包手表、名烟名酒,我对这些毫无兴趣。眨眼就过去半小时了,我站在入口处,约定的时间过去十分钟,就是没有小娇的影子。小姑奶奶!等了一天了,快上飞机了,怎么还和我玩心跳?!就在身边,是六个美丽的韩国女孩,天使一般,在演奏钢琴和小提琴。一首首的世界名曲,引来围观旅客的阵阵掌声。我欣赏了一会儿,心里还是惦记着小娇。就在我急得两眼发黑的时候,小娇大包小包地回来了。五点十分了,还有二十分钟就登机,但我们距离登机口到底有多远的路程,并不知晓。因为要乘航班车,可想而知,路不近。

小娇要我再等她五分钟,她要给她母亲买一只我刚买的手表。我第一次跟她急了:"你都让我急死了,没有时间了!"小娇不再坚持,跟我一起下楼梯,上航班车,下车又小跑一般走了很远,才到了飞北京的登机口。终于松了一口气。

两小时后,飞机平稳地降落在北京国际机场。和来时一样,下了飞机先乘大巴,又搭乘机场航班车,入境旅客看来都要乘航班车,似乎是国际惯例。在海关入境时,感觉特别开心,又回到祖国的怀抱了。在大转盘前取出行李,推着行李车出来,面对出口的接机人群里并没有见到刘小文,他在稍远的地方站着,小娇扑上去,和他拥抱,久别重逢,我又羡慕，又好笑。年轻夫妻的感情表达就是火辣辣的啊，祈祷他们的爱情之火永不熄灭。我搭小娇的车回天津。小文的车开得很好，又快又稳。两小时多，就到了天津。

到家已经十一点多了，老公出去应酬还没有回来。但他还是惦记着我，特意安排他的侄子开车到小娇家附近接我回来，虽然没有鲜花，没有拥抱，老夫老妻还是惦记着，知足了。

韩国之旅，到此画上句号。

2013年6月14日

俄罗斯情结

飞往莫斯科的航班上,我戴上耳机寻找哪怕只是熟悉一点的俄罗斯民歌味道的歌曲,可我找不到。从耳机里我听到有意大利歌剧、百老汇音乐剧,大概也有俄罗斯的流行歌曲,摇滚风格的,但就是没有耳熟能详的《莫斯科郊外的晚上》《喀秋莎》等经典老歌,电影也没有《静静的顿河》《青年近卫军》,看到的是美国电影《加勒比海盗》。

后来我了解到此行团队里,几乎每个人都有严重的俄罗斯情结。悠悠岁月,俄罗斯是我们孩提时代的精神故乡。但在俄航飞机上寻找俄罗斯歌曲,多少有些"时过境迁"。起飞十多分钟,已经飞安稳了,空中小姐紧系安全带仍端坐不动。据说,莫斯科航空公司的人员是全球飞行中最严格的空行人员。

八个半小时,飞抵莫斯科卡山机场。机场四周是密密的白桦林。在俄罗斯画家偏爱的风景画中,白桦树起着主角的作用,例如列维坦。机场里商业气氛浓厚,许多是英语标志、广告和霓虹灯,品牌也是国际大牌。我们没有在莫斯科下榻,按照行程要在当晚乘火车去圣彼得堡。

俄罗斯与中国有四个小时时差。从机场办妥入境手续出来,当地时间是晚上七点左右。坐进轿车朝市区方向进发,感触最深的是满眼绿色,到处是郁郁葱葱的树木,街道楼宇大都掩映在茂密的丛林中。宽敞的街道,宽敞的人行便道,一切犹如儿时童话书里的模样。六十年代以前出生的人,即使不大会唱苏联歌曲,也看过几部苏联电影,《莫斯科不相信眼泪》《办公室的故事》《两个人的车站》,对莫斯科潮湿泥泞的街道有些印象。在一家中国餐馆吃过晚餐,一行人匆匆赶往列宁格勒火车站,而圣彼得堡的火车站却叫莫斯科车站。

6月21日是一年一度的"白昼节"。东经六十四度发生极昼现象,圣彼得堡吸引来自世界各地的人前来目睹这一大自然奇观。酒店客房紧张,我们团队提前二十天预订的三星级饭店,价格却是五星级的。列车发车时间是九点四十分。从餐馆出来前往火车站,已经九点钟了。太阳灿亮,毫无日落西沉的意思。进入市区,从车窗眺望莫斯科城的街心公园,景色宜人,推着儿童车的女人,牵狗散步的老人,三三两两点缀在绿色公园里。

触景生情,想起国内的公园,游人如织,树木花草远远赶不上这里的茁壮幽深。俄罗斯的火车又老又旧。我一直以为俄罗斯的火车像欧洲其他国家的火车一样,要比我们国家的宽敞、舒适。这也是电影惹的祸。圣彼得堡就在眼前了。它像一个巨大迷宫,一点点撩起美丽神秘的面纱,让人叹为观止。第一站就是城外的彼得大帝的夏宫,游览上花园、下花园,欣赏金碧辉煌的喷泉和雕塑。午餐后参观了打响"十月革命"第一炮的"阿芙乐尔"巡洋舰。

冬宫是第二天参观游览的,世界各地的游客集中在数十个展览大厅里,人头攒动,冬宫的富丽堂皇,数不清的价值连城的油画、雕塑,以及瑰丽珍宝,让人为伟大的俄罗斯民族悠远深厚的底蕴深深折服。故宫与之相比,逊色多了。这个城市,令我惊奇的是它的旧,却旧得如此优雅,如此高贵。满城建筑全是巴洛克式,最高不过三四层楼高。据导游说,俄罗斯政府为了保证这座城市的历史风貌完好保存,特此颁布法令,该城市十八年没有新建一座现代建筑。因此圣彼得堡内城市公共设施很破旧。街道和门洞大多破烂,坑凹。我拍了一个楼门洞,地面低洼不平,还积水。

我们参观索洛维耶夫故居时,索洛维耶夫的生前好友前来拜访我们,还带着我们叩开索洛维耶夫生前居住了几十年的公寓楼门,电梯是

五十年代的,一切都是旧旧的,散发着岁月的况味。临出来的时候,一位约三十岁左右的女人,高挑美丽,那么优雅地走进来,然后到信箱里查找书信,一看就知道她住在这座公寓里。

其实,很多人都会有机会验证自己少年时代的书对自己的影响。屠格涅夫对俄罗斯的自然,包括房子、街道、动物、天气的描写,给了少年时代的我很大的触动。但它触动我的时候,我并不觉得,只是感到了感动和喜欢。因为,苏联文学对我们这代人的文学启

蒙和影响，都是深入骨髓的。

　　圣彼得堡郊外的小车站，美丽的田野，小教堂，草原上，迎着夕阳回家的俄罗斯妇女，瓦蓝的天空，浮游的云朵，盛开的野花，漂亮纯净。那是俄罗斯世界里不乏童稚的淳朴的美。我突然觉得，我少年时代看的屠格涅夫小说里对俄罗斯风光的描写全部回到了眼前。我好像还可以背出来那些句子，它们在我心里一一浮现。我想，这就是我印象中的那个清秀的屠格涅夫。清晨，在宾馆周围的白桦林中散步，深绿挺拔的白桦树，在我眼里仿佛就是美丽的俄罗斯的姑娘。遗憾的是俄罗斯的姑娘到了三十岁以后，就变得臃肿难看了。但二十岁以前，她们非常漂亮，很苗条，洁净优美，就像白桦树一样。

　　那时，我发现，在少年时代的某一个晚上，匆匆忙忙看过的借来的书，原来全部都存在心里。只要将来有一个机会，它就会被全部回忆起来，重新再回到心里面，让你对一个遥远他乡的黄昏有这么深的体会。而且，因为这一切而爱上这个异乡；因为爱上这个异乡，而真心去关心这里的人民。

2007 年 7 月 10 日

给列宁鞠躬

对中国游客来说，莫斯科离不开红场、克里姆林宫、红星、列宁墓、斯大林墓，还有圣巴苏教堂、沙皇时期法国人建的古姆大百货公司。

红场不像想象中的那么大。而且红场的路口，已被一座教堂式建筑隔断。幸运的是，我们在为红场无名烈士的公墓敬献鲜花的时候，赶上了士兵交接仪式。低回深沉的音乐，和着年轻士兵极整齐极庄严的步伐，我用数码相机拍摄了这一难忘的场面。

列宁墓是红场最大的看点。不论是西方人还是东方人，既到了红场，就要排队参观。列宁墓也不大，和中山陵相比，和毛主席纪念堂相比，它都有些逊色，起码在外观上是这样。因为我至今没有进过毛主席纪念堂。相机一律不准带进去。导游是留俄博士，一位相貌憨厚的西安小伙子。他身上背了十几架相机、摄像机、三脚架，足有几十斤重，累得他满头大汗，像一个倒卖相机的贩子。于心不忍也没法子，谁让红场没有专门替人保存贵重物品的场所呢。

进了地下室，越往下走，光线越是暗淡，温度越低，靠墙站满站岗士兵，年轻英武，铜像般一动不动。墓中水晶棺光照通明，列宁的面孔与衣装新鲜明丽。我恭恭敬敬地给列宁鞠了躬。我想不到列宁个子这样矮小，跟蜡人似的，怀疑这真的是列宁遗体吗。

现在俄罗斯不乏对列宁的不敬乃至亵渎的说法，为什么会这样草率和随意呢？难道能够无视历史？难道历史就像打秋千一样地摇摆极端？无言。无声胜有声。

我们也看到了红场检阅台背后的墓地。斯大林、勃列日涅夫、伏罗希洛夫、柯希金、斯维尔德洛夫等等，铜牌与字迹依旧。在这里长眠的全是名人，比如作家高尔基，我想给高尔基的墓碑献花，可惜时间太紧，没有找到他的墓碑。对于一个文化人来说，这待遇很了不得。在苏俄时期，许多优秀的作家被流放，甚至被枪毙，高尔基的脾气并不好，据说屡屡不听斯大林的话，结果仍然可以在红场占一席之地，说明斯大林还有些气量。

我们进入了克里姆林宫，一座现代化的办公大楼近在咫尺。据史料介绍，这座大楼是依据赫鲁晓夫的命令修建的，为此拆除了大量古迹，真是得不偿失。但是许多次苏共的全国代表大会是在这里开的。另一个简朴的楼挂着俄罗斯的三色国旗，是现任总统普京的办公地点。当然不能进去。阳光下，一道警卫线把游客远远地隔离开来。想想这就不错了，中南海还不让老百姓进去呢！

走进了东正大教堂，古色古香，蜡烛燃点。苏维埃时期这些教堂只算是博物馆。我乘机学到了一点有关东正教的知识。东正教的十字架，除大十字外，上端有一小横，说明耶稣的头部在那里被固定住，下端一个斜横，高的一端是一位圣徒宁死不屈，至死承认耶稣是主的儿子，从此端升入天堂。低的一端是一位被吓倒了的软骨头，便从低端堕入了地狱。

俄罗斯正在努力回到古老的俄罗斯去。克里姆林宫正在脱掉意识形态的外衣，虽然大红星仍然闪烁。说那红星的配置是斯大林的意思，耗资无数，用了不知多少昂贵的红宝石，使之昼夜闪光，明耀寰宇，也有激进人士不断地制造舆论要拆除移走，当局以成本太高而财政困难没有答应。

我们也去了大百货公司，世界上最大的三家百货公司其中就包括红场上的这一家。摆在柜台上的多是西欧进口名牌货，一件女款新潮小衫折合人民币八千多元，简直天价，我想这衣服只有章子怡买得起。但从我眼前飘然而过的俄罗斯女郎，穿戴打扮就是这么讲究，真想知道她们怎么这么有钱。

歌德说过，理论是灰色的，而生活之树长绿。莫斯科就是如此。

2007 年 7 月 25 日修改

没有恐惧的名人墓地

在莫斯科的列宁山脚下,一片茂密的树木掩映着新圣女修道院金光闪烁的尖顶,修道院旁边有一个幽静的去处,便是新圣女公墓。俄罗斯人把死看得很庄重,又是一个喜爱雕塑的民族,一个人只要值得纪念,就能在墓地里找到他的雕像。在这里,死亡的恐惧已经不复存在。公墓占地近万平方米,安葬着两万六千多个俄罗斯各个时期的名人遗骸,一些名字甚至为世人所共知。

小说家契诃夫的墓地造型别致,新颖。白色的花岗岩石碑被雕花铁栏围住。栏内洒满碧绿的青枝和鲜艳的石竹。铁制的碑顶成屋脊状,上面伸出三根长矛枪头似的尖顶。外观酷似一座古朴的乡村教堂。据称契诃夫的墓地原来不在新圣女公墓,但敬仰天才的莫斯科市民不忍作家凄凉独处,1961年将其迁移至此。与契诃夫相邻的是作家果戈理、阿·托尔斯泰,收藏家特列基亚科夫和戏剧理论大师斯坦尼斯拉夫斯基。他们和契诃夫一样深受俄罗斯和各国人民的喜爱。

法捷耶夫高约两米的长方体墓碑上方是作家目光严峻的头像,碑身侧前方一组青年人的雕像与头像浑然一体。浮雕表现的是《青年近卫军》一书中几位共青团员临刑前宁死不屈的场景。

赫鲁晓夫也葬在新圣女公墓。略上些年纪的人，都知道他。他当年的名气，可比后来的叶利钦大得多。他生前曾经说雕塑家涅伊滋韦斯内的作品是"令人作呕的破烂货"。而他的墓碑正是涅伊滋韦斯内设计的。我们有幸看到了这座墓碑，可不是"破烂货"，它由颜色对比鲜明的大理石组成，昭示着这个长着浑圆脑袋的赫鲁晓夫爱憎分明的一生，也反映出后人对他功过的认定。

作家奥斯特洛夫斯基的墓由一顶红军军帽，一把骑兵战刀和一块作家的半身浮雕像组成。作家凝神远眺，仿佛沉浸在往事的回忆中，他手边厚厚的手稿，使人想起了那本英雄主义的教科书《钢铁是怎样炼成的》。正是这本书在中国广为流传的缘故，作为保尔的奥斯特洛夫斯基，远比作为作家的奥斯特洛夫斯基更为著名。

王明是国内路线斗争的牺牲品，他作为共产国际的代表死后也被埋在了新圣女公墓，如今中国人还会在他的墓碑前伫立，甚至拍照留念，显然不是关心他政治上曾经扮过什么样的角色，而是为在这样一个特定的墓地中有一个中国人的姓氏而感到新奇。

以卓娅为原型撰写的小说《卓娅和舒拉的故事》曾深受中国青年人的喜爱。在卫国战争时期被德国人杀害的卓娅和她的弟弟舒拉的墓碑前，我们献了鲜花，每个人都怀着敬意，对着卓雅的雕像鞠躬，拍照留念。《卓娅和舒拉的故事》是我们这个年纪的人少年时期最喜爱的一本书，和《钢铁是怎样炼成的》差不多。卓娅上刑场就义的英勇不屈的姿态就是现在雕像的形态，岁月穿越了数十载，卓雅依然没有被人们遗忘。

这些俄罗斯的伟人，每个人通过自己独特的墓碑，向世人讲述着他们不同的生命故事。在俄罗斯的人心中，新圣女公墓不是告别生命的地方，而是重新解读生命、净化灵魂的教堂。

在这里长眠的政要人物，最厉害的是前总统叶利钦，他逝世后遗体先在东正教的升天大教堂举行葬礼之后，灵柩就下葬在新圣女公墓。墓地位置是叶利钦的女儿亲自选定的，宽敞明亮，一派简洁，只有鲜花和遗像。离这只有几百米远的是前总统戈尔巴乔夫的夫人赖莎的墓碑，雕像按真人比例，年轻曼妙，是赖莎年轻时的形象。

果戈理只活了四十三岁就去世了，但他写下了《死魂灵》和《钦差大臣》等文学作品，这使他成为当时俄罗斯伟大的语言艺术家。果戈理在世时曾经再三恳求后人不要为他竖立墓碑，让他和大地融合在一起，但后人并没有满足他的要求，因为他对俄罗斯来说太有价值了，所以人们在这里隆重地安葬了他。

果戈理的墓邻，是契诃夫。契诃夫只比果戈理多活了一年，他的《变色龙》《套中人》两部作品，是俄国文学史上精湛而华美的艺术珍品。幽默的契诃夫在生前曾劝告人们要珍惜生活，要知足常乐。他曾经说过，要是你的手指头扎了一根刺，那你应当高兴地说，挺好，多亏这根刺儿没扎在眼睛里……如果你心爱的人背叛了你，你应该感到万分庆幸，庆幸她背叛的是你，而不是你的祖国。

新圣女公墓之所以吸引了世界各地的人瞻仰，是因为它得天独厚的自然环境。走进公墓，就像走进了巨大的森林公园，完全感觉不到墓地的阴森冷凄。茂密的树木，遮天蔽日，阳光一缕缕射进来，即使是骄阳似火的日子，这里也是凉爽舒服的。形态各异的雕像，像艺术作品的饕餮盛宴，怎么也看不完。每座墓碑都是艺术家的独特构思。我注意到，好多墓碑前都有一张小巧木椅，导游说，这是给前来扫墓的亲人预备的。俄罗斯人扫墓和我们不一样，只带着鲜花，不会烧香。他们对亲人的哀悼方式也是安静的，内敛的。他们会带一本书，来墓地，坐在墓前的椅子上，看半天书，陪伴长眠地下的亲人，然后静静地离去。

凝视墓碑前凋谢了的鲜花，第一次觉得死亡并不是令人感到可怕恐惧的事情。在这样的一个宛如天堂的地方，与这样一些举世闻名的人物，在另一个世界里，左右为邻，应该算得上是幸福的。因为他们，虽死犹生。

2007 年 7 月 18 日

美女的背后

在俄罗斯的短暂日子,团队男女老少,个个大饱眼福,把俄罗斯的美女看了个够。

男人喜欢美女是本能,女人也忘乎所以,不管在哪儿,总是主动拦住走过来的漂亮女孩,语言不通,就比比画画,让对方懂了要合影的意思。俄罗斯女孩很礼貌,很友善,满足心愿的女同胞一脸喜气。

我曾经去过美国、加拿大、澳大利亚、新西兰……记忆里,好像没这么过分,原因是那些国家的漂亮女孩远没有俄罗斯的多。俄罗斯女孩个个清纯可爱,像春天里的鲜花一样盛开,在这个国度里,选美显然失去意义。

钱锺书先生在《围城》中说到俄罗斯女人,说她们要么非常漂亮,要么特别难看,这样的评价眼见为实,还真是那么回事。无论美和丑,在俄罗斯女人身上都表现得淋漓尽致。美也极端,丑也极端。一方水土养一方人。也许是食物的原因,在俄罗斯街头行走,常有一些说不出的感叹,俄罗斯女人年轻时倾国倾城,上了些岁数,一个个就成了水桶。年轻的俄罗斯姑娘即使身上肉多了,也只是丰腴,可是年龄大了以后,一肥就走形,跟吹过气似的,你甚至觉得那些俄罗斯胖大妈是在横着走路。

俄罗斯姑娘就是一团火。燃料就是她们的青春,生命之火炽热地燃烧,危机感根本不存在。中国有句俗话,红颜薄命。或许是太美丽的缘故,俄罗斯姑娘的美丽,让你会产生一种稍纵即逝的感觉。青春是美丽的,美丽却又是短暂的。我忍不住要拿中国女人和俄罗斯女人相比较,她们身上的不同,实在太明显,同样是一把火,中国女人的火力太小,换句话说,中国女人虽然不像俄罗斯女人年轻时那么光彩夺目,但抗衰老的水平要高出许多。

俄罗斯的中老年妇女的遭遇,看上去多少有些不幸。和世界上所有的女人一样,俄罗斯女人不仅美丽,而且吃苦耐劳,非常贤惠。中国男人,一提到俄罗斯男人,难免流露出羡慕之色。俄罗斯男人是天生的大丈夫,在家里除了看报纸看电视,不做任何家务事。妻子开始发胖,不像过去那样美丽,他们便溜出去追逐更年轻漂亮的女人。这一点和中国女人的先苦后甜相反。我们习惯了好日子在后头这种思维方式。多年的媳妇熬成婆,像解放初期,很多农村妇女随着丈夫进了城,丈夫离休退休,她们闲着没别的事,不是打麻将就是找小保姆的错,年轻时,留在乡下守活寡,没风光过,年纪大了,这世界便是她们的了。

在莫斯科和圣彼得堡的街头,步履蹒跚的俄罗斯老太太,给我的触动同样很深。这些"七十古来稀"的老年妇女,孤独踯躅在街上,手里拎着一只网兜,里面装着简单的食物。佝偻着腰背,脊柱明显变形,小腿上的黑色瘢痕是脉管炎留下的,还有的脚踝和腿一样粗,直落脚面,颜色黑而粗糙。

导游说:这叫大象腿。她们年轻时太爱美,冬天也穿裙子,露着小腿，到晚年，各种疾病都找来了。看来，任何事都是有失有得，年轻时尽情享受美丽，到了暮年就为这美丽付出残酷的代价了。俄罗斯在二次世界大战中，牺牲了四千万男人，许多俄罗斯女人终身未嫁，这也是导致年迈的俄罗斯妇女晚景孤独的原因。另外，俄罗斯男人多数酗酒，有的冬天在街上喝得烂醉，冻死在雪地里。所以，俄罗斯男人的寿命普遍没有俄罗斯女人高。

最美不过夕阳红，温馨又从容。在国内，老年妇女远比俄罗斯老年妇女的处境幸福得多，至少，有老伴和家人陪伴，尽享天伦之乐。如果没有去俄罗斯，我不会有这样的思考。

2007 年 7 月 21 日

以旧为美的圣彼得堡

从莫斯科到圣彼得堡有几种走法，答案恐怕有无数种，例如你可以赶着三套车，或者开着二战时期德军败兵丢弃在战场上的坦克前往，当然这只是理论上而言。对我们这样一群文化交流访问者来说，旅游巴士、民航班机还有火车，就此三选。从北京乘飞机到莫斯科，然后转火车前往圣彼得堡，一般旅行社都这样安排：是夜班火车的硬卧车厢，晚间上车，睡一觉，一早到达，如此安排比较节省时间和经费。

火车站没有想象中的气派，很旧，很不起眼。我疾走在人群中，脑子却在浮想联翩，想起了托尔斯泰的《安娜·卡列尼娜》，小说一开始，就是写她从莫斯科的哥哥家，返回自己的家圣彼得堡，也是夜车，途中下车透气的时候，在黑夜雾气弥漫中看见那个令她魂不守舍的沃伦斯基……

安娜身着十九世纪上流社会夫人的时髦衣裙，迈着优雅婀娜的步子，走在这碎石子路上，那是一种很微妙的寻找往日阅读的奇思。这就是文学巨著的魅力，读过之后，在读者的灵魂深处刻上烙印，岁月流逝，依旧暗香浮动。而眼前的情景，却是芳踪无痕。月台上等候上车的乘客如织，男女老少，衣着打扮，神态动作，和任何一个国家的普通人差不多。年轻女孩永远是时尚先锋，低腰裤，超短裙，新潮的小衫，小蛮腰和小肚脐若隐若现，挺拔的长腿，纤细的腰身，看上去赏心悦目。俄罗斯少女的美，是群体的美，不像我国那么"物以稀为贵"。

火车陈旧得令人有些失望。一句话，舒适度和洁净度，都赶不上国内火车。到达圣彼得堡的时间是清晨，团组全体人员整整一夜的火车旅行有惊无险，全团平安，没有哪一个有幸和小偷邂逅。因此大家都很愉快，彼得堡的阳光显得格外灿烂。（在俄罗斯如何防盗，我要独立成章。）这一天是2007年6月21日。位近极地的俄罗斯北部区域昼长夜短，已近极致。黑夜只有一小时左右，我们赶上的正巧是"白夜节"，圣彼得堡迎来了世界各地的观光游客，宾馆爆满，价格最贵，到了一房难求的地步。景点也是人头攒动，但还是比国内黄金假期的游客少很多，秩序也良好。

三百多年前，彼得大帝请来欧洲各国的建筑师，大兴土木。昔日的辉煌依稀可见，普希金诗中提到的青铜骑士仍勒住缰绳，等待暗夜降临时飞奔，冬宫的绘画收藏让人惊叹不已。宏伟的建筑群沿涅瓦河层层展开，古罗马式的金漆剥落。那是俄罗斯帝国的欧洲梦。由于地理位置，圣彼得堡是俄国最欧化的城市，不仅建筑风格相近，也是政治文化的中心。

我们参观冬宫，里面金碧辉煌，人山人海。当年攻打冬宫的枪炮声已经不显，只有照相机闪光灯此起彼伏。冬宫坐落在涅瓦河的南岸，从窗口望去，涅瓦河两岸气象宏大，尽览俄罗斯北方大都市的美丽风光。下午，我们又登上静静停泊在涅瓦河上的一艘舰艇——"阿芙乐尔"。"十月革命"胜利后，他们让它永久停泊在这条河上，作为一个时代的见证记录。

我不想再写在这里如何看涅瓦河夜间的"开桥",和在皇后剧院看顶级芭蕾舞《天鹅湖》的感受。比起圣彼得堡的光鲜亮丽,金碧辉煌,它的陈旧和典雅,更令我心动不已。

涅瓦大街是圣彼得堡最繁华热闹的地方,店铺林立,橱窗商品琳琅满目,人流涌动。但一眨眼工夫,汽车就把我们带入到与此迥异的街景:寂静,陈旧。有着百年历史的巴洛克式建筑,在整条街道连绵不断,黑乎乎的门洞,地面颓败破损,似乎有几十年没人修缮,坑凹处积着水。这样的街道,几乎没有商店。行人极稀少,街道两旁停泊着的汽车密密匝匝。习惯了国内城市的喧哗热闹,乍一置身于这样的"白日梦",颇感几分诡异。

据导游说,在城市规划上,圣彼得堡决不允许除旧更新。旧建筑分为两类,一类是有纪念意义的古建筑,那连粉刷和油漆都不准的,另一类是一般的旧建筑,也只许装修和改装内部,不许拆除和改装门面,以保持旧的风貌,因此圣彼得堡的商店的门脸很小,有的两扇小门,有的仅仅一扇小门,门外的一切装饰都是旧式的。进了门,里面却像铁扇公主的肚子,宽敞得很。有的上有楼,下有地下室,采用电子计算机工作。但俄罗斯人决不认为现代的设备才是最值得自夸和向人炫耀的,现代设备给人带来方便,是供人享受的物质,而古代的,先辈留下来的,为数有限的物品,包含着历史和民族的特色,才是一宗真正值得自豪的精神财富。

一切都是旧的好——几乎是每个俄罗斯人对待他们的世界的看法。虽然这里面也包含着他们保守的一面,却也表现了他们对古代文明的高度重视。其中,有文化教养,也有爱国精神。一个不知道什么是自己民族的财富的人,谈起爱国就不免浅薄和盲目。

在一个很空旷的广场上，很空旷，广场中央的平台，一簇火焰从地面腾起，静静地燃烧，这是纪念二战胜利的广场，在俄罗斯的各地有很多类似建筑。6月21日，圣彼得堡节日重叠：白夜节，二战胜利纪念日，许多的俄罗斯人在一些广场上举行纪念活动，足以感受到他们的爱国情怀。一个二十来岁的英俊男孩和大家合影后，提出要跟我通信，我说你把电子邮件地址告诉我，他有几分腼腆地说他没有电脑。我感到意外，不知该怎么回答了。

2007年7月

化妆间

在台湾旅行，给我留下的美好印象之一，就是洗手间。但台湾人赋予洗手间一个文雅叫法：化妆间。

台湾的地陪导游叫阿杰，是个谈吐幽默的中年男子。载着大陆游客的大轿车刚进入台北市，阿杰就说："三十年前的台湾要比祖国大陆富多了，可现在落后了，大陆城市我只要半年没去，就不认识路了，可台北和四十年前比没有太大变化，建筑破破旧旧，但很干净，尤其是化妆间，比大陆的要方便干净！"

翌日，旅行团去了台北市郊的国家地质公园，面对大海，地壳变化形成的女王头礁石，巧夺天工，是旅客们蜂拥拍照的景观。化妆间就在公园入口处，迎面是整面墙的长镜子、洗手池，洗手液、擦手纸一应俱全，水池干净，水流很冲，不像大陆的厕所水池，为省水，水龙头多半是形同虚设。热门景点的化妆间一般都排队，但里面没有一点异味，无论是坐式马桶还是蹲坑式便池，都很洁净，方便完，手纸桶百分之九十有纸可用。

那百分之十，据我观察，也是因大陆游客太多，造成一时短缺。这时就会有样貌淳朴的当地妇女，匆匆地往里面备纸。继续环游，经过著名的阿里山、日月潭，再前往台中、台南、高雄、台东、花莲等地，写着"台湾欣东旅行社"的大轿车,穿过城市和乡村小镇,每到一地休息,男女老少,一下车都是朝化妆间奔。上车睡觉,下车撒尿,可谓是旅途生活的一条铁律。多时髦漂亮的女孩,照样朝化妆间跑;年迈的拄拐老先生,一脸坚毅地去解决内急。这就是人啊!

　　和我同行的老父亲,对台湾化妆间的印象感慨颇深。老年人外出旅行,最怕上厕所不便,可老年人的生理机能衰退,如厕的次数和他的年龄一样成正比,年岁越大,上厕所越勤。头两天,父亲白天不敢喝水,怕到景点找不着厕所,一路走来,他才发现这种担忧完全是多余的,我们所到之处,化妆间马上映入眼帘,清洁度、舒适度、纸张的储备,无可挑剔。

　　我包里的纸巾、湿巾几乎用不上。自然就想到大陆的洗手间,和台湾相比真叫人无语啊!和平路步行街,那么长竟没有一间公用洗手间,更别提干净和手纸。有时我内急,就冲进街上的"肯德基"或"麦当劳",但蹲位很少,排队人多,需要忍耐。

　　大陆的公园或是景区,洗手间不少是收费的,不收费的,卫生条件就没有保障了,便纸和擦手纸,想什么呢?!所以,大陆女同胞的包里都自备纸巾,也算是小国情吧。大陆的豪华商厦,洗手间确实干净,但纸张大都要自备。据我所知,其实有的商厦和一些公共场所,起初也是免费提供纸张的,但总是有"爱小之人",堂而皇之地把纸筒里的纸卷个干净,扬长而去。就像很多年前,水上公园摆了景观花伞,一夜之间就遭洗劫。街道上的花坛鲜花,地面上的井盖,路灯泡,被良知泯灭的窃贼统统搬走的案件,屡见不鲜,屡禁不止。这些年,我到过十几个国家和地区旅游观光,日本的洗手间比台湾的化妆间还要舒适干净,富有人情味。因此,我认为:看一个国家的文明进步,谁说洗手间不是一个窗口呢?

2011 年 11 月 3 日

加拿大的"破烂王"

一到加拿大的温哥华，我连着几天给正在那里留学的儿子的公寓打扫卫生。其时儿子正在夜以继日地攻读 MBA，没时间做家务，厨房里没卖掉的可乐罐、啤酒瓶装了满满几个垃圾袋子。我不禁发起愁来，因为在温哥华，根本没有走街串巷收废品的"破烂王"。

在国内，过一段时间，家里积攒的废报纸、饮料瓶子、纸盒子，我会毫不手软地卖掉，我喜欢让阳台虚位以待。在我居住的小区，每天来收废品的"破烂王"就在楼宇间蹬着三轮车转悠着，吆喝着。我站在阳台上推开窗子，朝下面喊一声："收废品的！"马上"破烂王"就跑上楼来，把我要卖的废品称秤，数出脏兮兮的毛票给我，走人。

身在异国他乡，我被眼前的废品难住了。我打电话给移民加国多年的小姑子素芳，请教到哪儿去卖废品。素芳说："温哥华的大超市都有专门收废品的地方，明天我开车接你去卖废品。"第二天，秋高气爽，素芳开车接我来了。我们把几袋子废品装上了美国产的面包车，沿着四十七号高速公路，朝她家居住的街区驶去。车开了半个多小时，我们到了一家类似国内"家乐福"的大超市，我疑惑道："这么干净的地方，哪儿像收废品的？"

素芳笑而不答，眼神却有几分得意。她把我领到和超市大门并排的一个侧门，进去一看，我惊讶了，原来这是洋人收废品的地方。面积只有十几平米，迎面是一张柜台，工作人员长得像印度人，肤黑，眼大。他穿着干净，戴着手套，示意我把垃圾袋子里的可乐瓶、玻璃啤酒瓶分类摆到柜台上的一个塑料筐里，我注意到，筐子比国内超市的便民篮子还干净。我照"洋破烂王"的意思做了，并产生更大的好奇心：他下一步要如何处理这些废品呢？

柜台里没有装废品的柜子或其他家什，只有干净的白墙和工作人员，也闻不到一点垃圾气味。假如不是素芳告诉我这是收废品的地方，我无法把门匾上写着英文的干净场所和废品破烂联系在一起。就像牛年春晚，魔术大师刘谦在变魔术时强调："请大家注意，高潮就要出现了。"我见到的废品回收高潮霎时出现了，印度脸的工作人员撩开一道帘子，屋里一直有机器的轰鸣声，原来是这里发出来的。这台垃圾分离处理机器是圆形的，直径约有两米，有好几层机器槽，回收的废品就放在一层层的槽子里。我亲眼目睹，工作人员像工厂流水生产线上的员工，非常程序化地把塑料筐里的瓶子罐子倒进机器槽子里，眨眼间，机器轰鸣着，升高了，看不见了。

柜台上又空了，干净了。又进来几个洋人，来卖酒瓶和可乐罐，一看就知道是这里的常客，轻车熟路地装筐，分类，和工作人员几乎没有对话。袋子都空了，可钱在哪儿呢？工作人员只负责收瓶子，没给钱。素芳带我到隔壁的一个小门脸，里面有一个小窗口，专门给卖废品的钱。我卖了二十几块加币，洋废品比国内值钱多了。这次卖废品的经历，对我算是小开眼界。外国的月亮并不见得比国内的亮，但洋破烂王的做法值得我们思考和借鉴。

2008 年 3 月 12 日

迷人的米诺克斯小岛

抵达希腊的第二天清晨，我们就离开雅典，乘巨轮驶向爱琴海深处，去著名的美丽小岛米诺克斯。后来在看旅游一书《希腊》才知道，从雅典出发到爱琴海，沿岸岛屿可谓数不胜数，一般旅游团队只能观光游览两个小岛：米诺克斯和圣托里尼。

船票是提前买的，每天早晨七点半准时开船，船体之大，可称巨轮，双层结构，底层重型卡车都可以轰隆隆地驶上甲板，我不免担心，千万别……爱琴海沉船。因为不是周末，旅客不多，稀稀拉拉地在二层落座，不禁想起国内的大船，永远人满为患，嘈杂喧嚣。坐在船上才能感觉到爱琴海的超凡魅力，天空湛蓝清澈，大海一望无际，宛如天堂。五个多小时后，我们终于抵达目的地，米诺克斯。船没靠岸，就可见到蜿蜒的山麓上鳞次栉比的白色建筑和蓝色窗门，导游小谭告诉我们，蓝色和白色是希腊的国色，白色代表天空，蓝色代表大海。

上岸后，我们乘车在狭窄陡峭的山路朝山上盘旋挺进，此刻，爱琴海在我视线中又是一番景象，岸边停泊着"泰坦尼克号"一样的大轮船，据说是周游世界的那种。汽车开了二十多分钟，下榻的旅馆到了，典型的希腊风格,全部是白色和蓝色的组合。错落不平的庭院,种满鲜花和植物,花盆都是陶罐,土色,质朴可爱。都是平房,门前有廊厦,藤萝或葡萄架带来阴凉,乘凉的木椅和木桌,颇有家庭的温馨气氛。庭院设计看似随意,但明眼人一看就羡叹希腊人的艺术造诣,在火焰山上营造出了温馨浪漫家园。

稍事休息后,我们就搭一小时一趟的巴士,去市中心游览。米诺克斯在阳光下熠熠生辉。顺着海边和金黄的沙滩,我们就走进了小岛的中心城市 Hora。

这座小城有着错综复杂的街道,据说,最初这样修建是为了迷惑前来攻击的海盗。街道两旁,还有着各种各样的充满想象力的店铺,旅游商店、迪厅酒吧、餐馆……这里或许是全希腊最好的白色海岛上的小镇,在这里你可以买到最流行的服饰和音乐唱片。

夜幕降临,幽蓝的街灯使小镇显得更加神秘,酒吧里传出音乐,有打扮怪异的男人、女人,其中不少是沉浸在爱情中的情侣,每晚,这里都像节日般热闹,如果提前预订到地势高的酒店,便可以有幸在那蓝色的阳台上欣赏这蓝色幽静之中的喧嚣。

距码头不远的圆顶小山上有风车转动，那些圆形的白色风车，用像小船一样的茅草盖住屋顶和风帆，在过去，这些圆顶的风车利用风产生的动力研磨麦子，生产面粉，如果是在有风的天气里，经过那条如画的小路去欣赏风车转动的场景，有如进入梦境。米诺克斯海岛向我们展示了无法在地球的其他角落找到的浪漫和美丽。岛上有着各式老房子和它们延伸而出的阳台，因此曾被称为"希腊的威尼斯"。也曾因其美丽广阔的沙滩，被称为"希腊的卡普列岛"。

2011 年 7 月 10 日

爱琴海的悬崖边看日落

爱琴海上的小岛圣托里尼一直以来都是希腊最受欢迎的度假胜地，这里四周分布着高质量的沙滩。蓝顶白墙的教堂，柔和的海风，几家幽静的小店，让人仿佛走入了世外仙境一般。真正的不被世俗打扰，应该就是这样的吧。

在圣托里尼，可以奢华地等待时间流过，在白沙滩上支起一把躺椅，躺在上面看书，品味美酒，再放上一段音乐，享受一种在都市不可能有的安逸。我们在圣托里尼的悬崖峭壁上看日落，那感觉特别奇妙。岛上有许多正对海面的悬崖，5月中旬，希腊的天气微寒，来自世界各地的游客聚集在岛上看日落的最佳位置的悬崖边，静静地等待太阳坠入大海的那一瞬……

雅典城的众神殿是我们旅行的最后一站，这天阳光格外明亮，我们乘车先到了卫城的众神殿，它们一直以来受人崇拜，声名显赫，即便在两千五百年后的今天，任何一个去希腊的游客也不会忘记向这些神明致以敬意，想象在爱琴海上航行的船队中潜藏的海神波塞冬和他的宠物的身影，嗅吸森林中的松香，在蝉鸣中聆听牧神潘的脚步声。在奥林匹斯

万神殿里的众神身上折射出各种性格特征,宙斯的荒淫,酒神狄厄尼索斯的嗜酒——正因如此,希腊众神得以一直流传下来……

2011 年 7 月 12 日

前生与来世

旅行,是从固体的生活中抽离,褪去时间、空间这一层皮,到他国异地寻找另一个自我的活动吧!毕竟,再怎么风光明媚的家乡,也会有看腻的时候,不论何等荣华的身份,也会有想更换的念头。旅行,正好提供机会,让人从自身的禁锢中放心地飞出来,歇够了,再飞回来。

另一个自己是什么样呢?也许是尼亚加拉大瀑布旁边一家小餐馆的胖胖女老板,柬埔寨吴哥窟的黑黑瘦瘦的儿童,或是巴黎圣母院尖塔上一小坨百年不灭的鸟粪。旅行迷人之处正是在这里,扛着不轻不重的今生,到处游览自己的前生与来世。

2014 年 2 月 4 日

三文鱼洄游（非虚构小说）

公婆要来温哥华，姚小琼和赵豫吵了一架。吵完，姚小琼就带着儿子阿诺去美国西雅图购物去了。

十年前，赵豫离开老家河南到北京创业。姚小琼留守了一年就带着女儿妞妞寻夫来了。赵豫的老板角色进入很快，又买车又买房，姚小琼不跟着不放心。国内闹"非典"那年，赵豫一家移民到了加拿大的温哥华。走时，女儿妞妞八岁，儿子阿诺一周岁半。

赵豫把老婆孩子安顿好就回国了。他和许多来加国的投资移民一样，让老婆孩子在温哥华享清福，自己回国赚钱，像一只候鸟在太平洋上空飞来飞去。

"我也舍不得离开你和孩子，可是要成功就会有牺牲。"每次在机场分手，姚小琼哭天抹泪，赵豫就这样安慰她。当然，拥抱和亲吻也不能省。

赵豫和所有优秀男人一样，顾家，孝顺，怕老婆。

刚到异国他乡，姚小琼语言不通，人地两生，又一个人照顾两个小孩，紧张和不适，让姚小琼又失眠又脱发。每次和赵豫打越洋电话，都哭哭啼啼,甚至后悔移民来加拿大。赵豫提出让父母过来帮她,他们退休了,闲着也是闲着。

姚小琼说:"NO! 来了反而添乱。我照顾两个孩子,再照顾公公婆婆,还活不活?!"赵豫心里不痛快,可妻子过得的确不轻松,她要重新学车考驾照,要上新移民的英语班,

女儿妞妞上学要接送,给儿子请了保姆,她也得劳心费神,怎么说保姆也是外人。来温哥华的第二年,姚小琼就让她母亲来探亲了,岳母在温哥华住了半年多才回国。

前些年国内房地产红火,新楼盘如雨后春笋,需要大量钢材等建筑材料。赵豫恰好是做钢材生意的,迎合了市场。他把赚的钱源源不断汇到温哥华,姚小琼换了三次车,最后一辆是奔驰吉普350,折合人民币一百多万。搬了三次家。越搬地段越好,房子越大,最后搬到了西温的一个花园别墅。

西温是温哥华的富人住宅区。依山傍海,密林浓郁,每栋房子都在密林深处,建筑风格各异,北美风情,欧陆风情,南美风情,都在这仙境一般的半山坡上错落着,据说,一些好莱坞明星都在西温买了房子。

搬到西温之后,赵豫想接父母来的念头更是强烈。来加拿大几年了,姚小琼只带着孩子回过一次北京,没有回河南看望公婆。移民后,赵豫有了空闲就飞温哥华,无暇回老家探望父母,算起来他已经两年没见过父母了。

姚小琼再怎么不乐意,赵豫还是铁了心把父母给接了出来。

机场里接了父母,父亲的模样倒没什么大变,只是身架更是矮小了一些。母亲明显老了,墨黑头发一看就是染的,发根儿白如雪。父母自然是不认得妞妞了。离开河南后,父母就去过一次北京,那时妞妞还上

幼儿园。眼前的妞妞,是个亭亭玉立、说一口流利英语的小老外。

赵豫说:"这是爷爷和奶奶,小时候你在奶奶家住过的,爷爷奶奶带你坐火车去少林寺看小和尚练功,记得不?"妞妞茫然地摇着头。

母亲凑得近近地打量儿子。"头发哪儿去了?瘦成这个样子。"母亲摸着儿子的手,啧啧道,"还是小琼比你强,又水灵,又白胖,一看就是营养好。"赵豫忙打哈哈:"小琼前几年可瘦了,身体刚缓过来。"

他知道是姚小琼最怕别人说她胖,这些年一直在尝试各种各样的减肥秘方,母亲是哪壶水不开拎哪壶。

开车离开机场,赵豫问旁边的姚小琼:"去列治文吃饭好不好?"列治文是中国餐馆最集中的地方,华人也多。姚小琼说:"还是去'Robson Street'(市中心)吃意大利牛排吧,妞妞也想吃。"

车后排的母亲插话说:"回家吃面条吧,你爹的胃不好,飞机上的饭你爹吃不惯。"赵豫从车后镜里瞥了父亲一眼,父亲的脸色暗黄,无精打采。姚小琼嘟囔一句:"谁做啊?今天保姆请假了。"母亲两手把着赵豫的车座背说:"我做,我做,家里有面粉吗?"

父亲的胃病,已经有很多年的历史了。至今回想起来,赵豫总觉得是自己偷了父亲的胃,自己的那份健康,原来是踩在父亲的肩膀上得来的。赵豫的父亲是个小学教师,母亲是搪瓷厂的女工。赵豫上有哥哥姐姐,下有妹妹,他排老三。父母的微薄薪水,养六口之家实在是小马拉大车。母亲的任务是日复一日在烧瓷车间,举把焊枪在铁坯脸盆烧白瓷上绘制图案。这个工种是母亲自己要求来的,因为是高温车间,烧瓷车间的工人,每个月可以拿到六块钱的营养费。母亲每天都是一身汗,下班先在厂里洗澡,然后就回家做饭。母亲在一个黄瓦盆里和满一盆的玉米面,或红薯面、高粱面,捏出一大蒸笼的窝头来。中间蒸几个白面馒头,那是给父亲留的。

  一年到头,饭桌上都见不着肉。菜只有咸菜疙瘩,好一点是熬大白菜,要么是面条汤。赵豫小时候身体羸弱,三天两头闹病,八岁时和五岁的妹妹一般高。校医曾是父亲的学生,免费上门给他针灸,效果不大。父亲叹口气:"这孩子是营养不良,用不着扎针。"父亲叫母亲把馒头给他吃,母亲偶尔从食堂带回家给高温车间工人的营养餐肉菜包子,父亲也舍不得吃,给赵豫吃,还带头拿起一个红薯面窝头,大口地吞起来。哥哥姐姐妹妹常因为赵豫老吃细粮而和父母闹脾气,说父母偏心。

  赵豫生在特殊年代,那个年代几乎所有的食品都凭票供应。豫中平原盛产小麦,竟也开始搭配百分之四十的粗粮。家里四个孩子,齐齐地到了长身体的时候,口粮就有些紧缺起来。父亲就用高价买下别人不吃的粗粮,来补家里的缺。每天开饭的时候,父亲总让母亲和几个孩子先吃,等他给学生批改完作业,坐下来吃的时候,那个盛白面馒头的篮子已经空了,红薯面做的窝头虽然也抹了几滴菜油,仍然干涩如锯末。父亲嚼了好久,还是吞不下去,直嚼得脖子上鼓起一道道青筋。赵豫看了心缩成紧紧的一团,可是到了下一顿,依然抵御不了白面馒头的诱惑。

  父亲有一天在课堂上晕倒了。晕倒原因是贫血。他犯胃病好长时间了,赵豫在半夜听到父亲的呻吟声,母亲压低声音劝他去医院看看。医院要父亲住院手术。可父亲怕花钱就没有住。以后父亲的胃病时好时坏,始终没有痊愈。

  父亲对四个孩子期望很高,说谁有本事谁就去考大学,爹娘砸锅卖铁也供他!结果,只有赵豫考上了大学,妹妹考上了护校,哥哥姐姐都进了工厂。

后来他们各自成了家，搬出去单过了。父母依然留在老房子里，老两口相依为命。

赵豫发迹后，第一件事就是给父母买了房子，郑州最好的花园小区。母亲坚持要住一楼，说这样接地气，住高楼憋气。

关于父母来温哥华的住处，赵豫两口子有过激烈的讨论。赵豫觉得父母年龄大了，腿脚不方便，怕上下楼摔跤。应该住在一楼对着花园的那间屋。姚小琼说这间屋是妞妞的琴房。姚小琼花钱给妞妞请了钢琴家教，一位移民多年的上海音乐学院女教师。妞妞的钢琴已经考到了九级。先不说搬钢琴要请人有多麻烦，单说楼上才是卧室，他们两口子占大卧室，妞妞和阿诺占一个卧室，还有一间客房。客厅是沙发和电视。

两人争执半天，结果是赵豫的意见胜出。是因为赵豫的一句话："我父母来探亲，就喜欢和孩子在一起，妞妞练琴他们准会在一旁看，妞妞肯定分心。"这句话一下子把姚小琼提醒了。她沉吟半天，才说："要搬你搬，我不管。"赵豫知道这就是让步的意思了。

赵豫找了搬家公司来帮忙，花了一百加币，才把三角钢琴搬到了二楼。这才来收拾父母的房间。这是一座西班牙风格的别墅，地面两层，地下一层，加起来面积有五六百平米。前房主是个意大利籍白人老太太，卖房子时连家具一起卖给了赵豫夫妻。白人老太太是个建筑设计师，房子的装饰、色彩、家具，乃至墙壁上、楼梯上的油画都令人赏心悦目，极具异国情调，每个细节都无可挑剔，精致，优雅。可父母的房间却极是简单洁净，只有一张双人床，一个很小的写字桌，有衣帽间，卧室没有衣柜。没有一点花哨的地方——正是父亲平日喜欢的样子，而不是母亲喜欢的。母亲喜欢屋子里放一些小摆设，如花盆、茶具之类的东西。

赵豫开车带父母到海上乘船去了维多利亚岛游玩，之后又去了繁华市中心，游览了史丹利公园，野鸭子在绿草地上闲庭信步，碧蓝的大海上停泊着无数艘私家游艇，私人小飞机跟蝴蝶一样飞上飞下，父亲看得两眼发直，连连感叹："白求恩的故乡就是好啊！"

姚小琼说："爸，您还是老师呢，白求恩不是温哥华人，蒙特利尔才是他的家乡。"父亲有些尴尬。赵豫打哈哈道："反正都是加拿大，一样，一样。"

赵豫住了几天，就飞回北京了。临走叮嘱姚小琼："拜托你，对我们父母好一点，我欠他们太多了。"

父母节俭惯了。在赵豫家，晚上母亲老是随手关灯，弄得客厅黑乎乎的。姚小琼说："妈，加拿大电便宜，用不着省电。"母亲嘴上应着，心里是不认可的。

姚小琼开车带着妞妞回来，老远就看见自家门口的照明灯不亮了。加拿大人的习惯，每家院子门口的灯都是彻夜开着，即使主人外出旅游，灯到了晚上也自动开启，表示家里有人。姚小琼一进门就喊起来："爸，妈，加拿大的电力资源丰富，用不着节电。整个城市到了晚上灯火通明，家家所有灯都开着，白人也迷信，认为这样才能够把财招来。"

父母舍不得用洗衣机、烘干机。老两口穿脏了的衣服，母亲总是用手在卫生间里洗了，父亲在花园里的两棵树上栓了一根绳子晾衣服，把裤衩、秋裤、背心都晾上，一天到晚都能看到万国旗帜飘扬。姚小琼很生气地说："老外从来不在花园里晾衣服，都是用烘干机，您二老这样，让白人邻居看到会笑话我们的！"

母亲一边往绳子上晒被子，一边说："我们是中国人，习惯把衣服晾太阳底下。"

姚小琼气得脸都白了："这是两回事，入乡随俗的道理您该懂吧？！"以后母亲就不在花园里晾了，把衣服就搭在卫生间，知道儿媳妇也是不允许的，嫌湿答答的会让地砖侵水，就在姚小琼不在家的时候晾，她一进家就收起来。

父母每天早晨不到七点就起床了，然后就大声说话。八点半就开始用吸尘器吸地，声音特别大。姚小琼气恼得不行，她每天都半夜睡。加拿大的凌晨是国内下午，她要和北京的赵豫通电话，说家里事，也说生意上的。她每天都睡到上午十点多才起床。儿子由家教接送。家教叫安荃，是从北京来温哥华的访问学者。安荃每天早晨开车来接阿诺上学，然后她再去自己进修的大学上课，下午三点阿诺放学，她再赶去接他去高尔夫球场训练。姚小琼给她的月薪比在餐馆里端盘子要多得多，还不用上税。安荃的丈夫在多伦多读博士，正是用钱的时候，安荃很珍惜这份工作，把阿诺带得很好。最让姚小琼满意的是，安荃英语不错，和阿诺说话很少有说中文的时候。

公婆来之前，姚小琼就和赵豫约法三章：不要让公婆插手两个孩子的事情，不要对保姆发号施令，不要对她的事情说三道四。果然，老两口一来就提出孙子由他们带，他们漂洋过海来加拿大不就是为了看孙子吗。姚小琼没吭声，拿眼看赵豫。赵豫只好站在她这边，说小琼的意思是不想让父母太累，阿诺可不是一般的淘啊。老两口面面相觑，不再坚持了。

姚小琼忍了几天，终于和公婆说："在加拿大清扫草坪的工人都要在十点半工作，加拿大人正常上班时间是九点，洋人邻居都是晚睡晚起，这样的噪音对人家是干扰！"公婆安静了几天，地是不吸了，又改在花园里种菜了，是那种见缝插针的种法。

姚小琼在越洋电话和赵豫发牢骚："你爹妈把我花钱请园艺师设计的花园，弄得跟庄稼院一样。"赵豫安慰道："亲爱的，看我的面子，你再将就一下，等他们走了，咱再把菜都拔了。""好吧，还能怎样。"姚小琼娇嗔地回答。

说到底，姚小琼是很爱丈夫的。当年她大学毕业分配到银行上班，同事给她介绍的第一个对象就是赵豫。她看了一眼，心里就喜欢了。赵豫相貌堂堂，学历也高，在进出口公司工作，是理想的结婚对象。俩人交往之后，姚小琼还发现了赵豫身上的不少优点：沉稳，睿智，温存，还浪漫。有一天，他冒着大雨撑着伞来接她下班，她这辈子都忘不掉当时的惊喜和感动。结婚不久，赵豫就辞职下海了，几年时间就创造了财富奇迹。女人干得好，不如嫁得好。姚小琼的朋友们都羡慕她不但干得好，嫁得更好。

公婆操劳惯了，到了温哥华也难改。每天的头等大事，就是做上一桌的饭菜，等姚小琼和孙子孙女回家。婆婆做饭，还是国内的那种做法，葱姜蒜八角大料红绿辣子，旺火爆炒，一屋的油烟弥漫开来，惹得火警器呜呜地叫，做一顿饭，气味一个晚上也消散不了。

加拿大别墅的厨房都和客厅连在一起，洋人或老移民华人，做饭极少用油烹炒煎炸，都是用烤箱烤牛排，烤火鸡，蔬菜大都是生吃或用水蒸煮。家家的厨房都敞亮，一尘不染。

姚小琼和两个孩子的生活习惯已和加拿大接轨，做菜很少用油炒，一般都用烤和蒸煮的做法。公婆来了一个月，一桶色拉油就见了底，是他们半年都吃不完的油量。很快家具墙壁上，就有了一层黏手的油。

姚小琼说妈您做饭把火关小些，赵豫也在电话里说妈您多煮少炒。母亲回嘴说你们那个法子做出来的还叫菜吗。勉强抑制了几天，就又回到了老路子。后来,姚小琼就带着妞妞和阿诺在外头吃饭。一天晚上,姚小琼给阿诺拿果汁,打开冰箱,吓了一大跳。冰箱里塞满了馒头。原来婆婆无饭可做,就买了三大袋子白面,蒸了一大锅馒头,晾凉了存冰箱里。

　　白天,姚小琼很少在家,健身,逛街,和朋友聚会,她忙得很。这天中午她有个聚会,临时决定回家换衣服。正巧赶上老两口吃午饭,饭桌上几个用微波炉打热的馒头,一碟国内带来的榨菜,两杯白开水。姚小琼心情一下子复杂起来:"爸,妈,我们家不至于穷到这个份上吧?你们这么做,叫我怎么跟赵豫交代?!"

　　公婆垂下眼皮,跟犯错误的小学生似的说:"不要紧,我们在老家中午就这么凑合吃点,不关你的事。"以后,姚小琼就经常买些外卖带回来,给公婆做午餐。

　　老两口去公园和大街上散步,把人家丢弃不要的空酒瓶、空纸盒、小孩自行车都捡回家,花园里有一间放工具的房间,现在里面堆满了这些破烂。

　　公婆的不讲卫生,也渐渐地让姚小琼头疼。家里有洗碗机,公婆从来不用,也不想学。婆婆洗盘子不洗盘子底,碗底也不洗,刷锅不刷锅盖。保姆看不下去,说您没洗干净啊!婆婆操着很重的河南话辩解:"这样洗省水。"保姆说:"加拿大有的是水,您出国了观念也该转变。"婆婆在背后就跟公公说保姆的坏话:"崇洋媚外,出国不还是给中国人看孩子,有啥了不起!"

　　公公抽烟。公公在诸般事情上节省,可是公公却不省抽烟的钱。公公的烟是从国内带来的。两只行李箱里光烟就占了半箱。公公别的烟都不抽,嫌不过瘾,只抽云烟。公公还爱走着抽,烟灰一路走,一路掉。

掉在地毯上，眼神不好，又踩过去，便是一行焦黄。姚小琼一气买了六七个烟缸，每个角落摆一个，公公却总是忘了用。公公的牙齿熏得黄黄的，一说话就带烟油子味。用过的毛巾、茶杯、枕头、被褥没有一样不带着浓烈的烟臭。

公婆喜欢男孩。可赵豫哥哥、姐姐生的都是女孩，当年公婆听说姚小琼生的又是一个女孩，就很失望。公公只让婆婆来医院看了一眼襁褓里的妞妞就走了。姚小琼在北京生了阿诺，公婆高兴坏了，坐了一夜火车从郑州来北京看孙子。

阿诺虎头虎脑，人见人爱。阿诺一岁起就跟着家教学说英文。如今，阿诺说英文比说中文还流利。阿诺五岁时，姚小琼就以年薪十万加币请了一个菲律宾籍的职业高尔夫教练，教阿诺打高尔夫球。姚小琼像打造航母一样，一心想把阿诺培养成真正的贵族。公公很稀罕阿诺，见了阿诺就想抱一抱，亲一亲。阿诺说不要碰我。阿诺说的是英文，公公听不懂，却看出阿诺是一味地躲。公公伸出去的手收不回来，就硬硬地晾在了空中。

那天赵豫也在家，竖起眉毛说："阿诺你听着，你爸爸小时候把爷爷的那份白面馒头吃了，身体才结实的，可爷爷却得了胃病。没有你爷爷的疼爱，你爸爸不会有今天，你爷爷碰你一下都不行了？"姚小琼不看赵豫，却对公公说："阿诺不习惯烟味，从小到大，身边没有一个抽烟的。"公公听了神情就是讪讪的，从此再也不敢碰阿诺。

公婆是签证是六个月的，可是公婆只待了三个月，就提出要走。其实公婆是希望儿子和媳妇挽留的。温哥华的自然风貌，色彩斑斓的四季轮回，水晶般清新的空气，天堂般安静的环境，质朴的风土人情，夏季清凉如秋，冬季温暖如春，蓝天白云，阳光如洗，鸟语花香，绿树婆娑，温哥华是一个适合人生活的好地方。公婆怎么会不喜欢呢？！可是姚小琼不说话，赵豫就不能说话。公婆虽然眼神都不太好，却看出了在儿子家里，儿子是看儿媳妇的眼色行事。

儿子很听儿媳妇的话，是因为儿子之所以有今天的发迹，是沾了儿媳妇娘家的光。儿子的事业是仰仗儿媳妇哥哥的公司做靠山。出国也是儿媳妇哥哥一家先出国，然后又帮儿子一家出国，到如今，北京的公司董事长也是儿媳妇哥哥，赵豫是他的副手。儿媳妇倒也不邀功摆架子，而是晓之以理，动之以情，把儿子朝人生的更高台阶推一把，等儿子走稳当了，才接着往前走。儿媳妇对儿子感情很深，公婆是看得出来的，公婆就已经心满意足了。

公婆来的时候是春天，走的时候就是秋天了。航班是大清早的，天下着雨。一进九月，温哥华就进入了雨季，有时一个星期雨都不停。姚小琼和妞妞、阿诺都睡着，赵豫一个人开车送父母去机场。一路上，赵豫只觉得心里有一样东西硬硬地堵着，气喘得不顺，每一次呼吸听起来都像是叹气。

泊了车，时间还早。赵豫就领着父母去机场的餐馆吃早饭。机场的早饭死贵，又都是洋餐洋味。赵豫一样一样地点了一桌子，父母吃不惯。父亲又说胃不舒服，特想回老家吃母亲做的手擀面。挑了几样就吩咐赵豫打了包。母亲连茶也舍不得留，一口不剩地喝光了。母亲的手颤巍巍伸过来，抓住了赵豫的手。母亲的手很是干瘪，青筋如蚯蚓爬满了手背，指甲缝里带着没有洗净的泥土，那是母亲昨天在花园收拾被雨水打下的落叶留下的痕迹。

"儿呀，好好疼你媳妇，她给咱老赵家生了孙子，就冲这，你也得听她的。"母亲说，眼里闪着泪花。赵豫眼也发酸，就跑去了厕所，坐在马桶上，扯了一把纸巾堵在嘴里，哑哑地哭了一场。走出来，他从口袋里掏出一个信封，塞在父亲的兜里。

"五千美金，大哥、姐姐、小妹各一千，您二老留两千。"

赵豫陪着父母排在长长的安检队伍里，三个人不再有话。临进安检门的时候，他迟疑了一下，才说："哥和姐打电话，别提，那个，钱，的事。"

送走父母，走出机场，外面的雨更大了，风也刮起来。赵豫的手机响了，他把手伸进口袋掏手机，却摸到了口袋里那个原封不动的信封——父亲不知什么时候把钱还给了他。

第二天，是个周末，雨后天晴，姚小琼提议全家去"地狱之门"去看三文鱼洄游。

赵豫开了三个多小时的车，才到了"地狱之门"。1920年无数华工为了建造铁路而炸山，从此打开了进入温哥华的大门，丧命的华工不计其数，所以得名"地狱之门"。炸山的碎片崩落形成了二十公尺深的斜坡和湍急激流，使得当年的红鲑几乎绝种，后来才搭建所谓的鱼梯，让鲑鱼能够在险峻的河里，爬一段休息一段，安全抵达上游产卵。

赵豫一家搭乘观光缆车，险峻的山谷和美丽的溪水，让妞妞和阿诺兴奋地大叫。山谷中有像哈达一样洁白闪亮的河流，时而，有成片的鲑鱼跃出水面。

解说员指给游客看："鲑鱼就是三文鱼。三文鱼的一生令人惊叹，从鱼卵开始——每条雌鱼能够产下大约四千个左右的鱼卵，但大量的鱼卵还是被其他鱼类和鸟类吃掉，幸存下来的鱼卵长成幼鱼。春天来临，幼鱼顺流而下，进入湖里，一年后再顺流而下进入大海，每四条就有三条被吃掉，只有一条能顺利进入大海。四年后，它们经历无数艰险，才能长成大约三公斤左右的成熟三文鱼。这个时候，它们开始了回家的旅程，十月初，所有成熟的三文鱼从海上逆流而上，消耗掉它们几乎所有的能量和体力，有些鱼变成了其他动物的美食，有些鱼在快到目的地之时竭力而亡，极少活下来的三文鱼到达产卵地后，不顾休息开始成双成对挖坑产卵受精，在产卵受精完毕后，三文鱼精疲力竭双双死去，结束了只为繁殖下一代而进行的死亡之旅……"

  观缆车到了目的地。姚小琼追着妞妞和阿诺出了车，赵豫却站着发怔，很久没有动身。观览车又上来了游客，缓缓地启动了，升起来了，浓绿的山谷，闪亮的河流，又渐渐铺展开，视线突然清晰了。就在那一刻，赵豫觉出了自己的不快活，一种不源于姚小琼的情绪的，完全属于他自己的不快活。

2008 年 11 月 18 日

慢慢亲近——别样晓鸥

跋

我相信,最值得珍存回味的情感——慢慢相爱。

初识晓鸥,是她妙语连珠的调侃,率真坦荡的个性打动了我。

一袭白衣,是晓鸥年轻时的最爱。多年过去,我仍然乐于忆起她的白衣飘飘的清新模样,一如她的名字,圣洁祥鸥。

当我多次见识了她文如其人的作品,感性的、理性的、趣味横生的,我确认,万丈红尘一见如故,弱水三千一见钟情,不仅仅限于男女。感谢那次小聚结识晓鸥,我更愿意让女性之间红颜知己的称谓,替代使用频率最高的词句——闺蜜。往后的日子,便有了我俩相约开花、竞相盛放的美妙时光,一起泡酒吧乐不思归,一同下江南寻访鲁迅故居,促膝畅谈从文学到电影,忘形 high 歌让声音嘶哑,勤勉写作通宵达旦……

言归正传,写了那么多,目的是想展现我心目中最具灵性的这位生动女子。见到晓鸥《慢慢相爱》的手稿让我喜出望外,一口气读完了全部文字,大多是我熟悉的故事和情景,甚至有我们在浓浓咖啡中,在鲜香佳肴里,在温馨电影院、音乐厅突发奇想的灵感。至今记得,她那本长篇小说《小时候》，原始创作冲动正是因为我们一起聚餐聊起各自的童年，晓鸥说到兴奋处，我们于是情不自禁地说：写本书吧！

晓鸥的亲情散文中无不流露出对父母、姐妹、孩子和对家人的缱绻爱心，弥散出人间烟火的缕缕馨香。《和一个人慢慢相爱》把双亲相濡以沫的晚情写得催人泪下。《时间里的姐妹》，两位女子，一个清雅知性，一个文采飞扬，两个职业不同、心灵相通的亲姐妹走过了从故乡到异乡、从少女到母亲、从青涩到金黄的成长岁月，留下了深藏心底的姐妹情话，隽永难忘。

二十年前，晓鸥就走出国门了。她就像一只候鸟般不知疲倦，飞越大洋，远赴美国、加拿大、澳洲旅行。

多年来，她还游历了希腊、东南亚各国、港澳和俄罗斯，从这本书中，足见她丰富的游记和感受。《温哥华的秋天》《给列宁鞠躬》就写出了风趣和智慧的奇特旅行。《<廊桥遗梦>的另一种说法》《小艾的罗曼史》出自她平日里的深邃思考，《咖啡馆里的知识分子》倾注了她对生活敏锐的洞察力。这些素材，有她身临其境的亲历，也有的是在姐妹们东拉西扯中沙里淘金。

晓鸥当过十几年的记者，采访过各种各样的人物，亲眼目睹各种不同的人生。她以记者的观察与思考，发表过百万字以上的纪实文学。她这样解释自己的那段经历："没有比当记者更能理直气壮地走进陌生人的心灵世界了。"

晓鸥是理智的，她清楚自己在什么样的时间拐点"另辟蹊径"。在她不惑之年，她主动结束记者工作，自费到北京电影学院进修，到鲁迅文学院进修、充电，这对她后来的纯文学写作，是机会难得的训练。她尝试写过电视剧本，但最终归隐书房，在虚构的小说世界里，长袖善舞，痛，并快乐着。

　　日常生活中，她是一位好主妇。到过她家的朋友，都被她家的不俗格调惊叹。书房很大，藏书多如微型图书馆，另外一个开放式书柜摆满形态各异的小人偶、小摆设，都是她从世界各地背回来的。她说，每个小物件，都是时间的浓缩。还说，这是受了三毛的影响。

　　许多女作家因为写作打乱了生活秩序，变得邋里邋遢，晓鸥却是讲究秩序，追求品位。她说："女作家可以是健康快乐的常青树，一直优雅到诗情画意的夕阳山顶。"

　　品读这本凝结了晓鸥人生精粹的洋洋美文，祝愿晓鸥与她爱的和爱她的人像这本书名一样《慢慢相爱》，细细地咀嚼未来日子里那些永恒的宁静和甘美。

惟诚
2014 年 5 月 12 日修改